在常规的世界里，读一本个别的书

Tearing

孙频
◎著

北京联合出版公司
Beijing United Publishing Co.,Ltd.

图书在版编目（CIP）数据

裂 / 孙频著. — 北京：北京联合出版公司，2019.1
ISBN 978-7-5596-2682-0

Ⅰ.①裂… Ⅱ.①孙… Ⅲ.①中篇小说－小说集－中国－当代②短篇小说－小说集－中国－当代 Ⅳ.①I247.7

中国版本图书馆CIP数据核字（2018）第226951号

裂

作　　者：孙　频
特约监制：张其鑫
产品经理：卿兰霜
责任编辑：管　文
特约编辑：丛龙艳

- -

北京联合出版公司出版
（北京市西城区德外大街83号楼9层　100088）
北京联合天畅文化传播公司发行
天津光之彩印刷有限公司印刷　新华书店经销
字数182千字　880mm×1230mm　1/32　印张 8.25
2019年1月第1版　2019年1月第1次印刷
ISBN 978-7-5596-2682-0
定价：43.00元

- -

目　录

自由故

•
·
·

她多么想离这个世界近点再近点，可是，她的天空是孤独的，草地是孤独的，玫瑰是孤独的，嘴唇是孤独的，乳房是孤独的，桌子是孤独的，晚餐是孤独的，自由是孤独的。她的眼泪流下来了。眼泪也是孤独的。

"一种反抗。一种吞噬。一种再生。一种杀人见血。"

一

这一日，博士楼里所有的目光倾巢而出围剿吕明月，她真是上了二十多年学都没有享受过如此殊荣。因为她决定退学。

刚才和导师拍桌子的英雄气概还如余烬一般炙烤着她，直烤得她浑身上下冒火。活了近三十年，头一次做了回自己的英雄，真是漂亮，她不能不高看自己，只恨楼道里空荡荡的，寂静无声，连个给她喝彩的人都没有。她踩着自己的回声出了中文系古旧阴暗的楼门，一头扎进了外面的阳光里。阳光很好，在她头顶流光溢彩，她几乎忘了脚下的台阶，只如伟人塑像一般屹立在那里环视着这校园。从读硕士到读博士，她在这校园里居然已经窝了六年，却从不曾真正看过它一眼。这校园对她来说从来只有两条路：一条是通往图书馆的，另一条是通往食堂的。如今，她却要与它们道别了。最重要的是，是她自己选择了戛然而止。她有些豪迈，还有些悲壮。她去意已决，导师再骂她三天三夜也没用。

当天晚上吕明月就被左邻右舍的女博士们围攻了。左边的邻居永远穿着睡衣蛰伏在宿舍里看书，她最骄傲的事情就是读博几年委实省下了不少衣服钱。她说："你这是脑子进水了吗，博士都读了三年，再坚持个一年半载就毕业了，你现在退学了干什么去？"右边的邻居又瘦又小，永远留着可爱的童花头，表示她永远不会长大。这发型果然让很多人以为她还是本科生小妹妹，她当然得意。然而最让她得意的并不是她像长不大，而是她日益增长的学识与她不朽的外表所形成的鲜明对比，天山童姥似的。她的口气也是童姥式的，像长辈一样教训着吕明月："不要以为就你一个人累。谁不是在这儿脱皮掉肉地熬着，要不为什么叫我们'博士狗'，总有像狗的地方吧？我知道你肯定是发愁毕业论文。没事，我也才写了几页，谁也没写多少，是不是？你说你退学多不划算。"听众中唯有一个三十多岁的女博士热烈地支持她，她晚上愁论文，白天愁嫁人。她说："真佩服你，其实我早就不想往下读了，现在我最想做的事情是生孩子，可惜没人和我生。"说到生孩子，她两眼放光，立刻把昏暗的宿舍照亮了。有人又问："吕明月，你退学后打算去做什么？"

吕明月被一群人围剿，表情却很淡定，只是微微笑着，并不多说话，有如闹市里的僧人入定，看上去略有些诡异。她自然已经想好了退学后去做什么，只是不能和她们说。她对这帮女人的了解绝不亚于对自己手指头的了解，她们和她都是一路货色。当年为什么读研，是因为找不到好的工作；后来为什么读博，是因为还是找不到好的工作。其实她们对做学问的兴趣远没有对看肥皂剧的兴趣大。长得略有姿色的，恨不能一见导师就撒娇。据说这系里那个最漂亮的女博士坐过导师的大腿，虽然后事不详，但她显然自以为有了导师的庇护，走在路上都觉得自己高人一等。现在博士堆积如山，像她们这种院校毕业的中文系博士只能远销三四线小城市，更何况像吕明月这样的女博士。

她身材五短，满脸雀斑，五官中最为硕大醒目的是那副鼻孔。别人与她对视的时候最先看到的永远是那两只黑洞洞的鼻孔，在这副鼻孔的威压下，其他部位都不显眼。在她说话或笑的时候还会看到她长着两只很大的门牙，一笑就像只兔子。从上幼儿园到读博士将近三十年的时间里，她一直在扎扎实实地给他人做配角，谁都不会正眼看她一眼。所以她一直奇怪父母为什么给她起了一个如此皎洁璀璨的名字——明月，与她如影相随这么多年好像只是存心要嘲讽她。不过，只要一想哥哥的名字，她就释然了。她哥哥叫吕明亮，比她金碧辉煌。当农民的父母一心想让他们出人头地、光彩熠熠，才起了这样的名字以托重望。从这个角度来看，他们兄妹二人与叫"张发财""李进宝"的没有什么本质区别，她不过是个女版的张发财。

吕明月活了三十来岁就谈过一次短暂的恋爱，最后还是对方说喜欢上别人了，坚决要和她分手，并且补充说他发现他其实从未爱过她。好像她不过是他的一块实习基地，从她这里出发，他才得以投身于真正开始的恋爱事业。果然，此后她站在宿舍楼的窗口看到男友和他的新女友拉着手走过。她一边看着他们的背影，一边号啕大哭。在此后的很长时间里，她都默默地把自己划定为一个弃妇、一个一无是处的女人，然后忍辱负重，发奋考研再考博。她并不是什么读书天才，但一个人一旦觉得自己除了读书，什么都做不了时，那就谁也拦

　　　　　　　　　　　　　　　　　　　　　裂

不住她了，她便一路飙车，读到了博士三年级。读博期间，隔壁倒是有个女博士要给她介绍男朋友。结果，那男人看上了介绍人，而她缩在那里只不过是一团不小心长成人形的空气。

就是在这一年里，她忽然感到了哪里不对劲。这种感觉有点像刚进大一时的迷茫，好像把她从一只碗里倒进了一口锅里，她一时不知道该游向哪里。但是这种感觉比她读大一时更孤独、更强烈，好像苦心孤诣搭了很多年的积木，快搭到顶了，突然发现原来图纸就是错的。然而这积木的坍塌是需要最后一根羽毛压下来的。这根羽毛是由她的一篇论文引出来的。有一篇论文，她自认为下足了功夫，却四处投稿无果。让她付高额的版面费，她又不愿意，觉得这种行为与在地摊上卖处理的猪肉无异。就在这时候，有个编辑给她回信了，说是异常欣赏她的才学，并要帮她送审至一个学术评奖机构。这封电子邮件她不厌其烦地读了一遍又一遍，像抚摩恋人的手一样怎么摸都摸不够。她开始时是一边读一边兴奋，到后来是一边读一边流泪。她流泪并不是因为能发表一篇论文，而是这么多年里终于有一个人肯把她当金子一样从沙堆里拣出来。他居然不吝笔墨，用了"异常欣赏"四个字，其中每个字对她来说都是电闪雷鸣，把她荒废了近三十年的人生全照成白昼了。要是那个编辑现在就站在她面前，她一定会涕泪交流地为他鞍前马后，像个真正的仆人一样。这个形象是她后来想出来的，当时她感激涕零，根本无法看清自己的嘴脸。

虽然只被一个人欣赏，但她觉得像得了什么大赦一般扬眉吐气，恨不得能奔走相告。好似她忽然便站到了地球的中心，再给她一根杠杆，她就能把地球撬起来了。此后她便按他的说法，静候佳音。她每天要翻看邮箱无数次，就是为了看看那人给她回信了没。没有，一直没有。她只好不停地往下翻邮箱。这样几个月后，还是杳无音信，她却患上了强迫症，只要往电脑前一坐，第一个动作就是开邮箱。晚上睡觉前的最后一个动作还是开邮箱。没有，邮箱是空的。她再一次咣的一声关上了邮箱，都能听见在这宿舍里激起的巨大回响，好像她正寄居在一只空罐头瓶里一样。躺在床上她义正词严地告诫自己，明天绝不再翻看邮箱了，他爱回不回，她凭什么让自己像只随时准备着讨好人的狗……可不，真是像狗。但是她绝望地发现，第二天起床后的第一件事又是习惯性地翻开邮箱，好像这邮箱已经变成她的呼吸和血液了。她像受刑一样每日被荒芜空旷的邮箱伤害十次，睡一觉之后接着上刑，再来下一轮。她停不下来，好像在湍急的河水中被冲着一路向前狂奔。四个月里，对方再没给她回过一个字，她却无时无刻不想着对方和对方即将施舍给她的恩典。这情形如同一场无边无际的暗恋。受虐四个月后，她终于身心疲惫，无力再应付，便鼓起勇气觍着脸给那编辑去了一封邮件询问下文。结果，此信发出便如泥牛入海。她不甘心，更何况已经厚了一次脸皮，再厚一点也无所谓。她便又写了一封信问询，结果这次收到了自动回复——"该邮箱已停止使用"，彻底废弃了。

她浑身一哆嗦，忽然明白过来，对方大约就是为了躲避像她这样的人的纠缠才换邮箱的吧，就像一个人为了躲避追杀而不得不乔装或整容。她居然逼着人家不得不更换了邮箱？这和逼着一个人亡命天涯有什么本质区别？她居然有这么大的能量，简直是核武器般的威力。

她急急忙忙离开宿舍，只想离那台电脑远一点，唯恐与它再打正

裂

面，唯恐再被它羞辱。她跌跌撞撞地开始下楼梯。她漫无目的地绕着楼梯往下走，一圈又一圈，蜘蛛吐丝布网似的。她走得气喘吁吁，颠三倒四，有时候一步就跨了两个台阶，却是一步也不敢停留，只觉得那可怕的邮箱还跟在她后面，一路追过来，一定要再把她捉回去。她只能更快地逃走。

这楼梯居然也有走完的时候？她突然发现自己已经站在外面的阳光里了。明晃晃的阳光打在她身上让她产生一种双重的羞耻感，好似她没穿衣服就跑了出来，站在阳光下面丢人现眼。宿舍楼下人来人往，有人忽然扭头看了她一眼。她心里一惊，立刻便觉得自己被人认出来了，好像她刚刚杀过人，刚从犯罪现场逃出来。她惊恐得那么逼真，几乎连自己都要相信了。她赶紧跑到宿舍楼后面。楼后面是一块狭窄的空地，除了鸟儿和虫子，鲜有人至。因为是楼的背影处，阴凉安静，倒像一座小禅院。她一个人在那里坐了整整一下午，像一枚果实被镶嵌在那道缝隙里。

她坐在那里专心致志看着自己的手指，好像在数自己究竟有几个指头。数了又数，她忽然无声地冷笑，冷气从她硕大的鼻孔里喷了出来。她开始解冻，开始渐渐苏醒。他为什么要给她希望，给她一点可怜的希望把她钓起来再抛出去，然后看着她在岸上挣扎，是觉得这样好玩吗？她情愿他根本就没有理睬过她，就让她在那黑暗的地方一直待着，她会更感激他。

也就是在这个下午，她幡然醒悟，其实真正该恨的是她自己。她从来是个软体动物，别人赐给她一句赞美，她就像得了一根崭新的脊椎。这么多年里，那些深埋在她躯体的地窖里的幽灵忽然全部复活了，突然之间她如此渴望那些从来不曾存在的自己，她渴望自己能从头来过，她想在三十岁的时候从头活一次。这三十年里她平庸、顺从、卑微，渴望认可而从不被认可，想谄媚而没有机会，想坐男人的大腿而不得。原来，她心里已经不下一百次地幻想过坐到导师的大腿上……可事实上，她和导师的关系很差，她几乎得了妄想症加被迫害症，总觉得导师不会让她毕业。难怪她要仇视那个有姿色的女博士，因为她只能望梅止渴。

更重要的是，这只是个开头，一眼望过去，未来简直是一种无期徒刑。总要毕业吧，总要找工作吧，一切她向往的东西都将拒绝她、羞辱她，根本不会眷顾她。就像那封邮件，飞过来也不过是为了更好地羞辱她。她插翅难逃。也就是在那一瞬间，她忽然做出了一个决定：退学。她不想再和她们一起头破血流地往一个方向挤了，她要与她们背道而驰。她们继续读她们的博士，进她们的高校，削尖脑袋过她们的体面生活去。而她……回头是岸，她要去过一种最自由自在的生活，此后再不需要惧怕导师不让她毕业，再不需要为找一份体面的工作而忧心忡忡，夜不能寐。

这时候夕阳西斜，她忽然看到一个高大、节烈、崭新的自己站在金色的光线里，如庙宇里的佛陀一般慈悲地俯视着这校园里的众生。她慢慢向宿舍走去，在昏暗下来的光线里，夹着书本的女博士们匆匆地与她擦肩而过，她们正忙着去图书馆或实验室。她们热火朝天地与每一分钟搏击着，谁都不会留意一个逃兵即将出现。她继续慢慢地、慢慢地往前走，像影子一样从她们身边飘过，好像她已经是不存在的了。这种感觉让她打了个寒战，就好像她和她们已经阴阳两隔了。

裂

这个晚上，坐在万分熟悉的宿舍里，她却不知道该怎么处置这个全新的自我。她自然还在留恋那个曾经的自己，那个人多年里虽然卑微渺小但勤奋刻苦，堪称被社会机器批量拓出来的五好青年。可是现在，这个新生的自己，多少带着点邪气的自己，正胁迫着那个曾经的自己，让她没有容身之地，要把她赶出这间宿舍。折腾到半夜都睡不着，她开始偷偷哭泣，为自己丢失的身份。她第一次感觉到隐藏在自己身体里的其他自己，一个又一个自己装在透明的瓶子里，标本似的全都陈列在她面前。她们让她觉得自己面目全非。

她们陪着她，一宿无眠。

二

离开京城，吕明月终于如愿以偿地踏上了西去之旅。

坐在火车上，她的第一个想法就是先告诉桑小萍。桑小萍是她大学时代的唯一闺密。当然，大学期间，两个文艺女青年的友谊还是靠谱的。她们平庸得相似，丑陋得相似，这样的女生在大学里比比皆是，走在一起简直像孪生姐妹，难以区分。虽然相似，但她们也经常相互鄙视，吕明月曾嘲笑桑小萍的名字——小萍，这名字掉进沙子里就拣不出来了。桑小萍也笑："给你起了个明月，你就真把自个儿当轮月亮了？你家不是还有尊明亮吗……呃，还是你哥比你更有杀伤力。"但这不影响她们黄昏时分在校园里的林荫路下一圈一圈地散步,纸上谈兵般辩论着究竟什么是人生。她们自然都知道自己是大学校园里永远不被男生们注意到的那种女生,但只要她们组合到一起了,气场便蓦然强大了,像两个人合成了一个庞大的巨人或者胖子,还带着森森的妖气。那时候她们对人间的一切都跃跃欲试,恨不得立刻跳进这口煮沸的锅里让自己万劫不复。她们鄙视漂亮女生,因为觉得女人既然漂亮了肯定就没有脑子,而她们既然不漂亮就必定有能量惊人的大脑。她们深信自己所说的每一句话都是宇宙间刚刚被刨出来的新鲜真理。

她们一起去逛街的时候,虽然只敢从批发市场上买那些廉价的东西,这却不妨碍她们高高在上地冷睨着这个世间。吕明月说,看看这些人,把自己做的事情都真当成那么回事儿,还好像真的很重要。桑小萍也觉得这些人好笑,同时又觉得她们两个的存在就是一个滑稽的符号,倒像两个小丑看着一群小丑笑。

吕明月认为桑小萍霸道而刻薄,永远喜欢压迫、侮辱与自己关系最亲近的人。桑小萍则认为吕明月太矫情,比如吕明月老说,现在工作这么难找,怎么挣扎都没有尊严,不如将来她们两个一起去德令哈吧,那里有大片红彤彤的枸杞和蓝色清澈的湖。找个牧民嫁了,跟着他浪迹天涯,多自由自在!也不用考虑一平方米房子多少钱,攒个首付还得勒多少年的裤腰带。

桑小萍说吕明月的矫情足够让她死几次。

就是这个女人大学毕业后居然去写小说了,大约也是因为手不能提、肩不能挑,自知这辈子做美女无望,只好拼着命往才女的方向靠拢，好像一旦做了才女便有资格朝着美女们冷笑了。吕明月为此鄙视她，说："你不过是因为考不上博士才去写小说，就算你写上几本小说出来，卖又卖不掉，就是送人了还要被人当废纸卖掉。难不成你在旧书市场淘到自己的书时，一看居然扉页还在，于是悲愤之下大笔一挥，写上再赠×××先生，然后再颠颠地送到人家门口去？"桑小萍则鄙视她是因为写不了小说才去读博士。她们都认为对方是什么都干不了才会去做手头的事情，不过两人终究是一路货色，也算没白做一回知音。

吕明月靠着车窗，看着外面无边的夜色和夜色里飘过的几点灯光。她可以想见，现在桑小萍一定正窝在黑屋子里，衣衫不整、蓬头垢面地坐在电脑前敲字。她活像个盲人一样，终日依靠小说来幻想，一边为自己幻想出来的人物龇牙咧嘴地掉泪或窃喜，甚至丧心病狂地以为自己是他们的上帝。还没见她写出一个像样的小说呢，她的身体已经捷报频传——她时不时地汇报她的孤独、她的脊椎、她的眼睛、她的鼻子、她的牙龈、她的内分泌。她看起来像一部行驶在半路上的破车，所有的零件都摇摇欲坠，她随时有半路上抛锚的可能。

不过，吕明月并不同情她，她不能不鄙视她的职业，因为在她看来，这些写作的人不过都是些染有窥视癖和暴露癖的患者，不仅喜欢暴露自己身体里、大脑里的每一个隐秘角落，还喜欢窥视他人的一切隐私，并以观察到位、能够一刀见血而窃喜。

而桑小萍对她的评价是："你除了会写点谁都看不懂也不愿看的论文还会什么？"她想咆哮，奶奶的，姑娘可是搞学术的女博士，学——术，懂不懂？可是她最终还是把这两个金碧辉煌的字咽下去了，因为事实上桑小萍也没有夸张多少。

不过，她们终究是知音，无话不谈。桑小萍时常向她诉说自己遭受的委屈。她说，有个女作家每次给编辑投稿的时候一定要附上照片，让对方先瞻仰一下她的美貌再看文字。吕明月说："这和你有一毛钱的关系吗？有本事你也发张照片倾国倾城去嘛。"桑小萍说，当然没有一毛钱关系，可是她就是觉得委屈还不行吗？其实她真正的委屈在于，她没有可以在兜售小说前先兜售照片的那种美貌，她不过是想做主角而未遂。

后来读博的时候，吕明月发现自己在悄悄憎恨那个最漂亮的女博士。一开始她对自己产生了可怕的错觉，以为自己是过于正义，过于大义凛然。后来她才恍然大悟，因为深谙自己的丑陋，她才这么憎恨旁人的美貌。原来她也不过是个未遂者。她头一次肯定了自己的猥琐。确实猥琐，一点也不亚于桑小萍那个女人。她越发笃定，她和桑小萍真是一路货色。

此刻，桑小萍还苦兮兮地坐在电脑前焦头烂额，而吕明月已经辍学，坐在逃亡的火车上。明显地，吕明月的境界已经胜出那个女人一筹。此等伟大胜利一定要与人分享才好，她开始在昏暗的车灯下给桑小萍发短信。

"女人，我决定不读博了，我退学了，虽然只有一年就毕业了。"

"女人"是她们从本科时代开始对一切闺密的统称。尽管那时候两人不过是无知少女，但就是因了这无知，"女人"这称呼才足够她们意淫将来。除了敬称她为女人，她还必须强调"一年"这个关键的前提条件。一年啊，转瞬即逝，傻子都知道。不是这残酷的短促便不足以衬托出她此次决定的英勇，有了这时间的衬托，她在气质上就更接近舍身炸碉堡的烈士。

"你是不是疯了？还有一年就毕业了。"

她看着短信微笑了。这个女人还是这么俗，真是俗得不可救药，居然劝她不要退学。她根本就无法理解她，所以她也就只配写点不成器的小说聊以自慰。她以高僧的姿态回了一条："苦海无边，回头是岸，我要独自前往德令哈了。"

"真想到那儿找个牧民嫁了？你除了读点书，什么活儿都不会干，不会放羊，不会生孩子，还老端着个女博士的架子放不下，没有哪个牧民会娶你的。"

那个女人的意思是，在德令哈，她会比在伟大的首都更像个废物。这个刻薄的女人，诅咒她一辈子嫁不出去。事实上，自打她开始以写作为生之后确实更难嫁出去了。因为操此职业的女人老是得意扬扬地解剖男人的肉体和灵魂，而男人早就打着哈欠去找胸大无脑的小姑娘去了。胸大点是真的，别的都是假的。恕不奉陪。

不过她并不生气，她知道短信那头的女人一定在吃酸葡萄，大约是因为她知道自己这辈子也不会离开电脑，拍屁股走人，前往德令哈。就像她知道自己这辈子都没有机会在小说前面先附上一张美人照，还是搔首弄姿抛媚眼的那种。她微笑着，回她一句："继续写你的小说吧，我要前往德令哈啦。"

德令哈，美丽的德令哈，世外桃源的德令哈。

桑小萍没再回短信，她在手机背后消失了，消失在了茫茫夜色中，又抛下了孤零零的吕明月。吕明月望着车窗外轰隆隆碾过去的夜色，凛然一笑，好像在庆祝自己想象出来的一种伟大的胜利。继而，好像连她自己都感觉到这胜利的可笑了，她又一阵悲凉，裹了裹衣服。忽然她看到了车窗玻璃里自己的影子，这个其貌不扬的矮个子女人裹着一件衣服呆头呆脑地坐在那里。车窗外呼啸而过的列车车灯一节一节映在了她透明的身体里，好像她是一艘漂在海面上的船，满载着异乡的璀璨灯光正不知要漂往何处。

她一阵恐慌，连忙拉上窗帘。

两天两夜之后，吕明月终于到达德令哈了。她幻想多年的德令哈，有枸杞有湖水，有牦牛有戈壁，人们在原野里快马奔跑，在戈壁滩上迎着地平线上升起的太阳奔跑。在蒙古包里，男人们在姑娘们绵绵不绝的歌声中畅饮青稞酒，一碗又一碗。晚上则顶着星光露宿草原，头顶是旷广苍穹，身下是辽远大地。从现在开始，做一个自由自在的人。

吕明月拖着自己唯一的箱子挤进了熙熙攘攘的火车站。陌生、疲惫、焦躁的面孔汇聚在一起，看起来像条狰狞的河流。河水哗哗退去之后，只剩下她这唯一一块礁石，所有的人都有去处，只有她不知道自己应该往哪里去，于是，她像块赘肉一样被滞留下来，无法消化。

她拖着箱子在火车站前面的广场上一圈一圈地徘徊，因为行动可疑，一个保安已经开始注意她了。而她此刻正困惑的却是今晚怎么睡觉。她坐了几十个小时的火车硬座来这里，与苦行僧磕着长头一步一步到圣地有什么区别？图的就是自在。而自在已经无边无际地展现在她眼前了。

裂

她看着广场上的长椅，打定主意就在这里过夜了。正是六月，睡在露天倒是不算冷。她把包当枕头，刚躺上去便被那个盯着她的保安叫了起来："这里不能过夜，快点离开。"吕明月拖着箱子被赶出广场，在街上走了半天，走到了一座陌生的桥头。她看到两个真正的流浪汉正睡在桥下，卷着破烂的铺盖，隔着几米远都能闻到他们散发的酸臭味。她站在那里，浑身一怔，好像站在电影的幕布下面看到了不该看到的血腥镜头。这就是她想象中的波希米亚式的自由？她打了个寒战。

她拖着箱子狂奔过桥，不敢再停留一分钟。半个小时以后，她终于找到了一家便宜的旅馆。看来还是有钱好啊，有了钱才能到处做人。

毫无悬念的是，一晚上有蟑螂、蚊子甚至一只老鼠陪伴。这就是自由的代价？躺在黑暗中，她开始思念那间博士生宿舍。如果不是那些忌妒无穷无尽的期待和恐惧终日纠缠着她，那间斗室倒还能算得上一只遮风避雨的花盆，她要是想像株植物一样在里面多赖几年，也没有人会把她连根拔掉。可是，在那儿她还没有待够吗？待在那里也不过是受刑罢了。无论等待什么，只要在等待，便是牢笼，便会被剥夺自由。尤其是当你心里还侥幸残留着一线希望的时候，那简直是一种酷刑。她周围的那些女博士，她不能不在深夜再次想起她们，过不了两年，她们会纷纷走进高校或者某科研机构，打着女学者的幌子嫁个体面男人，丝毫不觉得这只不过是积蓄了三十年的对生活的阴谋终于得逞了。她们是能看到将来时态的一群女人，将来会站在食物链的顶端，指挥着脚下的那些后来者。

而她呢？她没有将来时，她把它们连根切掉了，她只有当下，只有现在时。她起身拍死一只蚊子，就着那点鲜艳的蚊子血她忽然问了自己一句：她究竟在做什么？这一问，她忽然又打了个寒战，觉得黑暗中有一群女人正围剿她、嘲笑她。她究竟在做什么？她是不是把懦弱当任性，把任性当骄傲，把骄傲当自由，把自由当荣誉，把荣誉当宗教？她仿佛置身于一片混乱复杂的数学公式里，无法换算，也无法得出结果。

　　这个夜晚漫长荒芜，却并不寂寞，那群女博士通宵陪伴着她，寸步不离。黑暗中，她与她们的目光赤裸裸地相对，像一种古老的深入骨髓的格斗。不，她不能输掉，她一定要让她们知道，身在牢笼中的人和过着波希米亚式生活的人是多么不同，她一定要让她们都羡慕她。想到这里，她那两只大鼻孔里喷着热气，她俨然觉得自己是卡门的魂魄附身，她恨不得披上毯子，鬓角戴一朵金色合欢花，捧着占卜命运的水晶球，咯咯笑着斜睨这个世间。

　　不错，以目前的格局来看，那群女博士是一群穿着礼服戴着礼帽在岸边观光的女人，而她是那个在水里裸泳的女人。不过，慢慢地，想脱光的人越来越多，到最后一丝不挂的最终会成为正面人物，而她们的道德境界也在同步攀升，由伤风败俗上升至天人合一的光辉顶点。而那些衣冠整齐的观光客倒成了反面人物，她们虽然捂得严严实实，道德境界却每况愈下，恐怕要由卫道士堕落为窥视者，还经常未遂。

　　吕明月躺在逼仄的黑暗中为自己想象出来的前途笑了，还没笑完，泪却出来了。

好不容易在蚊子的呻吟中熬到了天亮，天亮之后，谋生问题浮出了水面。是啊，就是要自由也得先吃饱，囊中本就没几个钱，先找个工作吧。可是一连几天都未果，除非她拉下脸去小饭店做服务员，她一个肄业女博士去做服务员？白天找工作，晚上再回那家小旅馆。她虽然害怕回那里过夜，但不回去又能怎么办？肯定不能像乞丐一样去露宿街头，可是，在这肮脏的小旅馆里住着分明要比露宿街头更阴损，就像有处伤口发炎了，却还要努力用一层皮把它包起来。

　　她走在黑暗中，忽然就嘲笑起自己，原来，至今她心里想的仍然是一种体面的生活、一个体面的工作和一个体面的住处。她明明情愿被这种体面绑架，却放弃前途，来西北流浪。这简直是南辕北辙。她明白了，她现在所做的一切其实不过是想在社会秩序中建立起她自己可笑的殖民制度，并插上自己一个人的旗帜。

　　又过了几天，吕明月找工作还是未果，她撑不住了，决定先租个房子住下，起码先从这肮脏的旅馆里逃出去。看来，吃和住的问题永远是一切问题的祖宗。这天她刚拐进一条巷子，忽然在巷子口看到一张启事——有人在找合租者。她犹豫了两秒钟，撕下了这张纸，上面写着"联系人：王先生"。电话打通之后，她在附近一栋破旧的老楼里找到了这套房子。敲门之后，有人从里面开了门，探出一张脸来。她被这张脸吓了一跳，忍不住后退了两步。怎么说呢？她从没有见过这么大的嘴巴长在人脸上，嘴角像匕首一样直直划过两颊，一直划到耳根下才罢休。因为嘴太大，所以很难合拢，露出了两排白森森的板牙，像一只秋天的大石榴实在难以藏住满腹的果实。王先生热情地把她请进去，让她参观房间，一边介绍房间一边介绍自己。他说，他是东北长白山人，几年前也是只身来到了德令哈。他说他叫王发财。

吕明月又是倒退三步，像看外星人一样看着王发财。

"你叫王发财？"

"是啊，怎么了？"

"确定不是你的笔名？"

"我爹给起的，打小就这名字，从来没换过。"

"可是你怎么能叫王发财？"

"我为什么不能叫王发财，难道你也叫王发财？"

"呃，不是……"

确实，她是不叫王发财，可是从心里她一直根深蒂固地认为，自己只不过是"王发财"的一个变种，从本质上讲，她其实就是另一个王发财。无论是吕明月还是吕明亮，距离王发财都不过一步之遥，甚至连一步都要不了，他们就是远亲，他们都是从同一种土壤中长出来的植物，生命栖居于生命，骨头长出骨头，王发财长出吕明月或者吕明月长出王发财。就是在那一瞬间，她决定暂时寄宿在这房子里，就是因为身边这个陌生人名叫王发财。他给了她一种亲人的假设。

三

吕明月提出能不能先付一个月的房租，因为她实在没有多少钱。

裂

王发财看起来并不满意，他咧着大嘴说："一个月太少了，你最少也要付三个月的。"他要赶她走，她拉开箱子，急忙往出掘宝藏，掘来掘去只掘出整整齐齐一沓证书。因为羞愧和急于炫耀，她的两只手急得乱抖，话在嘴里也像沙子一样松散，不成形："你看你看，我可是正经人，这是我的本科毕业证，这是我的学士证书，这是我的硕士毕业证，这是我的硕士学位。"她多么想再追加一句："这是我的博士毕业证书，这是我的博士学位。"可惜，下面是空的。尽管空口无凭，她还是不肯罢休地痛苦地补充了一句，她发现在那一瞬间她真的很痛苦，痛苦得远远超出了她自己的想象。她说："我是博士肄业，其实只剩一年我就可以毕业了。是我自己退学了。我想来德令哈是因为……觉得在这里可以自由自在地生活。"

一摞证书摆在她手里像一摞大大小小的牌位，好像她是一座庙宇，这些牌位都是供在庙宇里的，每一个牌位都在证明她的身份，证明她是谁——她这个人群里的丢失者。她的泪忽然就下来了，但她又觉得自己此刻好像没有理由流泪，所以一边流泪一边却觉得生涩、羞愧，好像不应该，好像是把别人的眼泪偷过来用了。

然而这些牌位神奇地显灵了。王发财看着那摞证书，眼睛忽然直了。他伸出两只手握住了吕明月的两只手，像是与前来接头的同道终于相认了，他的泪也几乎要落了下来。他表情激动，三十二颗牙齿无一遗漏地全部暴露了出来，展销会上搞促销似的。他说："我初中毕业后就再没上过学，十几岁的时候就离开长白山出来打工。我做过厨子，做过建筑工地上的小工，什么都做过。你看你看，这根指头就是那时候在工地上被砸的，已经彻底废了。"说着，他向她摆弄着右手的食指，果然，那根指头弯不下去也伸不直，像一根强装在他手上的木头假肢，荣耀地呆呆地站在那里。这根指头使他的整只手看起来像血肉与木材的古怪混合体。事实上，他整个人看起来都像一个古怪的混合体，他的脸上纵横交错着天真与苍老、纯朴与狡猾，像个长得像祖父的孩子，又像个长得像孩子的祖父。

他像扛着自己的旗帜一样摇着那根指头，语气越来越激动。他说："这些年里我几乎把所有的职业都做了一遍，睡过马路，扫过厕所，三天吃不到一粒米也有过，找不到一口水喝四处找水龙头也有过。这辈子我最痛恨的就是我上学太少。你不知道啊，只要看到读书多的人，我就会无比崇拜，我就恨不得和他们换一下，让我变成他们该多好。我曾经一心想当作家，所以这么多年里有一点空就写点'小豆腐块'往报纸上投，投了一年又一年，一年又一年……我为什么来德令哈？说来也可笑，就是因为当年读了海子的那首诗，我就一路找过来了。"

"那你现在在做什么？"

"现在我是一家报纸的记者，以前我经常给他们投稿，后来他们主编就收下我做了记者。"

"王……记者。"

王发财忽然亮着三十二颗牙嘎嘎大笑起来，顿时满屋子白光闪烁。他边笑边说："快不要笑话我了。我就上到初中毕业，一见到你这样的文化人我就崇拜死了。快住下快住下，先住下再说。"说着，他就过来夺吕明月的箱子，好像生怕她从他指缝间溜走了。一秒钟之内，他们已经成了时隔二十年又重逢的故人。他夺下箱子，忽然像想起了什么，又咧着嘴追问了一句："那你为什么不把博士读完呢？"吕明月现在既怕人家问这个又盼人家问这个，问她好像是在把玩她新鲜的伤口，真是残忍；不问又好像压根就不尊重她这个人，根本就是无视她的英雄气概及其行为，更残忍。她幽幽叹了口气，一副欲言又止的表情，说："想换种活法，想活得自由自在一点。你没听说现在有很多人扔了好好的工作跑到丽江开旅店吗？就是图个自由。"

王发财又嘎嘎大笑，说："我爹说得对，读书读多了脑子就被糊住了，所以他不让我再上学……"吕明月略略有些恼怒，她听出他这弦外音是说她脑子进水了。她想夺回箱子，却听王发财又说："对我这样的人来说，有一碗饭吃就比什么都重要，只要不饿着，我就什么都不怕了。看来你还是没有被饿过。现在找一份工作多难啊，我能当上记者简直就是想都想不到的事情。现在我走到街上，别人还是以为我是个民工。你是不是也觉得我长得像民工？哈哈。只要他们不赶我走，我就绝不离开这里。我是恨不得像萝卜一样种下就再也不动了，实在是流浪够了，自由够了，你是……"他没再往下说。

他捂着嘴想阻止自己大笑，无奈还是笑声四溅。他说："一分钱难倒英雄汉，饿了你就知道还是有饭吃要紧。要不你先跟着我跑吧，给我打打下手，房租我全出，你住着就行了。"

吕明月觉得自己已经感激涕零了，她那没有节操的原形马上就要暴露了，这么多年里谁给她一点恩惠她就会这样。她想，真是骨子里的下贱。她连忙加以掩饰，环顾左右地问："这是你租的房子？"

"可不是？能租个房子我已经很知足了，哪能买得起？你看到旁边那个富丽堂皇的小区了没？对，就是那个爱华苑小区。听说这两天小区里的人正郁闷，你猜怎么着？这小区最初的规划是个经济适用房小区，不知怎么到了开发商手里，摇身一变就成了高档小区，后来又听说这小区起了个艳俗的名字——爱华小区。原来这个开发商的情人就叫曹爱华，这小区是他献给自己情人的礼物。并且据可靠情报，这小区的整体规划就是按照他情人躺下的睡姿设计的，所以才蜿蜒曲折，别有洞天。你知道现在住在这小区里的人们郁闷什么吗？他们都担心自己是不是正好住在了曹爱华的裆部。哈哈哈。我虽然连曹爱华的裆部都住不进去，只能住在他们附近的贫民区，但就是靠着这些有钱人，每天看着他们的小车出出进进，我也觉得生活是很好的啦。活着怎么能老和人比呢？"

原来世界上还真有不想做主角的人。吕明月不由得对他肃然起敬。她又仔细打量了一下这房子。房子是很旧，里面有几件家具都是缺牙豁口的，散发着时光凿刻下来的霉味，不像家具服侍他，倒像他在这屋里收养了几个残缺不全的家具老人。这些家具老人的身上摆设着各种简陋的小东西，一只牙膏盒做的笔筒摆在桌子上，桌上还有用纸板剪出的雪花状的杯垫、用饮料瓶做的花瓶，里面插着一枝孤零零的玫瑰。就连窗台的那扇玻璃上都贴满了花鸟鱼虫。她走过去一看，原来都是些已经干枯的标本，有春天的小草、夏天的蔷薇、秋天的落叶，有蝴蝶的标本、灯蛾的标本。她可以想见他在灯下捕到一只蛾子，然后小心翼翼地、笨拙地把它夹在书中，像等着一坛酒发酵一样等着它慢慢变干枯变绚烂，最终变成一枚标本。

她的眼睛忽然又湿润起来，在那伟大的首都，混迹于那群女博士中间的时候，她从不知道世界上还有王发财这样的人，好像生活就是

裂

唾弃他一千次，他还是要眼含热泪去拥抱它。

既然有人收留，她决定就在这里做闲云野鹤一段时间。

第二天早晨，天光未亮，吕明月就听到楼道里传来震耳欲聋的歌声。歌声虽然严重跑调，却很嘹亮，犹如雄鸡打鸣响彻整个楼道。她被吵醒，再无法入睡，只好躺在床上假寐。她正躺在床上想不知道王发财起床了没，却听外面的门锁咔嗒一声，有人从外面开门进来了。她一惊，莫非有人打劫？紧接着，她又听到和来人一起杀气腾腾地破门而入的还有楼道里那嘹亮的歌声："澎湖湾啊澎湖湾，外婆的澎湖湾，有我许多的童年幻想，阳光，沙滩，海浪，仙人掌，还有一位老船长。"歌声瞬间便像结实的砖头一样砌满了房间里大大小小的角落，一时竟让她感觉水泄不通，好像空气都变成了固体。她慌忙穿好衣服，走出自己睡的那间卧室，探头一看。客厅的窗前站着一个人：王发财。王发财双手捧着一枝玫瑰放到胸前，正站在窗前继续歌唱《外婆的澎湖湾》。一曲唱罢，他换成了浅吟低唱，一边哼着《外婆的澎湖湾》，一边把塑料瓶里的那枝旧玫瑰取出来，把手中那枝新鲜的玫瑰插了进去。

一回头，他看到吕明月正在自己背后，便咧开大嘴亮着三十二颗牙齿大笑："起来了？睡好了没有？"吕明月说："都被你的歌声吵醒了。"王发财继续大笑："哈哈，早起是我多年的习惯，改不了。我每天早晨五点就准时醒了，然后我就下去跑步，跑完步去菜市场买菜，顺便给自己买一枝玫瑰。"

"每天一枝？"

"对，每天一枝献给自己的玫瑰，雷打不动。"说着说着，他又唱了起来："我早已为你种下，九百九十九朵玫瑰……"

她怀疑，他无论看到什么，大约都要为之高歌一曲，过会儿还要歌唱牙刷歌，唱早饭歌，唱蔬菜歌。他不知从哪里翻尸倒骨地刨出来这么多古老的歌曲，歌词都蒙着厚厚的灰尘，他也不去掸，抓起来就唱，还唱得如此投入，旁若无人。

她说："你每天这么大声唱歌也不怕把邻居们吵醒了？"

王发财咧着嘴说："他们早就习惯了，你过两天也就习惯了。你也应该向我学习，活着一天就要大声唱歌。我每天都是从菜市场一路唱着回来的，手捧玫瑰放声高歌，从来没有人过来阻挠我。每天唱歌的时候我就想，人能活着真好啊，活着本身就是一件多好的事情啊。"

她想，这么热爱生活的人倒也少见。她眼前出现了他把一枝孤零零的玫瑰捧在胸前张着大嘴昂着头一路放声高歌的情景，顿时脸颊发热，好像他替她丢人了，她不由得要替他脸红。王发财没去注意她脸色的变化，兀自高歌着游弋到厨房做早饭去了。他开始在厨房里放声歌颂豆角、西红柿还有鸡蛋。她觉得在早饭之前他还应该画着十字架再来一番祈祷，感谢上帝，感谢您赐予我们蔬菜和粮食，感谢您让我们活着的人每天能填饱肚子。

吕明月一边替他脸红，一边却又忍不住偷偷瞻仰王发财的背影。一个人热爱生活热爱到了这种地步也算条好汉，她不得不佩服。

早饭之后，吕明月跟着王发财去下乡采访。两个人换乘了数种交通工具，最后在乡间土路上找到了一辆名叫蹦蹦车的三轮车抵达了受访者家中。王发财咧着大嘴说："没办法，没钱人没有车，去个偏僻的地方就只能把人类所有交通工具横坐一遍。在找不到车的犄角旮旯

裂

就只能骑毛驴了，不过，真有毛驴骑是好事，也算名士风流。"他的大嘴咧开，牙齿在阳光下闪着釉光，表示他很向往骑着毛驴的名士生活。他看起来会轻易满足于任何一个最小的细节，好像一切对他来说都是额外的恩赐。

采访完毕，王发财问主人借了摩托车，带着吕明月向村外的油菜地驶去。他们带着风声从无边无际的油菜地里飞过。对着那油菜花看久了就感觉它们马上要烧着了，金色的大火即将把一切吞噬。远处有个山坡，山坡下有一幢白色的屋子。那房子看似近在眼前，他们却走了几十里地，绕过一条宽宽的河流才到达山坡下的白房子前。此处绿草从坡顶倾泻而下，阳光从云端洒落，空气清澈，一群眼神天真的牛羊在草坡上啃着草随处游走。他们坐在山坡上，眼前平地无垠，天空又低又蓝，坡下片片青稞绿地，不远处横亘着一条弯曲的河流，河流对岸是一望无垠的金黄色大地，油菜花开满了整片平川。那大片的金黄一直延伸到深青色的山脚下。群山之中，一座座冲入云霄的雪山威严而立，上接蓝色的天空，天空中则随意拥着大堆大堆蓬勃的白云。

吕明月在草地上跑了几步，觉得此等景色简直令人窒息。忽然她像想起了什么，掏出手机拍照，然后发到微信里。她看到了不算看到，更重要的是要让那些还趴在电脑前憋论文的女博士看到。她觉得自己此刻的心理就像一个可怜的小孩子好不容易抢到一块糖，连忙要把这块糖向所有的人炫耀一遍，似乎因了这块糖的存在便可以减少她的可怜。连她自己都觉得自己真是龌龊，龌龊而可怜，然而，手已经不是她自己的了，两只手独自行驶着，愣是一口气把十几张照片全部发了出去。

她一定让她们看，一定要推到她们眼皮子底下给她们看，让那些女博士看看她已经掘到了怎样的一处宝藏，她已经占领了怎样的一处风水宝地。这哪里是人间，分明就是天堂，此刻她就是新住进来的神仙。她在这里自由自在，没有论文，没有导师，没有工作，不用期待、不用幻想，幻想也不会落空。惩罚一个人最好的方式就是让她向往而不得。而她是她们放在遥远的德令哈的一只眼睛，她会替她们看到一切，替她们忠实地记录一切并汇报一切。

　　照片发出去没一会儿，有女博士开始给她回复了。"好美。""太美了。""真美。"然后附加大大的感叹号。回复太短了，字太少了，远远不能满足她的虚荣和预期。她一边悲怆着，一边却也得到了些微的满足。她相信此举已经给了她们一个打击，也不枉她扔掉即将到手的博士学位而远去云游。她突然发现此刻的自己是这样的愤懑和委屈，她此时的气场如同一只尖叫的猫，似乎急于抓住点什么撕碎点什么才能稳住摇摇欲坠的她自己。她就是化成灰，就是变成一个乞丐，她也是个女博士，没有人能抹杀这一点。没有。

　　吕明月的胸口越发疼痛，她连忙对着这傻蓝的天空大口呼吸。忽然她发现王发财不见了，四下里一找才发现，他正躺在草地上对着天空静静流泪。她向来见不得男人流泪，觉得这是女人的专利，但她还是问了一句："你怎么了？"王发财眼泪汪汪地说："我是觉得这天实在太蓝了，我一辈子没有见过这样蓝的天。这一切怎么能这么美，美得让我忍不住要掉泪。"吕明月听得头皮发麻，连忙掉转头去，不忍直视发财那张一把鼻涕一把泪的脸。她想，这个男人好像来到世间就是为了感谢这世间的一切，简直像个朝拜的圣徒。

此后吕明月就跟着王发财到处采访到处游荡，然后向她们炫耀她如今的自由自在。可是那些女博士渐渐不再理她，甚至一个字都不回了。她们的冷淡令她的身体里忽然再次装满了羞辱。她为什么要退学？是因为她智商低，因为她真的就不配博士毕业吗？她只是厌倦了像后宫一样的争斗，而不是真正怕了她们。也真是奇怪，只要是充斥着女人的地方，即使没有一个男人，居然也能像后宫。虽然自我抚慰了一番，但吕明月心中的余怒未消，仿佛她身体里装满了发育不成熟的少女的怒火——不恰当却又完好无损的怒火。是啊，就她这样一个女天才，这样一个聪明人，现在除了自由，什么都没有——没有工作，没有积蓄，没有体面，没有前途。她狠狠地用手砍着地上的一棵草，仿佛那草就是她自己，它该被砍。

四

这时候王发财采访完了，咧着大嘴向吕明月走了过来。他永远都这样咧着大嘴笑着，她不知道他在睡梦中是不是也这样，但是只要是他醒着的时候，他就是同一种表情，仿佛对生活赐予他的每一分钟每一秒钟都无比满意，满意到了骨头里，以至睡着都能笑出声来。王发财站在她面前大声说："还想去哪儿？我带你去。"她抬起头来看着这个大嘴丑男人。他长得是真丑啊，可是就连这样一个丑男人都没有表现出对她的一点点想法。当然，如果他追求她，她会毫不犹豫地拒绝他，可是他居然根本不追求她。她一边用手下意识地遮掩自己的大鼻孔，一边想，她和他在一套房子里住了三四个月，他也没有表现出对她的一点点企图，好像她连女人都不算。

以前吕明月是女博士的时候，听人说道："你们女博士楼上住的女生都不像女生，个个都是面无表情，只有眼睛间或一轮。"尽管那人把她们说得性别不明，可她听着也并没有生气，因为她知道那还是对她们女博士的一种变形赞美。可是，现在，除掉女博士的身份，她却仍然没有变成一个女人吗？难道她已经变成四不像了吗？不像男人，不像女人，不像天才，不像废物，什么都不像，也什么都是，分明是一只长着四只脚的怪物。她再一次告诉自己，她从来就不值得任何人渴望，她三十年的人生犹如一桩罪恶令她感到羞耻。

她忽然就号啕大哭起来。

王发财安慰她的法宝永远是"想去哪儿？我带你去""想吃什么？我带你去吃"，想怎么样就怎么样，好像她只是幼儿园的一个儿童，所有的哭闹永远与吃喝拉撒有关。而他时刻打算像纵容一个无知的儿童一样纵容她，似乎他是她慈祥的父亲。这让她感到些许幸福还有幸福背后更深的耻辱感，他为什么就不能把她当成一个女博士来哄？为什么就只能当作女童来哄？可是，对女博士又该怎样哄呢？难道两个人躺在床上讨论学术课题，讨论有几篇论文发在核心期刊吗？她哭得更凶了，以示对他和她的惩罚。他们都是该惩罚的人，都是。她放着即将毕业的博士不读，任性地跑到这鸟不拉屎的大西北小城来游荡，该罚。而他面对一个智商超群的女博士不追求，不是把她当成

裂

无性别的人就是当成六岁的儿童，也该罚。

王发财看着她，忽然两眼放光，大嘴几乎要裂到耳根处了。她仰着鼻孔看着他，心里一惊，怕他即将要说"我发现我喜欢上你了"。要是这个丑男人真这么说了，怎么办？她忘记了自己的其貌不扬，心里又是紧张又是得意，仿佛这句话已经说出来了。如果他真这样说了，她当然得拒绝他。怎么可能？他一个初中毕业生，嘴还长得这么大，简直是巨大，要是和他接吻，他的这张嘴肯定能把她的整个头都吮吸进去。他不仅嘴大，还有一个指头是残废的，即使全身所有的地方在动，那根指头也绝对不会动，它已经死了，已经蜕变成了一截木头。她怎么可能答应这样一个男人的追求？

吕明月正想象的时候，王发财开口了，可她听到的是："要不我带你去吃手抓羊肉好不好？要吃白条还是黄焖？我知道有一家羊肉做得特别好，他家还有黄酒，我们可以吃着羊肉喝着黄酒，这是天下最好的享受了。哈哈，好不好？"她已经做好全副武装准备好对付他的反攻了，没想到却一招扑空，因为防卫过当，用力过猛，还差点摔倒在地。她坐在原地半天没吭声，好像她没有反应过来，根本没听懂他在说什么，他讲的羊肉与黄酒对她来说都是天外来物。

黄昏的天空与湖面呈现出一种更为奇异的蓝，从地里回家的人三三两两地朝天空唱着歌，空气将他们花儿一般的嗓子变成了一座歌唱的花园。再远处的房子里飘出了饭菜的香味。又一天要结束了，吕明月镇定下来，抬起头来，像个儿童一样天真地对他说："好，去吃羊肉喝黄酒。"

王发财带着她又翻过一座山坡，来到河边的一家羊肉店。二斤羊肉、二斤黄酒，大块的手抓羊肉垛在他们面前。虽然夕阳西下，阳光还是很刺眼，两人坐在店门口，一人戴了一顶草帽。连着在外跑，吕明月比刚来时已经黑了好几圈，王发财则早已漆黑如炭。她看着王发财，忽然笑了，说："你真像个小老头儿。"王发财咧着大嘴，牙齿闪着白光，说："你现在也挺像个小老太婆的。"这句话居然没有让吕明月生气，她戴着草帽坐在一堆羊肉前面，手里捧着黄酒，对面坐着王发财。忽然此时此种情景让她心里一动，这样生活下去其实也没什么不好的。这些天里她就这么无耻地吃他的、喝他的、住他的，从没有听到过他一句怨言，好像倒是他欠了她的债。她是多么无耻啊！她心里又是冷又是热，她忽然就抬起头仰着大鼻孔审视着王发财，挑衅地说了一句："发财，你就不喜欢我吗？"

话一出口，吕明月就后悔了。她已经输了，她等他这句话实在等不到便自己说出来了。因为她心里毫无理由地固执地认为，这句话就是王发财该说的话，他只是没有说，不等于它不存在。而她只是像个性急的牧羊女一样提前替他把它放出来了。可是这羊儿一旦被提前放出来了，看着竟也不像羊儿了，像基因突变了一样面目可憎。如果他残酷地拒绝她，怎么办？再委婉也终究是残酷的。他会说："我觉得你很好，可是我们还是做普通朋友吧。"或者："我是为你好，你应该找更好的男人。"天哪，如果她被一个只上过初中的丑男人拒绝了，她怎样才能把这只羊儿赶回羊圈？若是被那些昔日的女同窗知道了，她还有何脸面存在于世？她活着只不过是她们的一个笑话罢了。越往后，这个笑话越坚硬，直至石化。

吕明月连忙低头摆弄一块羊肉，仿佛正在专心地侍弄她的一块

裂

土地。

这时候她听到王发财说话了，那声音从很远的地方传过来，一时她竟疑心王发财已不在人间，更不在她身边。她不看也知道，他此时必定是咧着大嘴露着三十二颗门牙。她听见他说："何止是喜欢，我简直是崇拜你。"她心里随着这句话轰隆一声，仿佛有什么东西刚刚爆炸了，然后她努力平静下来，剖析这句话的意思。崇拜？崇拜是什么意思？就是把一样东西当神一样供起来而决不去使用？还是他在委婉地、巧妙地用崇拜去遮掩那个真相，那就是他根本不喜欢她，而她却还要在这里自作多情，不仅自作多情还要自取其辱。

此时她想对桑小萍说："女人，我真的不值得任何人渴望吗？"她的泪忽然又下来了。

王发财却忽然抓住了她的一只手。他慌里慌张结结巴巴地说："我这人不会说话。要不——要不你就嫁给我吧。如果你肯嫁给我，肯和我一起在这里生活，让我做什么我都愿意。你可以不工作不赚钱，我东跑跑西跑跑赚的钱也够两个人用。如果你愿意旅游，我就陪你去，去哪儿都可以。我会每天送你一朵玫瑰花，直到我……不在了。你是我见过的第一个女博士，以前我做梦都想不到的，因为自己文化太低觉得实在配不上你，只要你不嫌弃我。"

她惊呆了。这是突如其来的求婚吗？可是，他们之间怎么连个恋爱的过程都没有就直接跳到求婚上去了？他是看她可怜而施舍给她求婚吗？还是为了节省恋爱的成本？确实，谈恋爱多多少少是要成本的，王发财大约是觉得谈恋爱不划算吧，不如干脆结婚。这段表白有两处让她感到不舒服。第一处是每天一朵玫瑰。就算她不出现，他不也照样每天给自己买一朵玫瑰吗？就是随便换了哪个女人，他也可以卖个人情说这花是送她的，其实不过是送他自己的。第二处是她是他见过的第一个女博士。难道他愿意娶她仅仅因为她是个女博士？也就是说，如果他真的喜欢的话，喜欢的也不过是女博士这顶帽子，而不是那个戴帽子的女人，其实就算帽子的下面是一只母猪也没关系。

尽管耐不住吕明月的任何剖析，但毕竟这算一番表白，平生第一次被人求婚，她不能不稍稍感动一下。继而她又感到一阵悲凉。难怪这么多年没有男人追求她，原来是因为她没有遇到王发财这样的丑男人。可是她怎么能答应他呢，怎么可能？难道她会嫁给这样一个男人吗？她需要的只是他的表白，她并不需要做出回答。原因很简单，因为她不爱他，所以她需要他爱她。

如果刚才王发财拒绝了她，怎么办？她简直吓出了一身冷汗。她以为自己逃到了与世无争的地方，从此以后只剩下了自由自在，没想到，等待的背后还是等待，幻想的尽头还是幻想，她不过是一个环球旅行的麦哲伦，无论绕地球几圈，终归还是要回到那个原点。

似曾相识的屈辱，好面熟啊。她连连冷笑，又想流泪。她抓起那只碗喝了一大口黄酒。什么是自由？自由就是她有主宰权。今晚她要把自己灌醉，喝醉了好和他上床。她不会和他恋爱，不会和他结婚，但她要和他上床，似乎不和他上床便不足以惩罚自己，不足以惩罚这个世界。而王发财正好又长得那么丑，真是足够惩罚的筹码。不过，和一个这么丑的男人上床终究是个挑战。尤其是他那张巨大的嘴和三十二颗牙齿。她又喝了一口酒，喝醉了把眼睛一闭，那就和谁睡都一样了。

最后，吕明月如愿以偿地把自己灌醉了。然后她如愿以偿地和王发财在黑暗中在酒醉中睡到了一起。她的意识躲在层层叠叠腾云驾雾的酒精里，不肯钻出来辨认王发财，即使认出了他，也恨不得装作不认识他。她缩在残留的最后一点意识里把黑暗中的王发财想成了别的男人。那是她中学时代暗恋过的一个老师，她暗恋了他好几年，当年不是靠着这暗恋未必能考上大学。还是那种暗恋好啊，你可以用你全身的所有器官去想着他接近他，你会背熟他身上的每一丝气味，却永远不会和他说一句"我喜欢你"。现在她要把这丑男人想成他，在想象中终于和他做了一次爱。虽然王发财的床上功夫实在是不怎么样，但她只能勉为其难，替那想象中的中学老师抱歉了。

俩人睡过之后的第二天，王发财满面红光地在屋子里出出进进，当然仍然不忘买一枝玫瑰花。她可以以为是为她买的，也可以以为是为他自己买的，反正花上又没贴标签。王发财一边在厨房做早饭一边大声唱歌，她躺在床上听着他震耳欲聋的歌声，一阵厌恶，以前怎么没有发现他跑调跑得如此严重，简直是五音不全。除了跑调，还格外刺耳，她想了一想才想明白，大约是因为今天这歌声里充满了志得意满。志得意满什么？因为昨晚刚睡了一个女人？不，她断然否定。他得意的是，他睡了一个女博士。准确地说，是睡了一顶女博士的帽子。她敢保证，那博士帽下即使是只母猪，他也照睡不误。对他来说，能睡一顶女博士的帽子就是一种荣耀。她独自冷笑。

这时，王发财扯着洪亮的嗓音叫她吃早饭了。他说过的，只要她喜欢，他就可以为她做任何吃的，他什么饭都会做。她下床，款款走到饭桌前，好似一个新生的慈禧太后。

又是他最拿手的羊肉面片汤加煎包。她想，也没见待遇比以前好多少，便有些笑自己先前的天真。趁着吃饭的当儿，王发财提出一个要求，从今往后他们俩就搬到一间屋睡吧，两个人各睡一屋显得很怪异。她想，才过了一晚上怎么就怪异了，她在这儿住了三四个月都没显得怪异过。食物从胃里转移到了心里，塞得满满当当，吃了两口她就借口说不舒服，回到自己屋里了。

黄昏时分，外面下起了小雨，吕明月站在窗前，荒凉坚硬的西北渐渐模糊，渐渐柔弱，而远处的黑暗已至，这点柔弱即将缩进那黑暗的蚌壳里。王发财采访未归，她在窗前站了一会儿，给桑小萍发了条短信："女人，今晚我忽然觉得从没有过的孤独，我现在有大片大片的空白时间，没有人再逼我赶我，为什么我却还是觉得不自由？"

短信回过来了："那是你还不习惯，就像你戴枷锁戴的时间太长了，就算给你摘掉了，你还是会保持原来的姿势走路。"

她说："这几天我本来想好要发狠把中国哲学史读一遍，却只看了几页。因为读的时候我也并不快乐。我想，和男人睡觉是不是会快乐一点。结果还是不快乐。"

过了半天短信才回过来，这让她怀疑那女人是不是一边正和男人约会一边给她发着短信。那女人说："哲学解决不了的问题，和男人睡觉肯定也解决不了。"

她说："女人，来德令哈吧，我们在一起总会好一些。就算没有男人，两个女人在一起生活也挺好。只有我们两个在一起，我们的短处才会相互得到弥补，我们在这个世界上才能变得邪恶而强大，无所畏惧。"

裂

短信回过来了："女人，我也想你，可是有些东西只适合远远地思念着。"

有些东西只适合远远地思念着？比如父母，比如最好的朋友，亲密却无法在一起，好像人活着就是为了和所爱的人不停地分离。她独自发了一会儿呆，然后决定出去一个人看场电影——很久没有去电影院看过电影了。她打着一把伞走到了电影院，恹恹欲睡的卖票员忽然惊醒，诧异地看着她，像看着刚刚降落到地球上的外星人。吕明月拿着票走进影厅。灯光转暗，电影开始了她才明白售票员的目光，原来偌大、空旷、寂寥的影厅里只有她一个人在看电影。她想坐在哪儿就可以坐在哪儿，坐到天花板上看都没有人会管她。幸好不是恐怖片，她抱着一大桶爆米花，机械地往嘴里填着，像个白痴一样看完了一部白痴的喜剧片。她一个人在黑暗中笑，笑得前仰后合，笑得蹬腿拍椅子，笑得像个真正的傻瓜，像个真正的外星人。她一个资深文艺女青年，一个研究现当代文学的女博士，一个两天不看文艺片就会死的女人，竟一个人看完了这样一部垃圾喜剧片。

电影结束，她抱着那把湿漉漉的相依为命的伞踽踽走进了雨中。一切都是湿漉漉的，夜晚是湿的，电影是湿的，她也是湿的。她一只手高高撑着伞，一个人在雨中迈着自创的舞步，此刻她是多么自由，自由得随时能跟着这把伞飞起来，飞到外太空去。她不用再写论文，不用再讨好别人，不用再苦苦等待别人的赞美，不用再觊觎着导师的垂青，她不用再期待任何事，也不用期待落空后再被羞辱。现在，她在一个牛羊肥美的世外桃源里，甚至不用工作，有个丑男人愿意养着她，居然愿意养着她这寄生虫。空前绝后的自由、从没有过的自由就这样降临了，有什么不好？她一圈一圈地旋转，像只螺旋桨一样随时都要飞起来，飞走。可是，她的泪还是下来了，她在雨中开始哭泣，大声地哭泣。

一切都是湿的，没有人会看到她在哭泣。

五

吕明月回到家中时，王发财已经回来了。他问她干什么去了，她说去看电影了。王发财咧着大嘴笑道："看个电影还去电影院啊，在电脑上还不是一样看，何必花那个冤枉钱？"她冷笑一声，不屑再说一个字。王发财见她不说话了，忙过来看着她的脸色讨好地问："今晚看的什么电影啊？其实我也喜欢看电影的，没事干的时候我也会偶尔在电脑上看部电影，只不过看电影不划算，还不如写个小稿子挣点稿费实惠。你都喜欢看谁的电影啊？我喜欢看香港的警匪片，尤其喜欢看刘德华演的。你喜欢看什么电影啊？"

她接着又冷笑了一声。她本想着用伯格曼、费里尼、塔可夫斯基、安东尼奥尼、帕索里尼、戈达尔、波兰斯基、布努埃尔这一连串名字砸死他，可是忽然又觉得可怜，不只是他可怜，她也可怜。他们真是一对可怜虫。

雨还在下，西北居然也有这么多的雨。"这个世界——你开得再快

裂

也躲不开它——带着许多匕首向你扑来。"这是谁的诗？也被淋湿了。

王发财在她身后发出遥远、清晰、明显在发抖的声音，是因为兴奋？她警惕地想，他兴奋什么？他说："该睡觉了吧？"

又该睡觉了？这可是他一天中望眼欲穿地等待的唯一时刻？就因为可以和她睡觉？或者是可以和一个女人睡觉？

当然，一个性关系不纯洁的人，简直像坦克军团，所向披靡。从理论上讲，奸淫是最大的自由，可是，她睁大眼睛，仔仔细细看着眼前这个男人。今晚没有喝酒，没有酒精的遮蔽和掩护，一切竟像放到显微镜以及放大镜下一样，纤毫毕现。她惊恐地看着他咧到耳根处的大嘴、三十二颗明晃晃的牙齿、嫁接上去的树枝一样的手指，还有他的香港警匪片以及他的某个偶像。天哪，她居然和这样一个男人睡了一觉。如果附近有个神父，她一定要跪到他脚下去忏悔。

王发财被她看得有些怕了，后退了两步，脸色开始变灰、变暗，刚才那点灼烧着的兴奋像木炭一样渐渐熄灭了。

吕明月看着他的脸，忽然再次感到自己的可怖了。四个月里，她吃他的、喝他的、住他的，不掏一分钱地、心安理得地赖在这里，她心里是没有他，没有就罢了，居然还这么吝啬地与他睡过一次，也够小气与无耻的。可是，如果再施舍他一次，她得把自己灌醉，好把他想成别人，不能是那个中学老师了，还得换一个男人意淫。亏得她这么多年还是暗恋过好几个男人的，她也只能暗恋人家，无边无际的黑暗般的暗恋，如今正好拿他们补偿自己。但今晚没有酒，她也不想喝。她连忙说："着凉了头痛，要早点睡了。"然后便跑进自己住的那间屋子，下意识地从里面把门闩上了。她趴在门上听外面的动静，生怕王发财会过来敲门。可是，客厅里久久都是静悄悄的，王发财好像一直保持着刚才那个姿势，一动没有动过。她内疚而羞愧，羞愧而恐慌，恐慌而解恨，这一解恨居然好像平白无故又占了王发财很多便宜。然后她一边解恨，一边睡着了。

雨下了一夜。

第二天早晨，吕明月照例听到了王发财嘹亮的歌声，却不想起床。一直赖到他上班走了，她才起床。走到客厅里，她忽然发现窗台上的玫瑰不是一枝，而是忽然变成了五枝。显然是王发财今天早晨临时加的。她又看到桌子上的笼屉下面扣着留给她的饭，还冒着热气。她一口也不吃，就呆呆地看着那缭绕的热气。平心而论，王发财也算个好人，除了长得丑了些、没文化了些。可是，她长得也不美，要不就真的和这个男人结婚吧，他毕竟是这么多年里唯一愿意收留她的男人。如果是长得帅点的，那也根本轮不到她，如果还有些才气，那就更可怕了，看看系里的那些男博士就知道了，恨不得能找个有钱的岳父来解决他们这些人的栖息问题。据说数学系有某男，追求到了某领导的女儿，偏偏这领导看不上他，不过他并不灰心，只管一趟一趟、金石可镂般地往领导家跑。领导终于同意了爱女的婚事，并且为爱女买好了房子，顺便装修好了。某日，这位领导要带着全家过去参观新房，正好领导家四口人刚好把一辆车塞满。领导便对某男说："那你自己想办法过来吧。"某男颠颠地同意了，于是骑上自行车一路尾随着领导的小车去看新房。

虽然事实如此，但她还是觉得不舒服，觉得心里硌得慌，想了半天忽然明白了，还是因为王发财不够体面。别说嫁给王发财了，就是

裂

和王发财睡过，她就已经输给那些女博士了。她居然在这么偏僻的地方还这么无休止地惦念着她们，好像连自己的性生活都要请她们批准和观摩。她觉得自己已经无药可救，已经病入膏肓了。

可她仍然觉得不对，好像有一种更深的恐惧正潜伏在她身体里的某个地方，然而，这种恐惧又好像是别人的，正在别人身上发生，因为是旁观，她才看得这么清晰、这么残酷。她明白了，她是不爱王发财，可是，王发财怎么能也不爱她？她相信，她确信，王发财不爱她。因为有前三十年竖在那里像墓碑一样提醒着她，她根本不值得人渴望，她丑陋、猥琐，充满欲望和野心，她只不过是个主流之外的未遂者。

那他为什么愿意娶她？她冷笑了，对他来说，她不过就是个浑身赤裸的女人头上戴了顶博士帽站在他面前，因了这赤裸和赤裸之上唯一的帽子，所以才加倍刺激了他的性欲吧，倒像是这变成了一种适合他的性爱情趣，而她其实与那些扮护士、扮空姐的色情表演者无异。原来是她在表演给他看，还顺便勾引了他。

她忽然又想起了王发财讨好她的目光，湿漉漉的，狗一样的目光。她便又安慰自己，也许，也许王发财并没有这么可怕，而是她自己被一种古怪的方式绑架了。

她对桑小萍说："女人，你说，为什么真的有个男人愿意对我好，我还是这样孤独，这样不自由？"

短信回过来了："你们知识分子就这样，得意时做做儒家和宠妇，失意时做做道家和弃妇，还要独坐幽篁里弹琴复长啸。你现在就是独坐幽篁里，却又不甘心，一定要让所有的人都知道你正一身风骨地坐在竹林中弹琴。你真正需要的是燃烧的城市——为你燃烧的城市，所有的男人都是你的俘虏，跪在你想象中的风华绝代的脚下苦苦哀求，而你策马扬鞭追逐你无尽的疆域。如果换个时代，你其实最愿意做的是女成吉思汗。所以，一个人对你好怎么能够用？"

"可是他只是愿意对我好，却并不爱我。"

"你觉得他应该跪下来求着你舔你的脚指头？女人，我说句实话，不要因为自己博士退学就觉得天下所有的人都欠了你。"

"……连这样一个男人都不爱我。更可耻的是，他不爱我，却想和我睡觉。"

"男人可以随便和一个女人在一起，而女人得和比自己优秀的男人在一起才甘心，即使不比自己有钱，也一定要比自己聪明、聪明再聪明。"

她知道桑小萍下一句没有说出的话是"正因为你既不漂亮也没有钱，所以只能要求男人一定要比你聪明、聪明再聪明。因为你知道自己唯一可以自恃的就是聪明了"。然后，她像为了安慰她一样，在短信里又补充了一句："不过这年头，谁不是但凡有一点点可骄傲的资本就用到极致呢？"

她回她："你这个自以为是、得意扬扬的女人，这世界上压根就不会有哪个男人想和你睡觉。"

然后她关掉了手机，感觉这样就可以把桑小萍推在门外了。

就在这时，敲门声响了。吕明月吓了一跳，恍惚间觉得是桑小萍来看她了。她当然不会抛下她不管，她相信。她向那扇门冲去，站在门外的却是王发财——他下班回来了。她把门开了一道缝，露出一只眼睛窥视着门外，虽然只是一道缝，王发财的大嘴和三十二颗牙齿还是像空气一样顽强地挤进来，向她扑过来。她下意识地往后一步，问："怎么了？"王发财在门缝里举起一本书遮住了自己的脸。她一看，是一本厚厚的《中国现当代文学三十年》。大学时代的教材忽然出现在这里，她吓了一跳。王发财怯怯地说："你能出来一下吗？"她想，明明是在他自己家中，他却不说"让我进去"而是说"你出来一下"。她心里软了一下，觉得自己鸠占鹊巢不说，还这么霸道。

她走出屋子，王发财立刻咧着大嘴，重新把那本书明晃晃地送到她眼前，似乎她是个盲人，根本看不清那上面斗大的几个字。他对她说："这是我今天新买的，打算好好学习一下。"他的语调听起来很古怪，有点紧张，有点炫耀，接近希望、信仰，还有一点慈悲，似乎站在他面前的是决定能不能录用他的大学校长。她有点怜悯，有点厌恶，还有点内疚，忙说："那你看吧，我去做晚饭。"王发财忙跳起来阻拦："我来做我来做。"她一脸严肃地说："你不是要看书吗？我来做吧，反正我也闲着。"这话没错，她确实闲得发慌。

带着补偿和内疚，吕明月把自己关在厨房里一口气做了三个菜一个汤。做饭的时候，她看着锅里冒出的白汽再次安慰自己，日子就这样过下去其实也不错。就像那个海边晒着太阳打鱼的渔夫，打鱼是为了挣钱，挣了钱为的却是能在沙滩上晒太阳。她现在不已经提前一步到位了吗？她怀揣着刚刚破土而出的一点点温柔把菜端到了客厅的桌子上。因为没有书房，王发财正坐在那张桌子边看书。一出厨房的门，她就和手里的那盘菜一起被钉在了那里。

王发财坐在桌子边睡着了。他仰躺在椅子里，耷拉着头，正一下比一下更猛烈、更辛苦地打着盹儿。那本书被翻了一页，正萧索、凋零地躺在他怀里，好像上面盖满了厚厚的落叶。她轻轻地走了过去，像是怕惊醒他。她放下那盘菜，重新仔细地打量着他，一遍一遍地残忍地打量他。他大嘴里拖着一道明亮的长长的涎水，好似一只刚吐出丝的蜘蛛。原来睡觉的时候他的眼睛是闭不拢的，此时他的眼睛半闭着，残留着一圈可怕的眼白。她细细地端详他，几乎要把自己的整张脸都凑上去了。他的头看上去那么大，显得下面的身体那么小，小得好像不过是他头上长出来的一个肿瘤。她发现自己心里其实有那么多黑色的小洞，随便跳进去一个都足以把她淹没，可是此时，她拼命想往进跳，只想落进去。

就在这时，王发财忽然惊醒了。他一睁开眼睛猝然看到了她那张脸。他一惊，差点连人带椅子一起跳起来，好像她那张脸具有炸药的威力。他眼睛里依然空着，茫然着，显然还没有搞清楚自己坐在这里干什么，但是，他的手已经背叛了他的大脑，独立了。那两只手顾不得擦掉嘴角的涎水就迅速地——绝对是以非正常的速度——抓起了腿上的那本书。然后，他坐在那里目不转睛地认真读了起来。几分钟过去了，吕明月终于说了一句话："书拿倒了。"王发财又一惊，再朝着书上仔细一看，可不是？他连忙把书倒了过来。再抬起头，吕明月已经不见了。她回到自己房间里去了。那顿晚饭，吕明月一口没吃。

窗台上的玫瑰在以几何速度增加，由五枝变成了十枝，然后是十五枝、二十枝，好像它们学会了自身繁殖，一夜之间就能繁衍出一倍多的玫瑰来。王发财外出采访的时候，她就一个人出去游荡，她把自己扔在草地上，大朵大朵的白云从她头顶上空万马奔腾而去。更远

裂

处的蓝天离她好像不过咫尺。她相信再没有第二个人像她这样看到这么多的白云、这么近的蓝天，还有身后这无边的草原，好像这天空、这草地、这白云都是她一个人的。是啊，她多么想离这个世界近点再近点，可是，她的天空是孤独的，草地是孤独的，玫瑰是孤独的，嘴唇是孤独的，乳房是孤独的，桌子是孤独的，晚餐是孤独的，自由是孤独的。她的眼泪流下来了。眼泪也是孤独的。

王发财除了孜孜不倦地增加玫瑰的数量，还像蚂蚁一样陆陆续续往家里搬回了几十本砖头一样厚的世界名著。每次他把书搬回来的时候都要先向吕明月邀功请赏一番，他重重地、友好地拍着那些书的书脊，好似它们是他刚从外面招募来的工人，正等着给它们安排苦力活儿，不免先慰劳一下。他咧着大嘴说："《战争与和平》，打三折买的，你们大学里肯定读过吧？哈哈，我打算用三天时间把它们读完，等我读完了再和你探讨。"他做出一个学者的预备姿态，似乎三天之后将从这几本厚厚的《战争与和平》里诞生一个新鲜的学者来。

吕明月不敢与他正视，连忙把目光移向他处，似乎这几本小说是她的仇人，一看见它们就深受屈辱。她躲回房间里了，王发财则坐在客厅的桌子前用功。过了半个小时，她要去卫生间，不得不再次走进客厅。然后，毫无悬念地，她看到王发财坐在那里已经睡着了，涎水从嘴角垂下去，一直流到地上，像榕树新长出的气根，正向下探索，马上就要在地板上安营扎寨了。她蹑手蹑脚地走进卫生间，怕把他吵醒了。她实在不忍心看见他乍醒来时的那种表情，好像猛地醒来却发现自己被绑到刑场上了。然后她再从他身边悄悄经过，偷偷溜回房间，就让他一个人在那儿无边无际地打盹儿。有时候他睡得过于投入，一个眄儿就栽到地上了，连气根都不需要了。

过了几天，他又讪讪地过来敲门。她打开一道缝，露出一只眼睛，问："怎么了？"他局促地笑着，嘴咧得更加巨大、辽阔了，他躲避开她的目光说："今天我买了瓶很贵的红酒，你想不想……喝一点啊？"

她用全身上下的每一根毛孔鄙视他，他想故伎重演？看来也不是惦记一天两天了。她忽然感觉到了他身上的另一个部分——另一个可怕的部分，好像在他身上还住着一只生物，这只生物与他的胆怯、他的懦弱正是孪生兄弟。

她残酷地告诉自己，他只不过想睡她。这些天里他用更多的玫瑰花、用几十本世界名著临时搭建一只简陋的船，好乘着这船顺利游到她的床边。他大约觉得她就值几枝玫瑰花加几十本打折的世界名著，另外还得浪费他一瓶红酒。他简直是在替她明码标价，然后再跑过来替她盖戳验收。可是，如果连他都不想和她睡觉呢？她会不会觉得更挫败？她的脸色惨白，双眼却像烧着了一样聚精会神地瞅着他，好像他是她刚刚发现的一幅巨幅海报，这海报上面只有他孤零零一个头像，想看不清楚都不行。王发财被她看得毛骨悚然，往后退了两步。她鼻子里发出一声巨大的冷笑，然后当着他的面重重地把门关上了。

客厅里久久没有发出任何声音，好像王发财已经不在那里了，她疑心他是不是已经去睡了。就在这时，她忽然听到客厅里传来低低的抽泣声——一个男人笨拙丑陋的抽泣。接着，抽泣声越来越大，越来越响亮，简直要变成号啕大哭了。她僵直地靠墙站着，一动不动，似乎稍微一动一回头就会被外面的王发财看到。她只觉得有一种很酸涩

　　　　　　　　　　　　　　　　　　　　　　裂

的东西正从她脚底下往上涌，这种酸性物质腐蚀着她，让她几乎有点站立不稳。她几次想把手伸出去，想打开那扇门走出去，可是终究还是没动。她久久地屹立在那个靠墙的地方，像被绑架在那里一千年了。客厅里的哭声渐渐小下去了，变得断断续续、丝丝缕缕。

有那么一瞬间她忽然有一种恐怖的冲动，她想像只鹰隼一样冲出去，再次挑开他那团伤口和那团伤口里的哭声，让它重新响亮起来。因为，就在刚才，就在那一片哭声里，她忽然对他有一种从未有过的怜悯和心疼，还夹杂着一种奇异的满足，似乎她是他的债主，今晚她终于讨债成功了。

客厅里的哭声终于停止了，异样的死寂像金属一样砸下来，砸得她无处可逃。她终于推开门冲进了客厅，看见王发财正在客厅里收拾一只行李包。她怔怔地看着他收拾东西。最后当他背起包准备出门的时候，她忽然在他身后大喊一声："王发财，你要去哪儿？"王发财回过头来，他红着两只眼圈，看上去分外丑陋，丑陋到了略带狰狞的地步。灯光从他头顶上压下来，榨出了他小小的影子，那影子只有那么一点点，好像他是刚从童话里逃出来的小矮人。他看着她说："我知道你不想看见我，我出去找个地方住。你一个人睡的时候记得把门关好了。"说完，他又往出走。

她在他背后歇斯底里地又喊了一声："王发财！"王发财回过头时，她已经满脸是泪了。她一边哗哗流泪，一边对他喊着："王发财，你对我到底有没有一点喜欢？有没有？"

"有。"

"可是你喜欢我的什么？我一直在想，如果那天走进你这屋子的是另一个女人，你照样会喜欢她是不是？也就是说，你喜欢的其实并不是我，而是那个走进来的女人。"

"……其实，不管是你还是我，在这人世间都不过是一只虫豸，我们都是些卑微的小人物，没有人会在乎我们的生死。今天我们活着，也许明天我们就不在这个世界上了。可是我真是贪恋这世间的阳光，我觉得就是每天什么都不做，只是躺在秋阳里，我就很满足了。所以我总是拼命地想去爱我活在世上的每一天，去爱我遇到的每个人。你说得对，如果走进这屋子的是别的女人，我也会去爱她。可是，走进这屋子的是你，所以我会去爱你。"

她终于把他们最上面的那层皮剥去了，她看到了裸露出来的鲜血淋漓的创口，鲜红鲜红地直往她眼睛里跳。她已经分不清这伤口到底是在她身上还是他身上，她先是感觉到一阵剧痛，就像这伤口确确实实是长在她身上的，剧痛之后，她感觉到了一种奇异的快感——一种受虐时才会有的快感，似乎那伤口越是鲜血淋漓，她便越是过瘾。这真相，她本来就知道。她流着泪，忽然就指着他的鼻子尖叫了一声："王八蛋！你这王八蛋！"

他扔下包，走过来抱住了她。她尖叫着："你走啊，你不是要走吗？"然后她泣不成声地也抱住了他，她不住地说："你这王八蛋居然要把我一个人扔下！你居然要把我一个人扔在这里，连你也不管我了。"

他轻轻地拍打着她的背，像在哄一个梦魇中的婴儿。他一边拍打她一边说："我怎么会扔下你不管呢？你这傻孩子。也许，你的自由就是被束缚，被一样东西紧紧地束缚着你才会感到自由。有的人天生

裂

适合戴着脚镣跳舞，你就是。"

她靠在他的肩膀上久久抽泣着，抽泣着。

六

一年时间快过去了，他们仍然生活在同一屋檐下，有时候他们会像一对真正的恋人一样牵着手散步，有时候又会像仇人一样吵架、谩骂、哭泣。后来王发财劝她出去找个工作，不为挣钱，但是可以改变心情。吕明月自己也早已厌烦这无所事事的生活，便临时找了一份工作。她去了一家小文化公司里给老板做秘书。当然，应聘的时候她仍然带来了她的所有证书，一本一本地给老板看了，最后还隆重补充了她的肄业博士学位。她重点强调，不是她毕业不了，她只是想活得自由一点。老板当场录用了她。

老板叫王进，看不出年龄的一个男人。听有的员工说他五十了，还有的员工说他已经六十了，只不过保养得好。不过，有一次她进他的办公室时，他正看着一张照片，照片里他抱着一个一两岁的小女孩。见她进来，他慌忙把照片反过来，像是怕被人看见。一两岁的小女孩总不会是他的女儿吧？那就是孙女或外孙女了。想到这男人居然也怕像女人一样唯恐被看出年龄，她便觉得有些好笑。

公司里只有六个员工，其他几个都是二十来岁刚刚毕业的小孩，无论是年龄上还是学历上都让她觉得自己鹤立鸡群，同时又让她觉得深受耻辱。在这公司里出没的时候，她感觉自己活像个没落的贵族不幸流落到了民间巷陌，尽管她高高昂着头，还是能感觉到那几个小孩蔫蔫的目光一有空就审视着她，好像他们正在瞻仰，究竟什么是肄业博士或者究竟什么是老女人。而且她觉得他们看的关键不是前者，一定是后者。她一遍又一遍地愤愤不平地想，倘若多年前她本科毕业时就去找工作，也不至于连这样一份工作都找不到吧。结果兜了一大圈，一大把年纪了却和这样一堆小孩混在一起了。她便尽量不和他们说话，免得知道他们正在窥视她。

好在王进对她表现得很是热情。他中午叫外卖的时候，会给她也叫一份。其他员工当然享受不到如此殊荣。有时候他买回一堆水果，一定要把最多的一份分给她。他在办公室里哈哈笑着说："这是照顾人才嘛。"其他几个小孩看她的目光更意味深长了，一个个像小老头儿小老太太一样坐在那里捻着胡子看大戏。她暗暗想，现在的小孩子真可怕。他们这样看她，好像她已经不再是人，她成了一种新型的机器人，或者是老板的情妇。而在他们的眼里，这二者之间显然是没有什么区别的。

老板的情妇？她把自己吓了一跳，好像真的从镜子里看到自己变成了一个新型的情妇。她居然引诱自己往这个方向想？她吃不下去了，她发现自己居然又是慌张又是喜悦。她推开盒饭，自己下楼找酿皮吃。

怀揣着这点喜悦和慌张，她仍然每天按时上下班，然后道貌岸然地坐在办公室里，连自己都觉得自己活像个守株待兔的猎人。果然，眼看着王进的殷勤有了熊熊燃烧之势。他去深圳出差几天，回来后把她叫到了办公室，把一只装在盒子里的精致皮包推到了她面前，嘴里仍然是打着哈哈："我这可是照顾人才，谁让你是博士呢。"她看着那只皮包上的吊牌先是一惊，继而身体里面像被电熨斗刚刚熨过一样，浑身上下的舒展、熨帖。她真想立刻告诉桑小萍："女人，这个男人在追求我，他确实在追求我。"尽管短信没发出去，但她的小人得志之气还是把自己吓了一跳。她担心自己被这得意一烤，已经成了透明的，所有的人都能看到她心里这条短信。她连忙义正词严地推辞，说自己不能要这么昂贵的包。

然后不出她所料，她不接受，王进便不依不饶，连说这不是不给他面子嘛，如果她不要的话，那以后他们真是无法在一起工作了。接着，他再次强调了她对他的重要性，甚至于听起来他公司的一半前途都捏在她手里了，好像她是他千里迢迢历尽艰辛终于取回来的真经。

作为一个肄业女博士，又流落到如此寒酸的小公司，她不能让自己太小家子气，于是她半推半就地收下了这只包。事后回味起此番情景，她就觉得自己好像已经是他半推半就的半个情妇了。然而，给一个已经有孙女的老男人做情妇大约也不是什么太体面的事情。看来，像她这样的女人，只有一种宿命，就是找丑男人或者老男人。

她把那包往桌子下一塞，猛然呵斥住了自己。想什么呢？她怎么一定要把自己往一个情妇的方向诱拐？呆坐了片刻她忽然想明白了，王发财，就连这个丑男人也并不是爱她，他只是泛爱，像上帝一样爱他的每个子民。这么一解释，似乎不做王进的情妇倒是对不起她自己了。她从桌子上的小镜子里瞥了自己一眼，看可有异样，恍然觉得情妇这个角色好像已经真实地附在她身上了。

继而她又飞快地悲从中来。天哪，难道她就廉价到被一个包收买了？可是，无论怎样，她必须偷偷承认，此刻她心底确实有一种隐秘的可耻的喜悦。她又仔仔细细地看着镜子里的自己，想看看自己是不是并没有想象中丑陋，不然王进为何要对她如此殷勤。镜子里的女人却丑陋如常，没有半点让她惊喜之处。她看着镜子里的女人想，她这么急不可待地想上钩，莫非是因为活了三十年却从没有一个男人诱骗过她？也就是说，她其实一直在暗暗等待一场诱骗？以此类推，可不可以说，这个世界上所有平庸无奇的女子其实都暗暗渴盼着一场引诱？被引诱而拒绝与从没有被引诱毕竟是两个本质上不同的概念，怎么也不应该被换算到一起。

她站在镜子前，多想告诉桑小萍她现在的感受——自我实现的骄傲、难以名状的惆怅、渴望被征服的强烈欲望、柔肠寸断的未遂，真是五花八门，应有尽有。

王发财每天下午来她公司楼下等着，接她回去。她一再申明不要他来接，他还是照来不误，风雨无阻。有那么几个瞬间，她简直要怀疑王发财是不是真的爱上她了。可她转而又想起了他耷拉在椅子上的睡姿，他睡得那么投入、那么丑陋。她忍不住又对比着眼前的王进，他倒是比王发财有钱、有风度、有情趣，美中不足的是，他太老了。可是，不管怎样，他的殷勤确实让她更有成就感。

为了不让几个同事看到王发财是来接她的，她下班之后还要在办公室滞留一会儿。等到其他人都走光了，确定周围没有人了，她才战战兢兢地下楼，坐上王发财的摩托车，然后戴上墨镜，用纱巾捂住

裂

嘴，一副仓皇逃离犯罪现场的样子。

这样一段时间之后，包的亲戚们，比如丝巾、衣服、鞋子，先后死皮赖脸地向她涌了过来。她把它们一一藏在办公桌下，一有空就偷偷窥视着它们，似乎它们是她在一场战役中获得的战利品。她暗暗感谢它们，因为它们让她感觉到了前所未有的尊严和骄傲。王进是如此看重她，以至想用这么多名牌来收买她。作为一个被人用重金收买的人，她当然得意，可是又一边得意一边害怕。她看出来了，事态越来越清晰了，他绝不是真的把她当成了一个所谓的人才，他显然是使出了追求一个情妇的伎俩。绕来绕去还是要与"情妇"这两个字迎头撞上，好像它们本来就在前面等着她一样。因为从没有给人做过情妇，她才会如此惶恐。她本是想着贞洁地为人妻的，没想到突然有一天发现自己竟是块做情妇的料，简直是过于意外的收获。

上班时间，她一有空便躲在卫生间里端详着镜子里的自己。他真的喜欢她吗？她既不美貌也不年轻，在这样一个小公司里也绝没有她发挥现当代文学修养的机会，她也不可能把在核心期刊上发表的几篇论文一一贴在额头上让他们观瞻。然而他还是要追求她。她想来想去，就只有一种解释，那就是，他和王发财一样，也是在追求一顶博士帽，帽子下面的女人总是其次的。她对着镜子连连冷笑。谁让她是女博士，她为什么偏要是个女博士？就像一个女富豪拷问一个觊觎她的男人："为什么我是个女富豪？谁让我是个女富豪？所以你只可能爱我的钱。"

此时她真想对桑小萍说："女人，我们是病入膏肓啊。"

那女人一定会说："如果没有人把你当女博士，你也许会更失落，会更觉得他们看不起你。因为，那毕竟是你唯一可自恃的。"

如果她这么说，她一定要反击她："如果有人不把你当女作家了，你肯定会恼羞成怒，会怀疑对方的品位。而事实上，对方不过觉得你穷酸、落魄，除了写字，一无是处。"

虚构出来的短信让她得到了一种虚构出来的胜利。她站在镜子前，死死地往那镜子深处看去。镜子深处站着一个人，她恍然觉得那并不是她自己，那也是一个女人，一个面目模糊的女人。她知道，那是桑小萍。这么多年里，她和这个女人一直是这样：一个站在镜子里，一个站在镜子外，看着彼此。她把一只手放在镜子上，好像要去摸镜子里的那个女人。这么多年里，她们相依为命，是这个世界上唯一的知己。可是她也必须承认，这么多年里，她们也很深地厌恶着对方，因为，看着对方就是看着自己。她的泪下来了，她把湿漉漉的脸贴在冰凉的镜子上，镜子里的女人也把脸贴在了镜子上，她们离得那么近，似乎她们马上就可以拥抱在一起了，就像她无数次想象中的那样。

这天快下班的时候，王进忽然给她发来短信，让她下班后等他，他要请她吃晚饭，还说他备了一瓶上好的红酒。她一怔，忽然就觉得这条短信似曾相识。一瓶上好的红酒？她忽然想起来了，王发财。王发财就说过同样的话。他们一心让她把自己灌醉，让她躲在酒精里面不出来。然后，她就可以顺理成章地和他们睡觉了。最后的结局不过是和她睡觉。多么没有悬念。

她再看桌子下面堆放的那些礼物时忽然心里一惊，它们躲在这里其实早已使她债台高筑了。这债务堆到一定的程度，王进来讨债了。

裂

她对着它们久久发呆，然后又独自笑了。其实她早知道的，她自恃这么聪明的女人怎么可能不知道？

下班之后，等其他人都走了，吕明月开始行动，她捧着他送给她的所有礼物走进了他的办公室。他正坐在那里等她，见她手里拿的东西不免一愣。她看了看他又看了看礼物，忽然，长久以来对爱的渴望猛地都转变成憎恶了。一种面目模糊的憎恶。她不知道自己在憎恶什么，只觉得她必须争取出一种抽象的、不太拟人化的、更高层次的道德来。她看着他，终于开口了："老板，我决定辞职了，谢谢你这两个月里对我的所有关照，这些礼物，我想，我还是退还给你得好。"

说这番话的时候，她不知道自己脸上正起着某种挑逗性的变化，似乎她一边往后退着，一边却向他撩起了自己的裙摆。她站在那里像潜水者刚出水的一瞬间，浑身披着一层完好的水帘，像层盔甲一样闪闪发光。他不说话，以一个六十岁男人讳莫如深的目光注视着她，那目光像顺着某一种纹路锋利地进入了她的骨骼、血液。她被他看得浑身发虚，好似一只风筝，马上就要飞走了。他再不拽住她她就要飞走了。她正转身欲走，他忽然说话了："既然……你决定要走，我也就不留了，本来嘛，这样一个小公司也是留不住你这样的人才的。"他还是要执拗地叫她"人才"，似乎这才是她真正的名字，这多少让她有些毛骨悚然。他的话还在继续，不过形势已峰回路转："至于这些礼物，本是我的一片心意，你要是实在不喜欢我也不勉强，还希望你以后有更好的前途。"

她后背上一阵发凉，好像背上开了一个洞，里面阴风阵阵。他居然连预想中的假意的推辞都没有？他居然没有说"送出去的东西怎么能再收回来"，然后不顾一切地把它们再还回到她手中，告诉她，这本来就是送给她的，她值得拥有这些礼物。她迅速朝那些礼物扫了一眼，带着一种猝不及防的惶恐，就好像它们真的要与她不辞而别了，她却连个心理准备都没有。那些包、那些衣服，她连吊牌都没有剪过，更不用说用过了，它们再回到他手中之后，还可以以一个崭新的面目流落到下一个女人的手中。真是环保，它们是可以回收利用的。

她想对桑小萍说："女人，今晚我想和你一起在德令哈的草原上饮酒，头上是浩瀚星空，脚下是苍茫大地，我们不醉不归。"

她大义凛然地对他一笑，转身要走。她感觉自己脚步不稳，略有踉跄，她立刻命令自己，快出去，有尊严地走出去。可是形势再次峰回路转，他站起来拦住了她的去路："今晚可以请你吃个饭吗？相识一场也不容易，你既然要走，今晚就算是为你饯行了。"她看着他的眼睛，她忽然发现他的眼睛已经潮湿了。他说："很久没有好好喝过酒了，你今晚想喝点酒吗？我们不醉不归。"他像是看到了她透明的身体里正游动着的那条未发出去的短信，一瞬间她几乎泪下。

她给王发财发短信说今晚不要来接她，她要和朋友一起去吃饭。然后她坐上王进的车，他带着她去了一个偏僻的饭店吃饭。他说："这儿人不多，清静，但有几个菜做得极好吃。"喝下几杯酒后，她开始和他说："我有个好朋友叫桑小萍，我们酒量都不好，但我总幻想着能和她一起来大草原，在星光之下，两个人彻夜聊天喝到烂醉就睡在篝火边。可是，这么多年过去了，我们再没有见过面。现在她要是也在该多好，不过她还是不在的好，她要是坐在我们身边，喝上几杯她肯定要流着泪对你说：'我就把她交给你了，你要好好对她。'哈哈，你说可笑不可笑？她是见我和哪个男人在一起就想把我赶紧托付出去，唯恐我一个人活不下去。可是，这世上只有她是真的心疼我。"

他却狡猾地避开她的话题，开始讲他年轻时候创业的艰难，讲他这么多年里怎么维系着这样一个小公司，然后又讲起了他的外孙女。这是他第一次和她讲起他的外孙女。他讲得眉飞色舞，忽然之间就复原为一个真正的慈祥的外公了。他是想刻意提醒她什么？她冷笑一声，又喝下去一杯酒。

两个人漫无边际地说着话，喝着酒，渐渐地都有些喝多了。他眼睛血红，忽然伸出一根指头僵硬地指着她说："不管你以后去哪里去做什么，我都会觉得你是我认识的女人里最优秀的。"她的泪哗地就下来了，她抬起头来直直地看着他，嘴唇在哆嗦，她知道自己接下来要问什么了，可是再不问就没有机会了，明天她就不会再见到这个男人了。她心里感到一种巨大的恐惧，这恐惧几乎可以把她整个吞噬。然而，她还没来得及勒住它的缰绳，她听见自己的嘴唇里吐出了那几个可怕的字："你喜欢过我吗？"

天哪，她为什么要如此可怜又如此可怕？她为什么见一个男人就想求证："你喜欢我吗？难道我就不值得你喜欢吗？"他的回答，她不用听就能想到。果然，他两眼放光，毫不犹豫地说了一句："当然喜欢。"

她感受到了前所未有的绝望、前所未有的厌倦、前所未有的自我唾弃。

她猛地起身，一阵头晕，她确实喝多了。她喃喃地说："我该走了，我该回去了。"他摇着酒瓶说："还有这么多，喝完了，再喝一点。"她摇头，漫无目的地摇头，他还在挽留："再喝点嘛，以后想和你喝酒也没有机会了。"她眼前又出现了那排礼物的魂魄，它们蹲在她面前，哭着喊着向她涌过来，要她带它们回家。她是多么委屈，同时又确定自己是多么下贱啊。她更剧烈地摇头，说："我该走了，该走了。"他拉住她一条胳膊，试图留住她。她突然就歇斯底里地喊了一声："我要走，不要拦我。"

他提出开车送她回去，她没有反对，坐在了副驾驶的位子上。他开着车，沿着一条寂静的马路慢慢往前走，好似这辆汽车在散步。前面有两盏路灯坏了，马路上拓下好茂密的一片阴影。车慢慢驶进了那片阴影，然后忽然停住了。

在一片金属般的寂静中，她忽然听见了自己陌生起来的声音，因为陌生显得加倍尖厉："怎么了？"没有人回答。过了几秒钟，忽然有只手伸过来抓住了她的一只手。她一惊，想要挣脱，他的另一只手也伸过来了。她嘴里喊着："你放开，再不放开我要报警了。"然而她的手并没有动，他的手也并没有停下。她感觉到她的全身开始融化，但是分明地，她心甘情愿接受这种融化，或者说，整个晚上她其实都在暗暗等待这份融化。她竟然一直等待着做他货真价实的情妇，即使他已经收回了所有送给她的礼物，收得片甲不留。

最后，在一片如杂乱电压的喘息声中，她再一次听见了自己鬼魅般的声音："你喜欢我吗？告诉我你喜欢我吗？"

两个人穿好衣服后都有点不敢直视对方的脸，都说要下车去透透气。王进一下车就迫不及待地点起一支烟，顺便问了她一句："要不要来一支？"她犹豫了一下，说："好。"她刚把那支烟点好，还没有

裂

送到嘴里就站在那里呆住了。前面不远处的树影里站着一个人，他旁边停着一辆摩托车。尽管他周身躲在一片黑暗中，但她还是不费力地就认出来了，他是王发财。

这时，站在阴影里的王发财走了过来，他咧着那张大嘴走到了王进面前。他忽然指着他说："我看到了，你在车上把我女朋友强奸了。"吕明月和王进同时愣住了。然而王发财根本不给他们说话的机会，他带着一种前所未有的戾气和凶狠，用那只不会动的残疾指头指着王进说："你想公了还是私了？私了的话对谁都好，你出十万块钱，我就不再追究这件事。你要是不同意，我现在就报警。怎么样，你考虑几分钟？"

王进迷惑地看着吕明月，问了一句："他是你男朋友吗？"吕明月看看他又看看王发财，张了张嘴却没有说话。王进以一个六十岁男人的目光深不可测地飞快扫了这两个人一眼，然后他忽然拿起手机，报了警。在他报警的那一瞬间，王发财一愣，吕明月发现他连连后退了几步。王进挂断了电话，以一种可怕的冷静对他说："是不是强奸还是等警察来了再说吧。你说呢？"说着他又把脸转向了吕明月。

然而吕明月只是怔怔地盯着王发财。她从他脸上看到了一种前所未有的恐慌，看到他跟跄着又往后退去。他退到了树荫下，转身要扶住自己的摩托车。这时候忽然警笛响起，警车已经到了。一番罗生门式的询问之后，三个人都被带走了。

最终她否认是强奸，说自己是自愿的。因为她不想要王进那十万块钱，不要这钱她还可以高看自己几眼。她以为此事就此可以了结了，但结果还是让她意外了。只有她走出了警察局。王进因为酒驾被扣押，隔了几天才出来。而王发财被扣留了。因为他是一个被通缉的畏罪潜逃犯。

过了好几天她才相信事情的真相。原来王发财本名叫王东满，东北人。十年前他十九岁，在东北四平市的一家建筑工地上做工人时，因为被砸残一根手指得不到赔偿，与包工头发生了冲突，失手打死了包工头，然后畏罪潜逃至大西北，在德令哈隐姓埋名了十年。如果不是这次被警察检查身份证时发现了问题，他还可能继续把身份隐瞒下去。

七

吕明月最后一次去看王发财的时候，他因故意杀人罪已被判死刑，并且放弃了继续上诉。她用对讲机问他："你为什么要那么做，讹他的钱是因为你恨我吗？"

他神情冷淡平静，说："我早就知道我随时可能会被发现、被抓走，因为我毕竟杀过人。从十九岁我就知道我是一个没有明天的人，只是多活一天算一天。你不是总笑话我热爱生活吗？那是因为每一天对我来说都可能是最后一天。我知道我不可能照顾你一辈子的，所以我总想着要给你留点什么。钱是最实用的，一分钱难倒英雄汉啊，给你留下一笔钱，我就是走了也可以安心了。"

　　　　　　　　　　　　　　　　　　　　　　　　裂

她的泪哗地下来了。

他又说："这么多年里你是我唯一一个女人。我知道你并不爱我，可是我还是要谢谢你，因为对我来说爱就是赎罪。这些年里我把爱当成了信仰，我一直拼命地去爱这人世间的一切，是因为我幻想着哪天我把罪孽赎清了我就真正自由了，我就没有罪过了，就不用再坐牢再偿命了。我一直想，等到真的自由了，我就终日与世无争地躺在摇椅上晒着太阳，听着落叶的声音和花开的声音，你说那该多么好。可是，我等不到了。"

她已经泣不成声了。

他忽然笑了，他说："至于你这傻孩子，还是去找能真正束缚住你的东西吧，对你来说，大束缚可能就是大自由，比如宗教，比如爱情，比如一种至死不能改的依赖。"

此后吕明月就从德令哈消失了。后来这个女人只在桑小萍那些俗不可耐的小说里出现过，她每次出现的时候，桑小萍都会给她换一个新的名字，而事实上她们都是吕明月。在小说里，她时而去贵州支教，时而去甘肃最贫苦的定西孤儿院，后来又去西藏寻找那些朝拜途中的苦行僧。她一直居无定所，也一直没有结婚。

她最后一次出现在桑小萍的小说里，是一个叫冯一灯的人物形象。她被诱骗进了某宗教组织，并且爱上了这个组织的头目，他们一起四处诈骗钱财。最后，事情败露，在被警方追捕的途中，冯一灯为了救自己的组织头目，自焚而死。最后一段描写是这样的，"……他向站在窗边的她伸出手去，却听见她站在那里安静地对他说：'我不会恨你……我们都罪孽深重，可是你活着比我活着有用，那么多人需要你，所以你应该活着。……谢谢你最后对我的爱，它像大雪一样能覆盖一切，我收到了。'说完，她就站在那里猛地关上了窗户，然后从里面闩死了。然后，她又看了他一眼便拉上了窗帘。……他在离开的一瞬间又回头看了一眼三楼的那扇窗户。夜已深，其他窗户里都已经熄灯了，只有它还亮着。突然他发现，那扇窗户里起火了。深夜里，红色的火焰把那扇窗户染得鲜红剔透，如同黑暗中一块血色的琥珀。"

裂

杀生三种

·
·
·

这个晚上，伍自明看着《动物世界》又睡着了，电视里
的声音兀自在屋子里流动着，是一个男中音缓缓的解说：
"……巍峨雄伟的宫殿，庄严肃穆的教堂，沉重的十字
架，还有端庄的贞节牌坊，每一种文明都浸透了亿万苍
生的血和泪。"

他听不见。夜已经很深了。

一

　　整个村庄浸泡在黄昏里，像一只古老的陶罐。村头的木桥上出现了三三两两戴着草帽扛着锄头往回走的人，家家户户的屋顶上升起了炊烟，整个村庄的上空都是小米的清香，云一样层层叠叠。

　　村口的小卖部是面朝西的，所以每到黄昏时分，整间房屋就被夕阳余晖灌满了。金黄滞暖的阳光和陈旧的油哈气掺杂在一起砌满了整间屋子，会使这屋子在这个时候突然绽放出一种幽暗的热闹，它们熙熙攘攘地挤在那些糖果里、那些大大小小的坛子罐子里，像无数的小孩子正在这屋里跑动。

　　伍娟正就着这金黄的光线细细擦拭着柜台上的瓶瓶罐罐。她家的小卖部开在村口，在自家后墙上掏了一扇门就开张了。白天的时候父亲和嫂子下地干活儿，大多数时间都是她在看店。伍娟今年二十二岁了，但一点都不着急出嫁。她愿意守着这种缓慢的日子，感觉自己就像一种被装进容器的液体，容器是什么样的，她就跟着长成什么样。

平日里除了做饭、洗衣、看小卖部，她最大的乐趣就是看电视里的《动物世界》。因为手里用不完的只有时间，她也就根本不把时间当回事，随便发个呆就是两个小时，像阔人不把银钱当回事一样。

一场雨过后，院子里枣树上的青枣落了一院，她蹲在院子里把枣子一颗一颗地捡到手帕里，再一颗一颗洗干净，拿针线穿起来挂在屋檐下让它们风干。蹲在地上捡枣的时候，她忽然想，鼹鼠的日子也不过就是这样吧。《动物世界》里是这样说鼹鼠的："在整个秋季，鼹鼠都在忙忙碌碌地四处觅食，然后把它们搬运到地下的巢穴中收藏起来。它们需要积累一个冬天的食物，这是属于它们的财富，谁都别想抢走，这几乎是它们生命的一个部分。"

她从小就见不得人欺负动物，但她自己极少养动物，因为知道最后动物不是丢了就是死了，总是要比人先走的，虽是动物，也是与其生离死别一场，不如不养。她只养过一只狗。那年她还在上中学，有一只流浪的小狗跑到了她家门口，因为她喂了它一点剩饭，它就再不肯走了，日夜守在她家门口，无论什么时候开门，它都在那儿蹲着，像只石狮子。她发现这只狗的一只眼睛看起来不对劲，走近了些才发现它的那只眼睛瞎了，里面生满了白花花的蛆虫，它低头吃东西的时候就会有虫子从那只眼睛里啪啪掉出来。她看着地上扭动的蛆虫，浑身哆嗦，却还是不顾家里人的反对收养了这只狗，用筷子把它眼睛里的虫子一条条地挑了出来。但是，因为天热，过了几天，那只狗眼睛里又长出虫子了，她只好再把虫子挑出来。这只小狗那只好眼睛里的目光是她所见过的世上最卑微的目光，它看她的时候总是要侧着头，用那只好眼睛看她，一边看一边还哗哗地摇着尾巴。它每天都寸步不离地跟着她，连上厕所都跟着她守在外面。她知道它是怕再次被遗弃，拼了命地想讨好她。就是这样，几天以后它还是被伍自明扔了。

那天下午伍娟去了一趟外婆家，晚上一回到自家门口就发现那只狗不见了。她扔下自行车，大声问父亲伍自明："花花呢？狗呢？"花花是她给那只狗起的名字。伍自明头也不抬地说："许是自己走了吧。"她大叫："你骗人，它根本就不会走，你把它扔哪儿去了？"伍自明抬起头来一脸愠色地看着她："一条狗倒比人值钱了？对人都没见你这么好过，对条狗就这么上心？那狗眼睛里都是蛆，你也不嫌恶心，你不恶心我看见了恶心。"伍娟不再说话了，从地上扶起破自行车就往外冲。她骑着车子把整个村子绕了一圈又一圈，把每条巷子都找了一遍。

夜色越来越深，家家户户都闭了街门准备睡觉了。伍娟一边骑车一边高一声低一声地喊："花花，花花。"无论是哪里都没有狗的影子。她又战战兢兢地来到村口的垃圾堆旁边找它，期望它正在那里。可是，还是没有。一直找到深夜两点都没有找到，她哭着回了家，把自行车一扔，连衣服都没有脱就趴在了床上。

天还没亮的时候，她在半睡半醒间隐约听见了狗的叫声。她想，肯定是自己梦见花花回来了。可是，狗的叫声越来越清晰，她忽然就醒了，仔细一听，真是有狗的叫声，很轻很细，像是哑着嗓子不敢大声叫唤。她冲到门口，打开街门一看，一只湿漉漉的狗正蹲在门口用一只眼睛侧着脸看着她。正是花花。原来，伍自明套了个麻袋把它扔到了二十里之外的别的村子里，它居然走了一夜又回来找她了。晨光中，她抱着它蹲在门口号啕大哭，她不知道它究竟走了多少路才一步一步走回来，去的时候它被装在麻袋里，它是怎么找到回家的路的，它是怎样一个村一个村地找、一条路一条路地找她的啊。

一年后，这只狗还是死了，被邻居家投的耗子药毒死了。为此，伍娟把邻居家大骂了半天。邻居家的女人在村口叉着腰回骂："真是奇了怪了，对人都不见得这么好过，平日里朝阳花似的见了人都不说话，对狗倒是亲。不就是一条狗，还要了你的命不成了，难不成我们家得死个人给你的狗偿命？"

伍娟从此以后再也不养动物，但是绝对见不得杀生，就连平日里看到小侄子在院子里捉青蛙踩蚂蚁的时候，她都会声色俱厉地跳到他面前说："不许杀生，哪个动物都是一条命，你是命，它们就不是命了？"她一回头，嫂子正冷气森森地站在背后看着她，好像她儿子刚刚被伍娟虐待过了。

这个黄昏，伍娟正在清理小卖部里那些瓶瓶罐罐的时候，忽然听见门口一阵喧闹，一群人拥进了她家门口，裹在最中间的是她父亲伍自明。那团人挤在一起像枚奇怪的果实一样卡在门口，她远远地看着他们，忽然感觉似乎有一缕邪气正从那果核里散发出来。这邪气触到了她的鼻尖，然后咔嚓一声，碎了。

她慢慢地蹭过去，从人头的凹处往里一看，背上立刻就罩了一层阴森的感觉：她与一条蛇四目相对。人群围着的是一条蛇。在北方的村庄，蛇是比较少见的，最近大概是修下水管道的原因，把地下住的虫豸们都翻出来了。伍自明下地回来，从自己家门口出出进进几次都没有注意到墙上挂着一条蛇，偶尔一抬头，心里还纳闷墙上怎么突然别了一根树枝，刚伸手要去摘时，才发现那是条蛇。

伍自明与那条蛇静静地对视了两秒钟之后，他开始悄悄向后撤退。挪出十步开外之后见那条蛇还是没有反应，他开始撒腿跑，跑到邻居家的院子里借了一把锄头、一只笼子，这锄头和笼子又招引出了一大堆邻居。村里的娱乐向来就少，偶尔来一个生人都要被村里人左一眼右一眼地从生看到熟，何况是对一条蛇。这样惊心动魄的娱乐，人们自然更不能放过。

半月形的人群跟在伍自明后面，像站在戏台下看戏，都伸长脖子屏息看着那条蛇。不知那条蛇是被晒晕了还是怎么了，居然还挂在那里。伍自明蹑手蹑脚地把笼子放在地上，猛一锄头下去，正把那条蛇打到笼子里。笼子门关上了，人群这才轰的一声活过来，女人们一边惊恐地捂着嘴，一边拼了命地往前凑。小孩子们尖着脑袋钻进去，看一眼就尖叫着钻出来，然后又叫上两个小孩再次钻进去尖叫。这简直是一场全民娱乐。连刚下地的男人也纷纷围了上来。

"这是条草上飞吧。我看像，村里都多少年没见过草上飞了。草上飞可是毒蛇啊。"

"你看这脑袋是三角形的，是毒蛇，打死算了。"

"毒蛇？打死了就可惜了，还不如拿来泡酒。"

"对，还是泡酒的好，毒蛇酒治半身不遂最管用了，这村里光瘫子就好几个，吃喝拉撒全在炕上。泡上一坛蛇酒喝上两年，保管到老都瘫不了。"

"泡蛇酒是不是也得先把蛇打死了？"

"可不敢，听老人说泡蛇酒一定要用活蛇。现在还不能往酒里泡，现在还不知道蛇肚子里有多少脏东西，要把它关起来关上一个月，不能让它喝水、吃东西，就那么饿着，等它肚子里彻底空了再放进高粱酒里，一定要六十度的原浆酒。等着蛇泡在酒里吐了血死了，这样泡上两个月就差不多能喝了。"

一圈男人像判官似的七嘴八舌地裁定了这条蛇的归宿，就是用它泡酒。又因为这条蛇是在伍家的墙上发现的，就像伍家的藤上结出的南瓜一样，自然还是归伍家所有，所以，这条蛇就像收割下的庄稼一样被伍自明带回了自家院子。

伍自明看到伍娟过来了，很是得意地对她说："娟儿啊，看到没，毒蛇。这一个月都不要给它吃喝，空上它一个月咱就拿它泡酒。"

他自恃逮到一条毒蛇真是千载难逢，就像不小心遇到了千年人参一样，又吩咐女儿给邻居倒水，让众人坐下来喝水慢慢参观。

伍娟没动，只是隔着人群静静地看着那条蛇。她从没有这样近距离地看过一条蛇，猛地看到这样一条寒光凛冽的蛇，简直像看到了一件刚出土的冷兵器。她不禁轻微地打了个寒战。在窄小的笼子里，这条蛇没有任何左突右撞的余地，便在众目睽睽下一圈圈地把自己叠起来，最后盘成了一张饼，这使它看起来忽然以一种奇怪的形式弱化了，连它身上携带的那种阴森巨大的气场也一寸寸坍塌了。一天中最后的光线涂抹在它的鳞片上，使它周身闪烁着一种金色的毛茸茸的光晕。她突然发现，蛇身上的花纹原来这么美丽，每一片六角形的鳞片都以不同的角度折射着阳光，这一缕一缕的阳光缀在一起时，竟给人一种璀璨的感觉，仿佛那是满身的珠玉。它身上的每一寸，虽然在曲折的诡异中带着杀气，却也称得上优雅。她一时都看呆了。

晚上，伍自明特意让伍娟拌了个凉豆角，拍了个黄瓜，平时就是没有任何喜事的时候他都要风雨无阻地喝上二两酒，更何况今天收获了一条蛇，更要祝贺一下。门道里的灯开着，桌子摆好，他穿着一件汗渍斑斑的背心坐在那里开始自斟自饮。这就像摆擂台一样先搭好架势，自然就会有人来。果然，不一会儿，就有三个酒友鱼贯而入，各自拿着酒和下酒菜。六十多岁的王老头儿喝的是顿顿酒，每顿必喝，每喝必醉，而且他是最不讲究下酒菜的，一根大葱、一个萝卜就是下酒菜。每天一大早起来，不管春夏秋冬，他都先倒上满满一杯酒，然后一手拿酒，一手随便拈根黄瓜啊梨啊之类的东西下酒，东蹿蹿西蹿蹿地蹿到人家屋檐下，就着闲话把一杯酒喝下去。一杯酒下去，他便像秋虫一样回家蛰伏，但一到中午，他就又活了过来，再倒上一杯酒出门，神仙一样四处云游。

另一个酒友是邻居海刚。海刚是农民里为数不多的戴眼镜的人，但他打落地就这样，遗传下来一副高达一千度的近视眼。这时候他拿着一碗凉拌西红柿，像梁山好汉一样捧着一大碗酒进来了。海刚喝酒容易上脸，刚喝没几口，他的脸色就开始泛红，等一碗酒喝到见底的时候，他已经红得像龙虾了。偏偏他还喜欢光膀子，全身上下就扎条裤头，于是喝完酒的海刚每次都像披上了一层红油漆，红彤彤、油亮亮地坐在那里。伍娟曾问他为什么喜欢喝酒，他说喝完酒能飘起来，喝一次往起飘一次，虽说睡一觉就又掉到地上了，但他还是锲而不舍地想再次飘起来。这也算一种享受。

第三个酒友是冰糖奶奶。这个六十岁的老太太也是顿顿离不得酒。"冰糖奶奶"是伍娟给起的名字。原来伍娟养狗的时候，这个老太太每次来她家院子就给狗带一块冰糖，这只狗特别喜欢吃糖，每次把冰糖咬在嘴里都要嘎嘣嘎嘣咬碎了咽下去，连点渣都舍不得掉。这只狗一见老太太从门口过就大叫不止，想来是在要糖吃。伍娟就安慰它说："你冰糖奶奶明天就给你糖吃。"那只狗听了就不叫了，歪着脑袋专心等糖。所以，"冰糖奶奶"这名号是狗专用的。老太太早没了老伴，就一个女儿，早已出嫁。女儿怕她有个万一没人管，就给她买了个手机。老太太把手机紧紧箍在一个袋子里，每天像令牌一样挂在腰间。每次手机响起的时候，她光是把袋子从腰上解下来就得十分钟，再把箍紧的袋子口打开又得十分钟，那嘹亮的手机铃声就不厌其烦地一直唱，好像她腰上挂的是录音机，专供人听音乐。其实给她打电话的也就她女儿，但她每次接电话的时候还是要把整张脸都隆重地钻进手机里，当众用震耳欲聋的声音对着手机喊："喂，谁啊？"

老太太没别的爱好，只是好点酒，加上人老了性别之别也无所谓了，她光着膀子吊着两只垂到腰间的口袋似的乳房往人堆里一坐，也压根没人把她当女人。于是，几个男人就把她收留了，四个人勉强凑成了一桌酒友。

正是夏天，伍家又住在村口，所以一到晚上大批的蚊子便像部队似的开进了院子，蚊子忙，墙上的壁虎和地上的青蛙们也忙，打仗似的。尽管头上是壁虎，脚下是青蛙，四个人还是怡然地喝着小酒，一边喝酒一边不时朝屋檐下的蛇笼子看上一眼。虽然那条蛇在暗处，但他们还是能感觉到它身上庞大的气场笼罩着他们，越是害怕便越是兴奋，话也比平日里多了许多。

老太太说："要不把蛇卖了？怎么也能卖个百八十块钱吧？我看村南的陈老太今天还背了个新包，听说八十块钱呢。啧啧，我活一辈子也没背过包，八十块钱哪，那不是把八斤猪肉披在身上嘛。"

海刚忙说："那不行，这可是宝，就是要泡酒，泡了给自己喝，能逮到一条毒蛇多不容易。等到泡好了让我们都尝尝。"

伍自明啜了一口酒，回头又对伍娟喊了一声："娟儿，记住了，一个月不要给蛇吃的喝的，你可别见个动物就当爹妈一样孝顺。这可是蛇。"

四个人对这蛇酒展望了一个晚上，只觉得又神秘又诱人，简直是神话里的东西。说着说着，他们把夜都说深了，酒也喝到人刚好能飘起来了，遂分头散去睡觉。

二

伍自明每天天不亮就下地，午饭经常就在地里吃，能在一天劳作下来喝点小酒，对他来说已经是最高享受了。他腾云驾雾般地睡下了。伍娟在昏暗的厨房里刷锅，嫂子李莲花和小侄子还在屋檐下看蛇。

母子俩往蛇笼子前慢慢地蹭，凑到跟前能看清楚了又尖叫着后退几步，然后再往前凑，再不厌其烦地尖叫。母子俩一边尖叫一边笑，腔子里的一口气都不够他们喘的。都是靠一点自娱自乐活惯了的人，笑点低得吓人。李莲花好像一晚上凭空年轻了二十岁，简直和她儿子一般大小了，她儿子叫，她就比她儿子叫得还凶还活泼，好像平日里攒下的力气太多了，今天晚上一条蛇就把她这些力气全点着了。

伍娟皱着眉头从窗户里看着他们。这一大一小两个婴儿的活蹦乱跳更衬出了那条蛇的安静。在如水的夜色中，它像一枚沉在水底的古老的贝类，独自闪烁着一种釉质的光泽，冰凉、华丽，还有些邪恶。伍娟间或向它瞟一眼的时候，只能看到它身上和蛇芯子嶙峋闪过的一点寒凉的光，此外它几乎一动不动，像一潭很深的湖水。它被人们围着看了一个晚上。伍娟心里不知什么地方忽然有些难过，她从厨房出来对着那一大一小两个人说："你们还不去睡觉啊？别没事就在那儿吓那条蛇，它也要睡觉。"

李莲花在暗处转过一张模糊不清的脸来，因为面目不清，声音就显得越发清晰，嘴里的字都是一个个被裁好的。她说："那半夜还得着凉呢，快端进你被窝里去，免得它感冒了。"伍娟不看就知道她在黑暗中正撇着两只嘴角，两条深深的法令纹拽着她的两只嘴角使劲往下扯，拽得两边脸颊像布袋似的垂下去，看上去倒比实际年龄老出了十岁。因为自己的男人不下地，地里的活儿都是她做，风吹日晒，她自然老得快。伍强每天晚上打麻将打到天亮才回家睡觉，他回家睡觉的时候，她已经起来下地去了。他们俩看起来终日连个交集都没有，居然也见缝插针地生出了一个孩子，真是不容易。

如果伍娟晚上偶尔出去一趟，等她一进门，李莲花就扑过去把大门关死，把整个院子严严实实箍起来，唯恐一星半点的声音飞出去。然后她才转过身来，半是惊恐半是兴奋地朝着伍娟走过来，她耷拉着两条法令纹，眼睛里放着一道很邪很亮的光，先是像不认识一样把伍娟上上下下看了一遍，这才凑到她跟前，把声音压下去，却越发显得底气十足。她问她："我说，都做了什么？可要小心啊。"

第二天一大早，所有的街坊邻居便都知道了。李莲花唯恐众人不知道，一大早便挨家挨户地做报道，等到太阳出来的时候，全村人都恨不得围到伍家门口来看戏。直到这事都过去很久了，李莲花还是时不时走到伍娟跟前，痴痴地把她从上到下看个遍，好像她肚子里已经凭空长出什么东西来了，快要搁不住了。看完了，她又讪笑着低低问她一句："男人都是只顾自己的，没怀上吧？我当年要不是怀上就不嫁给你哥了。"

从此以后，伍娟晚上再不敢出门。事实上李莲花恨不得伍娟夜不归宿，如果真有男人了，那伍娟就是游过一条河游到她身边来了，如果那男人还不是什么好货色，那她简直要把伍娟引为知音了。凭什么就她一个人该遇到一个不堪的男人？她有事没事都会当着伍娟的面幽幽地叹口气："你不知道你那哥哥啊，我都没处说去啊……"伍娟一听这话就赶紧逃开，免得被她房去做了同伙。不过，有时候她也觉得李莲花可怜。有一次，她煎了一碗肉。村里的人家煎一碗肉都是要吃一两个月的，每天中午炒好菜了挑一筷头的肉放进去，其实也见不到肉，要的就是这点肉味。她去了趟厕所回来，一进厨房正碰上李莲花把一大口肉塞进嘴里。她见伍娟进来，慌忙把一嘴滚烫的肉咽了下去，囫囵吞枣似的，都不带嚼的。刚出锅的肉还吱吱冒油呢，就被她生生咽下去了，伍娟都替她嗓子痛。更何况李莲花嫁的还是那样一个男人……她平日里再怎么省钱都没用，全是她男人的。

伍强常年不下地不干活儿，每天睡到下午，起来吃个饭一抹嘴

裂

就出去找人打麻将，一直要打到第二天天亮才回来睡觉。而且他打麻将从来都是输多赢少，没钱的时候就问李莲花要，问伍自明要。二十八岁的男人了，旗杆一样往伍自明身边一戳，明晃晃地伸出两只手来要钱。要钱的时候他脸上没有太多表情，麻木下面若隐若现地浮着一点无耻和凄凉。那点凄凉成不了气候，倒是那点无耻早就长成参天大树了，谁也奈何不了它，更杀不了它，只能由着它鬼魅似的附在他身上。

门扇似的儿子伸手要钱，伍自明要是不给，儿子就一直赖在他面前不走，一边赖着一边喃喃说："给我点钱。"完全是乞讨的架势，他不想心酸都不行。他只好哆哆嗦嗦地从腰里掏出一卷温热的钞票来，蘸着口水拈出几张给儿子，或者说，身上没钱，去小卖部里看看这两天卖得钱没有。于是伍强又辗转进小卖部来要钱。伍娟辛辛苦苦卖一个月的钱还没来得及给伍自明呢，就被伍强一次卷走了。如果伍自明哪天心情也不好，非但不给钱还会破口大骂："你这狗日的，活到三十了还要老子养着你，你这讨债鬼不要再进这门……"他们不给钱，伍强自有办法。不过两天，他们就会发现他们藏起来的钱全部不翼而飞了。无论藏在什么地方，就是藏在老鼠洞里也能被伍强找出来。在偷钱方面，伍强简直已经具备了侦探的专业能力，无往不胜。时间长了，他们三个人简直都怕了伍强，又知道不能把他怎么样，总不能把他摁回娘胎里去。他们只得纵容生活陷入一种巨大的惯性，一天天往下滑，滑到什么时候算什么时候。家里的小卖部也好，地里的收成也好，换来的钱基本上都供给了伍强一个人。他像一条吸血虫一样吸在这个家身上，其他三个人终日造血就是为了给这一个人输血。

其实从小时候起，只要看到伍强的影子，伍娟就觉得阴森可怖。听说伍强自小就学会了偷钱，他们的母亲就是被伍强活活气死的。母亲死的时候，伍娟不过九岁，却一直记得母亲临死前那个巨大的充满腹水的肚子。现在伍强长得又高又壮，伍自明却老得背都直不起来了，更不用说打他了。伍娟知道，自己要是嫁了人，父亲跟着这两口子怕也活不长。所以她不去想嫁人的事，能守父亲多久算多久。父亲要是催她，她就说："急着把我赶出去啊？"

今天晚上，伍强照样在外面赌博。他这几天手气差，连连输钱，只要一进家门，这家里的空气就得窒息三分。所以，伍自明喝个小酒，李莲花逗个蛇，都不过是趁伍强不在时的一点娱乐而已。李莲花带着儿子进屋睡觉去了，只剩下伍娟一个人站在院子里。她慢慢地走到蛇笼子前，看着那条蛇。那条蛇还是一动不动，她分辨不出它是不是也在看她。她呆呆站了一会儿，又扭头看看四周，然后回到厨房，舀出了半碗水，从笼子的缝隙里一点一点地滴了进去。滴答滴答，她在黑暗中看不清蛇是否在喝水，只能听到水滴了下去，又滴到了蛇的身上，发出了一种灰扑扑的声音，好像一柄很钝的刀子落在了地上。

第二天，趁伍自明和李莲花都下地的时候，伍娟蹲在家门口的玉米地里，捉了几只蛐蛐、蝼蛄、蝗虫之类的虫子。然后，一个人慢慢向那只蛇笼子走去。她还是有些本能地怕它。蛇见有人走过来了，无声地蠕动了一下，这一动，它周身便镂刻出了一道优美的水纹，那水纹转瞬即逝，蛇很快就又一动不动了，沉在笼底，盘成了一块时光深处的化石。伍娟隔着笼子看着它，忽然想，这样一种动物，曾经有四百条腿，现在却无腿无足，可是人们为什么还是要怕它？其实蛇极

裂

少主动攻击人，除非是人先威胁到蛇了，蛇才会咬人。它还能活一个月，可是就是这一个月里，她也不能让它这样在她面前饿死了渴死了。狗饿了还会叫呢，可是蛇是哑巴，就是饿极了渴极了都不能发出一点声音来。

伍娟把捉来的虫子慢慢塞进了笼子的缝里，蛇的头微微伸直了一点，她只看见一条红色的蛇芯子寒光一闪，那只虫子已经不见了。惊恐之余，她又由衷地高兴起来，蛇吃了她喂的东西，这就像承了她的情，懂得了她的心意。虽然她还是怕它，但在喂它的时候觉得自己高大、洁净，像个圣徒。是啊，连草木都有生命，何况是动物。人无非是一种动物，谁说不是了？仔细想想，便会觉得人和动物之间有多少相似之处。男女之间就是比动物多一些情感游戏吧，但说到底，那点疼痛的游戏也不过是用来为自己争夺性交伙伴的。

此后，每天趁家里没人的时候，伍娟就偷偷给蛇喂些吃的喂些水。这样做的时候，她感觉自己像在给一个判了死刑的囚犯送行一样，多送一程少送一程终究都是要送到那一天的。她心里便暗想，要不哪天偷偷把它放生了吧。可是，伍自明对这条蛇寄托的希望那么大，每天晚上从地里回来都要先到笼子前视察一下蛇的情况，就像在视察自家自留地里长出的倭瓜一样，恨不得它一夜之间就长熟了能吃了。伍自明一边视察蛇一边问伍娟："娟儿啊，这几天没给蛇喂吃的喂水吧？你要是敢喂它，我就打断你的腿。"伍娟心虚地答应着："哪能呢？我怕蛇，都不敢走过去。"老头子长年累月在地里刨食，又有个不孝的儿子，难得有点娱乐，就这点娱乐她还要给他剥夺了？也是残忍。所以，耗一天算一天，能让它多活一天算一天。

这几天小卖部生意不错，攒下了一点钱。等到家里人走光后，伍娟手里攥着那几张票子开始四处找地方，她必须找到一个不会被伍强找到的地方藏钱。父亲身上的那条裤子穿了都快十年了，裤脚磨破了，最近拉链也坏了，但因为没有可换洗的裤子，他还终日穿在身上，拿根布带子往腰上随便一捆，只要裤子不掉下去就行。还有他脚上那双袜子，早已是露了脚指头的，补过也不止一次了，补丁都是层层叠叠的。伍娟亲眼见过父亲是怎样给自己补袜子的。晚上，等他们都睡下了，他一个人坐在院子里，头上戴了个下矿用的头灯，像个矿工掘煤似的照着那只满是破洞的袜子，他戴着花镜拿着一根大针笨手笨脚地补袜子，一针一线的，像个小孩子趴在那里认真地做作业。伍娟看见了也没吭声，假装没看见。他大约是觉得自己的袜子太脏，只有自己补才能心安一点。伍娟嘴上不说，但心里一直想着去趟县城，给父亲做身新衣服买双袜子，再给家里添置些米、面、油之类的。地里的庄稼又不听人使唤，总不能说长就长，说收就收。家里的所有开销就都指望小卖部攒下的这点涓涓细流呢。

伍娟像个陌生人一样把这间屋子上上下下翻尸倒骨般地打量了一番，最后她选中了一个地方——两个柜子中间有道夹缝，夹缝里还架着蜘蛛网，这地方总不会被发现吧？但她不放心，把脸凑过去仔仔细细审视那夹缝的隐蔽性够不够。和伍强斗争了这么多年，她又不是不知道，他简直就是有了抗药性，把钱藏在什么地方都奈何不了他，好像他眼睛里长着 X 光，看什么都能透视。她把那道缝从上到下看了好几遍，才把那卷钱塞进去，之后再把蜘蛛网扯过去制造假象，她要做出浑然天成的样子，绝不能让它们露出一点点痕迹来。把钱藏好之

裂

后，她又警惕地向四周看了看，仿佛这屋子里四处都长着伍强的眼睛和耳朵。折腾了半天像打了场仗一样疲惫，她坐在椅子上，把两只脚也搁在椅子上，再把脸贴上去，就像自己从空中接住了自己一样，这让她觉得温暖，刚刚隐秘地藏好钱的安全感也像炭火一样温暖着她。她觉得自己像一只守着粮食的老鼠，这点粮食在她眼中简直是清华气象，够她微醺一阵子了。

这时已是下午，该出去给蛇捉些食物了。伍娟一挑帘子却看到伍强正光着膀子站在笼子前看蛇。听见她出来了，他没有看她，却朝着笼子里的蛇打了个口哨，仿佛笼子里关着的不是一条蛇，而是一只黄鹂鸟之类的。她有些奇怪他今天怎么到这个时间还待在家里，倒不符合他的作息规律。她走到家门口的地边捉了几只虫子，回到院子里的时候发现伍强已经不见了。她走到笼子前喂了蛇，又给了它些水喝，然后站在笼子前发了一会儿呆。

她呆呆地站在那里不动，眼睛虽然跟着蛇游动，却也是木的。她莫名地觉得心里有个地方是悬着的，有个钟摆似的东西在那儿摆来摆去却迟迟不肯往下落。她就那么空空落落地站着看蛇，忽然之间，她听见自己身体里发出了一声清脆的撞击声，那只钟摆落下来了，撞到了她的什么部位。就在那一瞬间，她的眼睛里忽然闪出了一道锋利的光亮，这点光亮把她的整张脸都点着了，她的脸隐约浮动在这团光焰里，看上去平静而可怖。

她跳起来，冲进了小卖部，冲进了屋里那团昏暗滞暖的空气，就像一个人跳进了一潭湖水里。她冲到那道夹缝前，先是上上下下审视了一遍，盖在上面的蛛网没有了。然后她不甘心，伸出一只手，哆哆嗦嗦地把一个指头伸了进去，那指头像条蛇一样嗅着那夹缝里的气息。没有。它闻出来了，里面是空的，已经是空的了。她还是不肯死心，她打开了电灯，找来一根筷子，像捞鱼似的在那道缝里不停地打捞。最后，她自己停下来了，像被射中的猎物，自己慢慢停止了挣扎。昏黄的光线弥漫在这间屋子里，屋子里所有的器具都像长出了一层毛茸茸的金黄的菌类，有些奇异的荒凉和萧索。

晚上，伍自明下地回来了。他早晨带着两只火烧、一瓶水出了门，中午饭就在地头吃的。进了家门，他什么都不说，先扔下锄头往凳子上一坐，一坐下竟半天都起不来。伍娟努力不去看他，她不知道自己在躲什么，她就是觉得自己像逃命一样要拼命躲开什么。过了半晌，伍自明才说了句："娟儿，拍个黄瓜，给我倒出二两酒来，这腿怎么说老就老了。"

她知道他一整天都盼着这个时候，整个白天顶着烈日在地里干活儿的时候，能在晚上喝上二两酒大约是他全部的寄托了。喝上二两酒，然后什么都不要想，腾云驾雾般地睡过去就是又把这一天成功打发过去了。这就是活着。

伍娟低头拍了条黄瓜，捣了蒜泥撒上去，又从塑料壶里倒出了一杯白酒，向父亲走去。伍自明还是那个姿势坐在那里，两只手捶着腿，他今天像是累极了，满面灰尘也顾不得洗，坐在那里连动都不想动。伍娟偷偷看着他，他坐在板凳上张着两条腿。她看到了他磨破的裤脚，裤脚高高吊起来，像个正长个子的小孩子身上的衣服。然后，她猛然间停了一下，她看到他坐在那里，因为裤子的拉链坏了，这一坐，那个地方就像一张嘴一样张开了，她迎面看到了里面破败的内

　　　　　　　　　　　　　　　　　　　　　　　裂

裤。伍自明自己却浑然不觉，他用两只手捶着膝盖，笨拙地笑着问了伍娟一句："娟儿啊，今天可没喂蛇吧，这也有二十天了吧？"

伍娟不说话，愣是迎着那裤裆里露出的内裤一步一步走到他面前，把黄瓜和酒往父亲面前一放就走开了。她默不作声地出了家门，疾步走进了玉米地，看到周围没有人，她才蹲到地上，开始放声大哭。

三

喝完酒，伍自明先回屋睡下了。他不能不贪恋这点加了酒精的睡眠，这个白天算过去了，可是这睡眠的另一头系的又是一个永生般的白天，这一夜的安睡不过是夹在两个白天之间短暂的躲避，像深宵旷野里的一顶帐篷。

伍娟悄悄走进屋里，蹑手蹑脚地拿走了父亲放在炕头的裤子。她朝炕上看了一眼，父亲佝偻着身子，已经睡熟了，他睡在沉沉的夜色底下，看上去像一个浸泡在液体中的婴儿的尸骸。她没有再多看，拿着裤子就走到了院子里。李莲花带着儿子也睡下了，院子里就她一个人。她拖着一个长长的松散的影子坐到灯下，就着昏暗的灯光把那条裤子摊在自己的膝盖上，她费力地直视着拉链坏掉的地方。那个地方像一处刚被剖开的伤口，散发着一种新鲜的酷烈，近于鲜血淋漓。她安详地看着它，它躺在她的膝上忽然逼真得像一个人形，她甚至又看到了那伤口中间长出了一缕破败却鲜艳的内裤。它们冲着她的眼睛直逼过来，竟也妖冶、茂密。她伸出一个指头摸索着那个地方，像在试探一盆水的温度，慢慢地，慢慢地，她把一只手完全放上去了，就像在那里很深很深地抚摸着什么。最后，她在那个地方缀了三粒纽扣，缀好了，又一粒一粒地扣上。那个地方合上了，她愣是把那道伤口给缝住了，然后，她又悄悄进屋里，把裤子放在父亲的炕头。

伍娟躺在自己床上辗转反侧。外间里有一只老鼠在窸窸窣窣地翻东西，墙角里还有一只虫子在呻吟，不知道那条蛇是不是也睡着了。虽然明知它不过是个死刑犯，喂了二十多天，竟感觉和喂一只家禽差不多。她并没有想什么，相反，今晚她觉得心里是空的，简直有了空旷浩渺的感觉，就是因了这空旷，她觉得自己都不能把自己聚拢起来了，她支离破碎地、一片一片地飘在黑暗中。

不知过了多久，刚刚走进一种很浅很薄的睡眠，她就被一声巨大的轰隆声惊醒了。这种声音在寂静的黑夜中带着一种天生的不祥，她几乎是下意识地急速翻身坐起，开始手忙脚乱地穿衣服。衣服还没穿好的时候，她就透过玻璃窗看到一群人影嘈杂着推开院门进来了，朝伍强一家住的那间屋子走去。她死命地把脸贴在玻璃上往外看，可是连一张脸都看不清，他们全都是影影绰绰的，像鬼魅一样融化在无边的夜色里。她知道他们就在这院子里，和她只隔着一扇玻璃窗，可是她还是不由得觉得他们如此幽深、遥远、神秘。她看着他们就像看着一眼黢黑的井底，那井底暗哑无声地伸出了几只可怖的手，却怎么也碰不到她。

伍强屋里的灯霍地亮了，院子像突然飞过了一柄雪亮的匕首，接着她听到了李莲花的叫声还有小侄子的哭声，这些声音像雪花一样很快就融化在几个男人粗大的嗓门里。她的鼻子、嘴唇、眼睛都死死地贴在玻璃上，像是要把自己嵌进去，她像个冰雪的雕塑一样死死地嵌在那里，一动不动。她动不了。接着，她透过那玻璃看到那群鬼魅般的人影又七手八脚地出来了，他们手里抬着什么东西，东西很沉，他们便几个人一起抬着，她在黑暗中看到十几只手纠缠在一起，捆在一起，这使得他们看起来连体成了一只巨大的章鱼，满是蛇一般的手和脚，这些手和脚在夜色中邪恶地飘摇着，无孔不入。

巨大的章鱼在门口消失了，院子里还残留着一些杂沓的脚步声，似乎那些脚步声都是壁虎的尾巴，就是从身体上掉下来了，依然能活蹦乱跳地活上一阵子。接着，又有一大一小两个影子哭着冲向门外面，是李莲花和她儿子出去了。院子里彻底静下来了，这一静便静成了一眼千年古井，没有一点活的声息，好像一切的活物都突然葬身于刚才那场喧闹了。而她是唯一劫后余生的残留物。她费力地把鼻子、嘴唇、眼睛一样一样地从玻璃上拔了下来，每一样器官都是冰凉的，像是已经不在她的身体上了，它们像落叶一样飘零而下。这时候，她突然看到屋檐下还静静地站着一个人，是父亲。

她颤颤巍巍地走出去，站在屋檐下，默默地与父亲的影子对视着。他们谁都不说话，似乎一夜之间都失去了语言的功能。她不知道他们究竟站了多久，似乎有很多个季节从他们中间俯仰着过去了，他们就那么站着，都感到了一种从岁月深处钻出来的萧瑟感，突然之间又从他们身上剥去了几岁。终于，伍娟看到父亲动了，他磕磕绊绊地向伍强那间亮灯的屋子走去。伍娟像魂魄一样跟了过去，在父亲挑帘子进门的那一瞬间，她再一次站住了。就着屋子里的灯光，她看到站在灯影里的伍自明浑身上下就穿着一条破败的内裤，他光着脚，穿着这样一条内裤，走进了那片灯光。他来不及穿一件衣服就从睡梦中跑出来了。

　　原来，伍强打麻将连日输，输了还给不出钱，于是人家叫了几个人来他家把稍微值钱的东西都搬走了，包括电视机。李莲花带着儿子连夜哭着回娘家去了。伍娟没有进那间屋子，她一直在那里站着看着那灯光，那灯光就像装在一只杯子里的，就那么小小一杯，好像伸手就能握在手里。屋子里传出了两个男人的吵架声，然后，屋里的灯咔嗒一声灭了。帘子一挑，父亲出来了。他佝偻着背，一只手提着那条内裤，大约是松紧带早已没有了弹性，一不小心就掉下去了。他看见她了，却没有和她说话，跌跌撞撞地进了自己屋子，然后就无声无息了。

　　整个院子又一次安静下来，静得连葡萄叶落下来都能听见。伍娟慢慢向自己屋里走去。经过屋檐下的时候，她看了一眼笼子里的蛇，就着依稀的星光，她看到了那条血红色的蛇芯子，它就那么一闪，却寒光凛冽。

　　伍娟不知道自己在黑暗中又沉浮了多久，只觉得自己像一个溺水的人，怎么挣扎也上不了岸。这么多年里关于伍强的一切突然全都活过来了，原来平日里她只是强迫性地把它们埋掉了，她不许它们活着，她不想看到它们。可是在这样一个夜晚，借助一种可怕的外力，这些尸骸突然全部复活了。它们一幕一幕地从她眼前往过走，像无数

　　　　　　　　　　　　　　　　　　　　　　　　　裂

张黑白照片，最后这无数的黑白照片连缀在一起，连成了一部电影，她一个人在黑暗中看着，泪流满面。她清晰地看到，这电影的最后一幕就是现在，就是这个晚上和这院子里的三个人。那条破败的内裤再次锋利地割着她的皮肤过去了，就在那一瞬间，她突然在黑暗中无声地坐了下来。刚才衣服都没有脱，她一秒钟都没有犹豫，动作迅速冷静得如同蛇类。

她再次走进了院子里，无声地走到蛇笼子前。她在黑暗中与那条蛇静静对视着。她在那儿一动不动地站了五分钟，过分的安静使她看起来坚硬而庞大，像周身突然披上了一层诡异的盔甲。那两间屋里都静悄悄的，里面的人似乎都睡着了。她深深吸了一口气，像一个准备潜入水底的人做着最后的准备。然后，她果断地、无声地伸出一只手，提起了那只蛇笼子。蛇在里面昂起了脖子，血红色的蛇芯子一闪一闪的。她提着蛇笼子疾步走到了伍强的门前，她站定，静静地听着里面的动静。然后，她缓缓挑起帘子，走进了黑暗的屋子里。站在门口，她借着星光辨认了一下屋里。炕上躺着一个人，那个人一动不动，是伍强。她提着蛇笼子一步一步走到了炕前。她屏息看着炕上的人，他不动，毫无知觉的样子。她默默站了几秒钟之后，突然一只手捧起那只笼子，另一只手迅速打开了笼子的门，然后，她两手抱着笼子一抖，像倒水一样，一条柔软却带着杀气的影子在黑暗中流过，无声地落在了炕上。

伍娟忽然怕了，她手一抖，笼子掉在了地上，她不顾一切地向门口冲去。在出门的时候她全身重重地撞在了门上，居然没有感觉到一点疼。她从帘子下钻出来才发现自己全身没有了半点力气，两条腿已

杀生三种

经不是自己的了，就是这样，她还是用尽全身的力气像划桨一样划着那两条棉花般的腿，她拼了命似的向自己的屋子游去。快了，快了，她几乎是在爬着走了。就在她快要爬进屋子的那一瞬间，她听到伍强屋子里发出了一声恐怖的尖叫声。她伏在地上闭上了眼睛。

　　最先被惊醒的还是伍自明，他从屋里跑出来，跑进了伍强的屋子。灯亮了，接着他便跟跄着跑了出来，一边朝院门口跑一边用一种嘶哑的可怕的声音大喊："救人啊，快救人啊。"他冲出院门去砸邻居家的门。周围的狗叫成了一片，邻居院子里的灯纷纷亮了，睡眼惺忪的邻居一边扣衣服扣子一边跟着往进跑。脚步声又杂沓成了一大片，倒像在办什么宴会一样。她听见有人大着嗓门在叫："这深更半夜的谁家也没有解药。来，把大腿这儿扎死了，不要让毒流过去，还是快送县医院吧。"又有人大喊："李二狗的车今天不在村里。"又有人喊："再找车，快找车，快点，快点。"在这一大片森林般的叫喊声中，伍娟只辨别出了一个声音，那个声音一直在抖，发不出任何一个完整的字："快……快……"只是哗哗地抖个不停。那是伍自明的声音。

　　她就那么伏在地上，她爬不起来，她看着自己的这具身体竟像是看着别人的，脑子里装得满满当当的，身体却是木的、空的，一种身首异处的感觉。不知道究竟过了多长时间，终于找来了一辆车，众人七手八脚地抬出了一个人。是伍强。他们把他抬上了汽车，有两个邻居跟上，连夜去县医院了。伍自明没跟去，他已经说不出一句话来了，只能在人群中像一条狗一样佝偻着背大口大口地喘息。

　　汽车走后，其他邻居又纷纷返回来。这时候众人才像终于睡醒了

　　　　　　　　　　　　　　　　　　　　裂

一样，一个个都问伍自明："蛇怎么没关好，怎么能跑到屋子里去？"

"那蛇饿了一个月了还有力气咬人？"

"就是饿了一个月了才见什么吃什么，都饿疯了。"

"草上飞的毒那可是……"

"他叔，那蛇怎么进的屋里？"

伍自明还是不说话，却慢慢抬起了头，他叫了一个喑哑的字："娟……"伍娟听见了，想答应一声却说不出话来。她慢慢地顺着墙站了起来，两条腿还是哆嗦得厉害。她战战兢兢地站在那个角落里看着这群人。有人突然像想起了什么："哎呀，蛇还在这屋里吧。赶紧啊，要不还要咬人的，今天一定要把这蛇除了。要是让它跑了，再跑到邻家咬人，那还活不活了？快快，去找镰刀、锄头……"一想到下一个被这条蛇咬的人可能就是自己，所有的人都有些不寒而栗。现在一定得杀掉这条蛇，这已经不是帮别人，而是在帮自己了。

院子里、屋子里所有的灯都被打开了，更多的邻居被惊醒了，都跟着拥了进来，准备投入一场人蛇大战。人们打着一只只雪亮的手电筒，在夜空中长长地狰狞地挥舞着，像一柄柄利剑一样，再加上人们手中的锄头和镰刀，整个院子里一片刀光剑影，杀机四伏。人们一边上上下下地找蛇的影子一边大声互相吆喝着："小心脚下，不要踩到蛇了，小心头上，别从屋梁上掉下来了。"

在这满满当当密不透风的嘈杂声中，却是有两处漏洞的。有两个人一直不说话，也没有随着人群四处找蛇。其中一个终于挪动了，他费力地拖着两条腿走到了另一个人的面前。是伍自明和伍娟。他们面对面冰凉残酷地站着，好像在这人堆里打出了一眼深井，只有他们两个人是站在井底的。伍自明的舌头打着摆子，像喝醉了的样子："娟儿，你说，是不是你，是不是你……"伍娟倚着墙站着，静静地不说一句话。伍自明的一只手突然就向着她的脸飞了过来，他一边打她一边痛心疾首地吼着："你连条蛇连只虫都舍不得杀的人，什么都舍不得杀的人，怎么就舍得去杀一个人啊？他就不是个人吗，他就不是一条命吗……"伍娟突然之间便泪如雨下，她披散着头发竭斯底里地对着他喊着："因为他活着你就活不成。"

就在这个时候，院子里忽然有人用半是恐惧半是兴奋的声音大喊："找到了找到了，在这里。"于是所有的人和所有的手电筒哗地都向那个方向涌去，立刻便在黑暗中砌成了一圈厚实的墙。众多手电筒一齐指向了一个地方，那个地方顿时像被聚光灯包围的舞台，舞台上只有一条蛇。确实是那条蛇，只是，众人看不到它的头，它也看不到众人。可能是刚才人声鼎沸吓坏了这条蛇，它逃窜时在地上找到一个洞，就慌不择路地往里钻。这洞是原来插瓜架用的，不深，而且是死洞，这蛇半个身子钻进去了，洞已经到底了，想再出来却因为洞太窄小，身子被卡在那里了，只留下半截身子在那儿哗哗地甩来甩去。

众人一看蛇被卡住了，就觉得危险已经少了一大半，现在这条蛇沦为这样的处境，他们想怎样处置都可以。众人虽然没有被蛇咬到，但刚才跟着虚惊一场，都有些后怕，跃跃欲试，要替伍强报仇。有人建议拿镰刀把蛇砍断了，有人建议用锄头把它劈死算了。后来，众人终于达成了一致，他们决定用开水把它烫死在洞里，似乎这样更过瘾。话刚说完没多久，就有好事者送来了满满一壶刚煮开的水，在夜色里还冒着雪白的水汽，看上去也像杀气。

裂

一个男人提过壶来便向着卡在洞里的蛇浇下去。只听刺啦一声，蛇倒没有发出任何叫声，倒是围观的人嘴里跟着吱了一声，仿佛开水是烫在他们身上的。那条蛇被烫到，身上的皮立刻便裂了，露出了里面粉红色的肉，那露在外面的半截身子疯狂地抽搐着，拍打着，把洞旁边的土都拍得飞起来很高。蛇的抽搐一阵紧似一阵，雪白的肚皮痛苦地翻起来再翻下去，却还不见它有要死的迹象。海刚接过壶又对准了蛇，准备再浇下去。这时候，忽然有人蛮横地闯了进来，她一边冲撞着人群一边大声地号哭着。人们听见她说："你们就是一刀杀了它也不要这样对它，它也是一条命。它就是一条蛇，你们不打它的时候它都不会咬人的。你们知不知道，蛇最怕的就是人，它就是疼死都叫不出一声来啊。"她已经突围进来了，她冲到了这个圈子的核心，然后，在一片茂密的雪亮的手电筒的照射下，她伸手做了一个动作。

　　她扑上去，用两只手抱住了那条蛇的半截身子，然后在人群的惊呼声还没来得及落下的时候，她已经像拔萝卜一样把那条蛇拔出来了。那条蛇身上被烫坏的部位经过这样一摩擦，就像烤山芋皮一样啪啪掉下去了，里面滑腻腻的肉大片大片地裸露出来了，在灯光下闪着一种荤腥的光泽，使这条蛇看上去更像摆在桌子上的一道菜，已经是半熟的了。然而蛇头还是活着的，在伍娟还没来得及把那半截蛇身子放开的时候，那条蛇的身体已经闪电一般绕成了一个圈，蛇头凶狠地转了过去，在众人反应过来之前，那蛇头已经一口咬住了伍娟的胳膊。

　　伍娟惊恐地狂叫，抓着蛇身子的手已经松开了，但那蛇头还牢牢地叮在她胳膊上，像一条巨大的蚂蟥吸在那里。她挥舞着胳膊又是叫又是跳，想把蛇甩下去，可是这条蛇可能是刚才被烫了一下，比人更惊恐，竟死死咬住不放。人群再次骚乱了，喊什么的都有。有人喊："快给她拽下来呀。"还有人喊："你敢拽你试试去，谁拽咬谁。"又有人喊："快拿镰刀砍下来啊。"有人回应："离得太近了怎么砍？一砍就砍到胳膊了。"围着一圈慌乱的人群竟没有人敢动，只任由伍娟一个人像疯了一样又是哭号又是狂跳。

也许是因为惊吓过度，突然，伍娟一头栽到了地上，昏厥过去了，蛇也跟着掉到了地上，却仍然像磁石一样吸在伍娟胳膊上。但是因为他们都触着地了，蛇的身体与伍娟的胳膊中间终于有了缝隙。这时，一个眼疾手快的男人挥起手里的锄头狠狠朝那条蛇砍去。那一锄头正好砍在蛇脖子上，但是没有砍透，那个地方还连着一丝皮肉，那截被砍下的蛇身子一边汹涌地往出喷血，一边在啪啪地甩动着，抽搐着。众人喊："快，快，还没死，快砍死了。"于是，又一锄头下去，这回，那点皮肉相连的地方也彻底断了，无头的蛇身子又在地上蹦跳了一时，血流尽了便渐渐不动了。众人再看去才发现，那蛇头居然还牢牢咬着伍娟的胳膊。那蛇头瞪着两只灰蒙蒙的眼睛，岿然不动地钉在那里，看上去就像挂在她身上的一只恐怖诡异的装饰品。

众人无论用多大力气都撬不下那只蛇头，眼看着伍娟整条胳膊都已经发乌肿胀了，血流不止。去县医院光路上就得一个小时，村里唯一能找到的一辆车已经送伍强去了，至今还没有返回。谁都想不出办法来，众人无声地站着，默默地看着地上的伍娟和她胳膊上的那只蛇头。这时候一个人从人群中挤了出来，是伍自明。他全身只穿着一条短裤，手里拿着一把锋利的菜刀，踉跄着走到了伍娟身边。他没有说一句话就对着伍娟的那条胳膊挥起了菜刀，一菜刀下去没有砍断，他又拔出菜刀，两只握着菜刀的手再次高高举起，再一次砍了下去。众人都闭上了眼睛，只听得一阵砍柴般的很钝的声音。等众人再睁开眼睛时，伍娟那条青乌色的肿得肥圆的胳膊已经滚落到一边了。那段胳膊上仍然挂着那只蛇头。

一直到第二天早晨，众人才从邻村找到一辆车，车还没有赶到县医院的时候，伍娟就咽气了。倒是伍强被送得及时，在医院里被抢救过来了，住了十几天院就回家了。

李莲花带着儿子从娘家回来了，离婚了再嫁人未必能嫁到什么好人，她回来接替伍娟给父子俩做饭洗衣。

伍自明从此以后滴酒不沾，倒是常在晚上的时候歪在炕上一个人看电视里的《动物世界》。他老了，经常看着看着就睡着了，口水从嘴角流下来，蛛丝一样晶莹地垂下去，一直垂到他的胸脯上。

这个晚上，伍自明看着《动物世界》又睡着了，电视里的声音兀自在屋子里流动着，是一个男中音缓缓的解说："……巍峨雄伟的宫殿，庄严肃穆的教堂，沉重的十字架，还有端庄的贞节牌坊，每一种文明都浸透了亿万苍生的血和泪。"

他听不见。夜已经很深了。

九渡

他再一次被关进了监狱，如三个月后不上诉就将被执行死刑。这是他在监狱里度过的第九个年头了。

监狱里的一年为一渡，渡，就是要从此岸到达彼岸。前八年他都渡过来了，但这第九渡，他过不去了。

一

"白毛，你的信。"

一个顶着一头花白头发的年轻人从角落里站起来，那头白发在灯光里闪着一种银质的光泽，钝而明亮。他的手先在衣服上擦了擦，然后才小心翼翼接过那封信。

狱警手里的最后一封信也分出去了，众犯人却还像一群没有分到食物的猴子一样，懊恼地、不甘地围着他，恨不得从他手里再长出几封信来。狱警不再理会他们，咔嗒一声关了牢房的门。犯人们像再次被推进了洞底，高高的铁窗像洞口一样悬在半空中，洞口里沉着几点金色的星光，但是深不见底。

青森的灯光带着一种灯光本身的体重往苍白的墙壁上挤，墙壁上便被逼出一种墓碑上的潮湿。灯光从高处坠下，压在每个犯人的脸上，每个人的脸上都被榨出了一轮阴影，阴影深处是两只木质的眼睛，盯着什么地方一盯就是很久，像是钉子钉进去了一样。监狱里的每一天每一夜都长得极其相似，就像一棵巨大的植物，夜以继日遮天蔽日地生长着，自顾自地繁衍出一片又一片纹理相同的叶子。

在监狱里，没有星期，也无所谓月份，只有无边无际的时间像一条大河一样往前狂奔，犯人们便自制出一套监狱里的历法，那就是以收到一份家书作为一个月的开始。从这天开始往下数，一直数到三十天的时候收到另一封家书，这就是新的一个月的开始，然后再数下去。所以，一旦书信没有准时到达，犯人们便觉得历法突然失效了，时间忽然之间紊乱了，荒凉而杂芜地疯长成一片，看不到尽头。真正让人恐惧的就是时间深处这种无边无际的荒凉。这种荒凉要比他们的生命本身更强悍、更坚硬，它们像牙齿一样牢牢长在他们身上，不会腐烂，不会死亡，只会像饥饿和干渴一样把他们掏空。

生活在监狱里的人就像生活在一座荒岛上，四周都是汪洋，他们根本不可能从这里逃出去。那些信便是他们和这个世界唯一的血脉联系。那是血管，不是别的。一旦这血管断了，他们便被这个世界彻底遗忘了，他们会在这暗无天日的角落里逐渐干枯成时光下面的化石。所以，有信来的日子便是监狱里的节日。

几束目光带着忌妒落在白头发小伙子的手里，就像有几个人的体重同时向他压了过来。他本名叫王泽强，白毛是他的外号。他十六岁进了少教所，两年后又转到监狱里，他的头发是从进了监狱后开始变白的。这是他在监狱里的第八年了，他像一株植物一样，过一秋头发便白一层，到第三个年头的时候，他已经没有一根黑头发了。一头白发在灯光下闪着一种银色的寒光，每一根白发都是通体透亮的，像白色的羽毛。然后，白发下面是一张年轻的铁灰色的脸，散发出的也是

九渡

坚硬的铁气。这使他看起来就像一株被嫁接来的奇异的植物。

一株身首异处的植物。

王泽强坐在铺上，把两条腿一盘，就像一只虫子突然把所有的触角都收回去了。他开始小心地却是极其安静地看信。这种异样的安静像栅栏一样围在他身边，把那些目光挡在了外面，近不了他的身。信已经是开口的，监狱里的每封信都要被监狱里的管理人员先检查过才能到犯人们手中，有时候一封信在他们手里半个月之后才能辗转到犯人们手里。同样，犯人们寄出去的信也要被看过才能往出寄。他从已经撕开的信封里取出了里面的信，顶着一头白发，缩在荒野一般的灯光深处，像一个冻手冻脚的雪人一样，开始瑟缩着、一个字一个字地读信。

信是他母亲刘晋芳写来的，每个月一封，每封信都是两页，信的最开头永远是"强强"两个字。他先是攥着这两个字，久久不愿放开，就像在走进一间温暖的屋子前先捂着两块炭火暖暖身，以适应里面的温度。然后，他开始一个字一个字地往下读，每一个字都要看很久，看实了，焐热了，咬碎了，已经消化下去了，才去看第二个字。他舍不得看完。看完第一遍再回头去看第二遍，然后是第三遍，反反复复咀嚼。直到熄灯之后，他才把信叠起来放在枕头边，一只手搭在信上睡觉，就像有一个人正睡在他的身边。

在监狱的八年时间里，每个晚上他都守着这些信，这些信也守着他，逐渐地，它们被他守成了一个人形——一个有体温的会说话的人形，默默地陪了他八年。

一封信的余温够他用个十天八天的，在最后一点余温散尽的时候他便开始等下一封信的到来。等信的时候是一种前不着村后不着店、在旷野里独行的孤独感，好在他心里知道走一段路总有歇脚的时候。这八年里，刘晋芳的信每个月都会按时到的，风雨无阻。但是这八年里，他没有见过她一面。她从来没有到监狱看过他，她只在信里告诉他，她身体不好，走不了远路，从家里走到学校都气喘吁吁地不能讲课。她还说，怕见了他两个人都会难过，不如不见。她说，只要习惯不见了就不会老是盼着见，没盼头的人才能刀枪不入，什么都伤不了他。她在每封信的结尾都会说她在家里等着他，等着他回去给他做好吃的。她一次次地告诉他，要好好表现，八年很快就会过去的，到了第九年头上他就能出去了。她在每一封信里都反复告诉他，八年就是一瞬间，就是一瞬间。

于是，他一直活在一种错觉中，那就是，八年就是一瞬间。

现在已经是第八年了，再过三个月就到年底了，那时候王泽强就能出去了。回头一看，八年真的是一瞬间，像一滴水。这八年里他想起刘晋芳的时候，总觉得她的脸是在一节迎面驶过的火车车厢里，在车厢昏暗的灯光里，这张脸倏忽就不见了，正驶向异乡。他甚至都来不及看清她的五官，她的眉眼像宣纸落在水里一样，丝丝缕缕的墨迹倏忽就溶化了，烟雾一般幽静地缠绕在一处，像一只茧一般把她包裹在最里面。他看不清她，也摸不到她。但是他知道她就在那只茧里等着他，这八年里她像一块玉佩一样被他随身带着，贴着最深的皮肤，硌着他，暖着他。他也想曾小丽，想起她的时候，她也是面目模糊的，她和刘晋芳就像月光下的两道影子，可以在他身体里随意出入，却始终都留给他背面。他看不到她们的脸，似乎她们一旦在阳光下显形就会蒸发。她们是住在他身体深处的两个鬼魅，八年里他用一寸寸的时光和思念喂养着她们，他是心甘情愿这样的，因为他怕她们离开，她们要是离开了，他就剩一具空空的躯壳了，像颓垣残壁一样荒凉无依，只有岁月的风声呜咽着穿过。

他情愿她们就住在里面，即使这八年时间里他根本不可能见她们一面。他是她们的巢穴，只是她们不知道。

刘晋芳不是王泽强的亲生母亲。他是被曾祖母带大的。他是被亲生父母遗弃的，因为他是个私生子。据说当年他被关在一只鸡笼子里摆在路边，谁想抱走就抱走。最后收留他的是曾祖母。曾祖母带着他回到村子里，一直养到他十岁。据说他的父母亲最终还是没有结婚，他们十年里都没有去看过他。他们恨不得他不存在，因为他的存在是一种罪证。他十岁那年，曾祖母已经九十多岁了，嘴里已经没有一颗牙了。吃东西的时候，她用牙床把东西一点点磨碎，像石磨似的，再就着水咽下去。曾祖母太老了，她坐在门前的石墩上时就像一只风干的丝瓜挂在那里。她每天用一只手拄着拐杖，一只手在眼睛上搭起凉棚看着来来去去的村里人。她和人说话的时候，就张开没有牙齿的嘴，露出里面孤零零的舌头，因为没有牙齿，声音是走风漏气的，像四处是洞，说出来的话也像是被剪过一样，短了一截。她眼角的皱纹太深了，像堆叠的矿石一样把两只眼睛深深埋在下面。他就跟着这样一个老人过了十年。

十年后的一天，曾祖母忽然带着他去见了一个人。这是个女人，他认识，是他们村小学的语文老师，叫刘晋芳。刘晋芳原来是镇上中学的老师，三年前自愿来了村里当老师，三十岁了还是单身一人，没有结婚，也没有孩子。小孩子们见了她都有些害怕。她不苟言笑，常年梳一种古怪的发式，就是把两条麻花辫高高盘在头顶，像一朵云垛在那里，使她看起来像戴着什么巍峨的冠冕，又像长着两只巨大的角。她的脸极消瘦，颧骨高耸，眼睛深陷，薄得几乎看不见的两扇嘴唇终日抿在一起，似乎根本就没有开口说话的打算。她确实见了谁都不说话，头和发髻一起向上昂着，细长的脖子里像是被卡了弹簧，直直绷着。村里人见了她也不说话，因为她虽是移民，根子不在这里，但她身上那点事还是像瘟疫一样也被带了过来，杀都杀不死。

据说，刘晋芳为了能调到省城的学校去，在镇上当了几年的老师都没有找对象结婚，一心要到省城去。为了能调进省城去，她先是和镇长睡觉，然后又和镇上的书记睡觉，偏偏镇长和书记关系一直不好，明里暗里地斗了很多年。一天晚上，他们正好在刘晋芳宿舍门口碰见了。那个书记刚出来就看见镇长走到门口，正准备进去，就丢下一句话："她屁股上可长着一颗红痣呢，不仔细看还真看不出来。"镇长进去后急忙脱下她的衣服，一看她屁股上果然有颗红痣，也不是一次两次看了，他以前真没注意到。镇长当时就软下来了，折腾了一晚上都进不去。据说之后他还吃了不少中药。听说她还和镇上中学的校长睡过，那校长酸文假醋的，可能也是答应要帮她调动吧。他睡完了还要四处给别人讲细节，传得几乎全镇都知道了。

刘晋芳便自愿去了村里的小学当老师，省城去不成反落到村里，她成了卡在村里人喉咙里的一根鱼刺，吃不进去也吐不出来。每次她在讲台上讲课的时候，学生们都紧张而神秘地盯着她看，就像看着庙宇里的神像。有时候上课铃都响过五分钟了，她才顶着高高的发髻无声地飘进教室。有一次她站在讲台上，有的学生发现她衣服上中间一粒扣子没有扣，像一扇窗户露出了里面的内衣。

有时候下课了，她还坐在教室门口不走，坐在那里看女生们跳皮筋。偶尔有一个学生忽然发现她坐着的居然是她那只走到哪儿带到哪儿的杯子。她用屁股尖坐在这只细长的玻璃杯上，就像被钉在一根针上一样，津津有味地看着女生们跳皮筋。女生们被她看得都不会跳了，纷纷败下阵来。

曾祖母带着王泽强一共去了刘晋芳家里三次。第一次去的时候太早了些，刘晋芳一开门，她一头极长的黑头发便像水草一样把整个门缝塞得满满的。她还来不及把头发垛在头顶。王泽强从没有见过这么长这么茂密的头发，简直有些杀气腾腾的感觉，妖冶地不顾死活地生长着。头发因为太长了，把她那张脸和身体都裹了进去，像裹进了一只头发编成的笼子里。她躲在那笼子的深处，像兽一样看着他们。

王泽强听见曾祖母指着自己说："就是他。"刘晋芳一边迅速地往起挽头发一边看着他。那么长的头发在她手里几下便被砌起来了，高高地砌到了头顶，像座牌坊似的。她整个人便像从水草丛里走了出来，面目渐渐清晰了。趁着她们两个说话的时候，他远远站在院子中央，他直觉她们是在说他，他有些莫名地胆寒，只想远远躲开些，似乎只要躲开了也就可以当作它不存在。

第三次去刘晋芳家里的时候是个黄昏，刘晋芳正在屋檐下的泥灶上熬小米粥。这次她头发整齐，正不停地往圆滚滚的泥灶肚子里填柴火。铁锅里的米香溢得到处都是，屋子里不知什么地方摆着一台录音机，录音机里正放着一支奇怪的音乐。后来王泽强才知道那是大悲咒。

　　趁着她们说话的时候，王泽强偷偷朝屋里看了一眼，只看到一盘土炕、一张桌子和一只木箱子。墙角里还架着一张蜘蛛网。这简直像荒郊野外的寺庙里的清寒，这个女人主动把自己扣在这样一个地方？她们说了一会儿话，曾祖母便带着他回去了。这时候天已经黑了，回去之后，曾祖母像往常一样熬小米粥、拌咸菜，然后和面做烧饼。那天晚上她和了奇大无比的一团面，那团面像瓷质的云一样被她揉捏着，又被捏成了一只只像器皿一样的饼，下了锅。他都喝完粥吃完饼了，曾祖母还在那儿做烧饼，那团面只瘦下去了一半。做好的金色的烧饼整整齐齐地码在灶台上，像一摞摞刚烧好的砖，似乎整个晚上这样摞下去，光这些砖就要砌成一堵墙了。他问曾祖母："老娘，够吃了，不要再烧了。"曾祖母说："不烧完面就剩下了，剩下了怎么办？你先睡去。"

　　剩下了怎么办？他觉得这句话有些奇怪，好像暗藏着一种隐隐的危险。可是他不愿多想，等他最后实在困得支撑不住的时候，曾祖母还趴在灶台前，她看起来被灶火烤得更干了，他似乎都能看到她身体里被烤得干脆的蓝色血管，像枯枝一样，一掰就断。这个晚上九十多岁的曾祖母忽然变得力大无穷，一次又一次地把面放在锅上，再把饼拿出来垛好。她浑身上下没有一点点睡意，皱纹围起来的眼睛深处跳着几点很邪的光亮，这几点光亮使她整个人看起来都很邪，似乎她身体里忽然站着另外一个人。

　　他有些害怕又有些恐惧，他再一次劝阻她："老娘，明天再烧吧，又吃不完，留着会坏的。"曾祖母断断续续的声音也像被焙干了一样，纷纷扬扬地落了他一身："你先睡，你快睡吧。"他突然之间便有了一种在雪地里行走的绝望和悲怆。然后，曾祖母不再理他，她残酷地不理他，任由他一个人睡在阔大的炕上。他悄悄哭了一会儿也就睡着了。

第二天早晨，他醒来的第一个瞬间看到的是垛在桌子上的十摞整整齐齐的烧饼。它们像金色的砖瓦一样无声却肃穆地砌成了一堵墙，坚固地站在他面前，似乎拿什么都推不倒。

他急忙翻身，看到了睡在另一个炕角的曾祖母。她一动不动地睡着，不知道天已经亮了。他都不知道她前一晚是几点睡的。他呆了一会儿，叫了声"老娘"。曾祖母不动，她像一块青石板一样安静地背对着他。屋子里太安静了，他甚至都能听见自己的回声。那回声撞得他几乎有些疼痛。就在那一瞬间，他忽然感觉到了不对，突如其来的恐惧像一只巨大的手掌把他抓了起来，吊在半空中。他慢慢向曾祖母爬去，他像隔着千山万水，艰难地向她爬过去。在他碰到她的手的一瞬间，一种石板里的寒凉立刻传到他的身体里。

曾祖母躺在那里，穿戴整齐，她在睡之前已经给自己穿好了老衣，包括脚上一尘不染的新布鞋。她的身体已经凉了，她是前一天半夜悄悄死去的。就在烧完那十摞饼之后。原来，她是什么都算好了的。

给他留这么多干粮，是怕她走了之后他要挨饿。

王泽强就是在曾祖母下葬之后带着一大包烧饼，被刘晋芳带到了她家里。

村里人对刘晋芳为什么会收留王泽强，又对王泽强的曾祖母为什

裂

么把他托付给刘晋芳一时都有些想不通，着实议论了好几天。以刘晋芳那样的名声，现在又拖上个十岁的孩子，那就更嫁不出去了。不过，看她的样子丝毫没有要往出嫁的意思，学校里的老师偶尔问起她的时候，她便说："有个人做伴总是好事吧，吃饭嘛，一个人是吃，两个人也是吃。他一个小孩子家家还能吃多少，还能把我的锅灶给吃塌了？"

学校里的小孩子平素见了刘晋芳就害怕，这下见了王泽强忽然也恐惧地做鸟兽散，似乎他已经成了另一个小刘晋芳。他被逼到了一座孤岛上，这孤岛上还有一个人，就是刘晋芳。他们两个像两只笨拙的海龟守在自己的那寸孤岛上。

从此以后，无论做什么，王泽强都成了刘晋芳的同伙，好似他被迫成了观音塑像下的那尊散财童子。

二

王泽强和刘晋芳在一起生活了六年时间，这六年里，刘晋芳曾经两次自杀。

住到刘晋芳家里之后，王泽强很长时间里不知道该叫刘晋芳什么。叫妈？叫姐姐？似乎都不对劲，似乎什么称呼种到她身上都会颗粒无收似的。她是一片寸草不生的荒地，而他是一株被移植进来的植物，水土不服。她随他去，说："你什么都不叫也可以，要不就叫我刘老师吧，顺口点不是？"于是，以后的六年时间里，王泽强就叫她刘老师，俨然还是师生关系，课上见，课下还得见。一个三十岁的女人和一个十岁的孩子在一起似乎就是为了搭伙过日子，似乎把日子送走了，他们也就胜利了。

刚住进刘晋芳家里的时候，一到晚上王泽强就想曾祖母，他钻进被子里，一个人朝墙躺着，一动都不敢动地流泪。他怕她看见。他就把自己的全身缩起来，只让眼泪哗哗往出涌。尽管他没让自己哭出一声，但还是被刘晋芳发现了。刘晋芳把他从被子里拖出来，把他端端正正地放在灯光下。他不敢看她，像被人忽然剥光了衣服一样羞愧。那时候他就无师自通地懂得，吃着一个人的饭，就不能为另一个不相关的人哭。眼泪这东西，流对地方了是情义，流错地方了是忘恩负义，不是流出来就能被消化掉。

灯光下，他被刘晋芳赤裸裸地看着，她等他脸上的泪干枯了，结痂了，才眯着眼睛对他说："想你老娘是吧？你当人是什么？你当谁就不会死？我告诉你，谁都会死，谁都不会一辈子跟着你，守着你，没有一个人会一直守着你。所有养活过你的人都会死在你前面，到时候你怎么办？你一个人就不活了？也跟着去死？那你得死几次？你要是还想往下活，你就得记住，活到什么时候其实都只有你一个人。你只能一个人往下活，谁都救不了你，因为根本上谁都救不了谁。"末了，她又加了一句："你也不用太想她，你迟早会见到她的，她就在那里等着你呢，哪儿也不会去。你这么急干什么？早晚的事。"

昏黄的灯光在刘晋芳的脸上塑了一层焦黄的面具，面具上静静地

裂

塑着她的五官。突然之间，她像一个异域来的神秘的巫师，在这样一个深夜里，静静地却残忍地告诉了他一些命门里的机关。它们本来静静地蛰伏在那里沉睡着，她却一定要把它们唤醒。

后来王泽强在监狱的晚上不止一次想，就是从那时候开始的吧，一切就是从那时候开始的吧。她把自己的三十岁突然嫁接到了他十岁的身上，而她自己正向一个更远的地方迅速地后退，后退。

在那个时候，不，应该是在更早的时候，她就已经做好一切打算了吧。所以，在那个晚上，她才残忍地给他打好了预防针，她告诉他，没有什么是可靠的，谁都可能离开你，最后只有你自己。他是曾祖母留下的一份遗物，馈赠给了她，她却告诉他，她也会随时离开他的。她早早地告诉他，是怕他到时候会措手不及，会无法处置他自己。她要他早早地预习好，温习好，她要他在身体里长出可怕的免疫力——可以抵抗一切的免疫力。

那时候，他毕竟太小，根本来不及发现她身上已经显露出的种种预兆。其实那时候她已经无心收拾身上的任何部位了，衣服是穿得有了味才肯洗一次，有几次是穿着两只完全不一样的鞋站在讲台上的，甚至有一次，居然是一只白鞋、一只黑鞋，像两只黑白分明的兔子一样卧在她脚底。讲课的时候，讲着讲着，她会把一条腿抬起来，把脚踩在讲台上，然后拈着粉笔头问小学生们："你们……知道莎士比亚吗？"有一次，第一排有个学生请了病假没来上课，她讲课讲到一半就坐在那学生的课桌上，然后像个小孩子一样把两条腿吊下去接着讲课。讲到后来她一不小心，那桌子突然向后倒去，连她也向后仰去。她在全班学生的注视下仰面摔倒在了地上。然后她爬起来，拍拍屁股上的土，又站到了讲台上。有时候她高兴了会说："我给你们背一段里尔克的诗吧……谁这时没有房屋，就不必建筑，谁这时孤独，就永远孤独，就醒着，读着，写着长信，在林荫道上来回，不安地游荡，当着落叶纷飞……"

她的身上，无论白天还是晚上都带着一种近似于宿酒未醒的气息，这微醺的气息像一瓶液体似的，她和他都浸在其中，像两枚被防腐的标本。但是她每向后退一步就是坚硬地把他向前推一步，她逼着他迅速地成长。她让他自己洗衣服，自己洗头发，她在旁边一边看着他洗一边剔着牙说："你自己不洗谁给你洗？要是等别人给你洗，你都要臭了。"她让他自己熬粥，自己洗土豆、豆角，做和子饭，她说："你要是连个饭都不会做就准备着饿死，难不成你还一辈子两个肩膀扛着一张嘴四处讨吃的？"王泽强站在灶台前只比灶台高出一个头，看上去就像是从灶台上长出的一只蘑菇。他被逼着带着恐惧趴在那里切土豆、豆角，他像一个纤夫，被身后的一条鞭子抽着赶着，一步都不敢停，似乎只要停下来便必死无疑。刘晋芳就是那条鞭子。

她越狠，他就越恐惧，让他恐惧的不是她的狠，而是他本能地知道她在一点一点地离他远去。她对他每狠一分，就是在离他远一寸。

刘晋芳第一次自杀是在王泽强十二岁那年的冬天。那天中午，王泽强放学回到家里，发现门是开着的，那说明刘晋芳比他先回来了，可能是她最后一节没课。可是，王泽强一进院子就站在那里愣了半天，因为院子里有一种奇怪的但是巨大的寂静。这寂静像一只光滑的蛋壳一样被他踩在脚下，他站在那里却没有一丝可以进去的缝隙。他静静地站着，像个盲人一样试图摸出空气里的气息。空气里有一种很

裂

静很锋利的东西割着他的鼻翼。

突然间，王泽强像是苏醒过来了，他几乎是冲进了屋子，一脚踢开了里屋的门。刘晋芳正睡在床上，身上盖着被子，一动不动，像是睡着了。他慢慢走过去，揭开蒙到她头上的被子。她还是一动不动。屋里弥漫着一种奇怪的气息，清醒而凛冽的味道，像闪着寒光的利刃把空气划开了。他知道了。那是曾祖母死的那个早晨静静盘踞在屋子里的气息。他向刘晋芳伸出的那只手剧烈地抖动，像秋天的一片树叶。在揭开被角的一瞬间，他看到她紧闭着双眼和嘴唇。他摸摸她的鼻息、她的额头，然后跑出去砸邻居的门。他一边大声号哭，一边用拳头砸着左右邻居的门。他使劲地像疯了一样砸门，砸了一家又一家，就像在一种可怖的祭祀舞蹈中一个人砸着大鼓，似乎将那鼓砸裂了便有一些东西会溢出来，会救她。他知道，其实是救他。

邻居被砸出来了，他们一齐拥了进去。一个女人跑出去拿来一大碗肥皂水，给她灌了下去。她已经没有知觉了，肥皂水流了出来。站在一边的王泽强忽然发了狠一般，他突然力大无穷起来，他按住她，撬开她的嘴巴，让那女人使劲往里灌，把她的衣服全弄湿了。然后，刘晋芳被送到了医院。她被洗了胃，她被救过来了。她吞了安眠药，这瓶药，她在抽屉里已经放了几年时间。这瓶药昼夜守着她，就像她脚下正踩着的一处悬崖。她随时准备着纵身一跳。

王泽强好久都没有想明白，既然她随时准备着这瓶药，那她当初为什么要收留他？他不知道曾祖母最后一次带他来见她的时候说了些什么、是怎么说服她的。她既然收下他，却又随时准备着把他像接力棒一样再传给别人或干脆丢掉？多么恶毒。好像她收下他就是为了抛弃他。

在这之后，他们看似平安地又过了两年，直到王泽强长到十四岁。在这两年里的每一天，王泽强都是胆战心惊的，就像踩在一面冰上一样，这冰面随时都会化掉，随时都会坍塌，他随时都会掉进去，掉进去。因为他知道，这毒性并不是从刘晋芳的身体里消失了，它只是暂时地沉下去了，睡着了，但是，这毒性随时会醒来，随时会在她身体里再次发作。她其实是一颗定时炸弹，他终日和一颗定时炸弹守在一起，随时准备着死无全尸。

他就是在那个时候忽然悟了，他必须打捞出自己。只有他自己可以打捞自己。他是他自己的鱼。他也是他自己的渔夫。

他是两次从死人旁边爬出来的人：一次是曾祖母，一次是刘晋芳。虽然刘晋芳最终没有死成，但那分明是他又一次身临其境的演习，对他来说，其效果就是真的死了一回。他又被死狠狠伤了一次。他知道，这还远没有完，还会有第三次，还会有更多。从曾祖母死后，他唯一可以做伴的人就只有刘晋芳了，她给他饭吃，给他衣穿，还让他去上学，在心情好的时候还会检查他的作业。剩下的绝大部分时间里，她只任他自生自灭。可是，他毕竟是寄生在她身上的一株藤蔓，他是靠着她活着的。那他就只能随时准备着被她抛在半路上。

他得赶紧，赶紧趁她活着的时候为自己找好下一处巢穴——下一处安全的温暖的巢穴、轻易不变动的巢穴，最好是根深蒂固的，比死亡更久长更结实的巢穴。在后来的几年里，他最厌恶的事情就是变，因为他被这东西伤着了。他只想要人间一点结结实实的东西，就这点东西就足以做他的骨骼了。

裂

可是，找谁呢？这村子里的人哪个是能收留他的？没结婚、没嫁人的自然不会要他，除了刘晋芳，要了他那就是拖了个油瓶。结了婚的、有孩子的更不会要他，自己又不是没有儿女，再要他？凭空添一张嘴，还是隔着两层皮的？那些老寡妇老光棍儿也不会收留他，他们无人供养，都是把一分钱掰成四瓣花的，而且一大把年纪了，还不知道自己能活几天，怎么可能又拖一个还没有劳动力的人进来抢饭吃？他只有一张嘴。谁都不会收留他的，除了刘晋芳。他忽然就落下泪来，他突然明白，曾祖母给他找刘晋芳不是找了一天两天、一个月两个月，他都想象不出她从什么时候就开始替他找这个人了，那是十年八年地找啊。那是个从竹篮里筛金子的过程，十年时间里她一点一点地捡尽了所有的石子和沙粒，最后留下的就是那一点点光亮。那点光亮就是刘晋芳。只有这个什么都没有的女人才会收留他。因为在本质上，她和他没有区别。只有她可以和他相依为命。

找到这个人之后，曾祖母就放心走了。她活了九十多岁，原来却是因为一直不放心他才让自己活了那么久，久得可以在睡梦中就悄悄死去。那是怎样一种精疲力竭，一点点力气都没有剩。

王泽强几乎是放声大哭。因为，他忽然明白了自己活着本身就带着先天的绝望。他是个天生的残疾。

就这样，两年快过去了。一天，刘晋芳忽然从箱子底翻出了一只黑色的皮包。她把皮包上的一层浮土细细擦去，像慢慢擦拭着时间的脸。然后她往皮包里塞了一件衣服、一块毛巾、一把牙刷。然后她把包背在了一只肩膀上。那时候已经是黄昏了，王泽强刚刚放学回家，还没有写作业。刘晋芳站在门口背对着他，他坐在屋子里看着她毛茸茸得近于透明的背影。那个黄昏里她透明得像一只鱼缸，他清楚地看到了她身体里像鱼一样游动的五脏六腑和她鲜红色的血液。

她站在那门口说："王泽强，我要去趟省城，你好好把作业写了，饭在锅里，你自己吃。"她说完就向院门走去，这个过程中她始终没有回头看他一眼。他也始终没有问她一声"你要去哪里，什么时候回来"。他一声不响地盯着她的背影，她身上多出来的那只黑色的皮包突然让她多出了一些诡异的气息。这诡异的气息像一条长长的绳子，伸向很远的地方，他不知道这绳子的尽头系的是什么，只是它无端地让他打着寒战。直到刘晋芳从院门里消失了，他才像醒过来一样，跌跌撞撞地一路跑到了院门口。

他站在院门口孤单地看着刘晋芳的背影。她正匆匆向村外走去，那里可以拦到去县里的车。这时候他去追她的话，完全追得上，可是，他只是像棵树一样久久地站在那里看着她走远。那时候他就明白，他跨不过去。她在那头，他在这头，他们中间隔着的是一片汪洋。那是一种多么近、多么逼真的绝望啊，每一个毛孔都清晰地在他面前张开，像一个巨大的噩梦一样站在他面前，可是，他就是动不了，也躲不开。刘晋芳越走越远，影子越来越小了，她就要消失了。那一瞬间，王泽强的泪唰地涌了出来。他靠在门墩上久久地抽泣着，不敢回到屋里去。因为他知道，里面是空的。

那个晚上，王泽强战战兢兢地钻进了被子，在空阔的屋子里，他像一枚小小的核缩在这屋子的最深处。屋子里再没别人，炕上也再没别人，他却清楚地感觉到炕上正横亘着一种可怕的却熟悉的气息。那是曾祖母死去的那天留在炕上的气息，是刘晋芳两年前自杀的时候留在炕上的气息。原来，它们从来不曾消失过，它们像植物的尸骸一样被埋起来了，发酵了，然后生长成了另一种更坚硬、不会腐朽的岩石。它们一直沉睡在那里，就睡在他的身体下面。它们用它们的气息，用它们的火焰，煨熟了他的恐惧。

他在黑暗中伸出一只手，黑暗中空无一人。黑暗和孤独像火焰舐着他的指头，要把他吃掉。

刘晋芳是在三天之后被公安局送回村里的。她去了省城以后找了个公园，找公园是为了看看公园里的那片湖。她不止一次告诉别人，她想见到水，她就想见到水。她想念水。她就跑去找公园，在湖边坐了一下午，一直盯着那水看。然后在太阳落山的时候，她站起来走到水边，一头扎了进去。当时天色还不算太晚，湖边还有几个散步的人，有人跳下去把她救了出来。她又一次没死成。

然后她被公安局送回了村里，因为深秋的水已经很寒了，她受了寒，在床上断断续续地躺了一个多月。王泽强每天给她煎药，端到床边。事实上，这一次投湖之后刘晋芳的身体就一直没好过，隔几天就得煎药吃。王泽强只能由着她去，由着她生病，由着她寻死，他像个父亲一样看着自己骄纵的女儿。她好像迷恋着这种游戏，死了一次又一次，就像从一扇门里随意地出入一样，出来了进去，进去了又出来。但她身上已经开始根深蒂固地生长着一种气息，像植物一样，那是那扇门后面的气息，扑面而来时只让人觉得阴森害怕。

三

王泽强后来想，他能喜欢上曾小丽其实就是被刘晋芳逼的。她逼着他必须去喜欢上一个人。

他必须抓紧时间长大，必须抓紧时间去喜欢上什么人，在她下一次死之前。她迟早还要去死的，他知道。她这种赴死的决心逼着他一步就跨过了少年，他还没来得及认真去做个少年，就浮皮潦草地收了尾，直接进了半生不熟的成年。那缝起来的针脚可以长好，可是他的身体里有了断层，中间那一截始终是空的，它就一直空在那里，像密封在他身体里的一只琥珀，空到剔透，却什么都进不去。

琥珀硬了就是岩石的一种。他被钙化了。

那时候他就知道，他必须得亲手为自己编出点什么，编出一个小世界，编出一个完全属于自己的小世界，这个小世界可以被他随身携带，这个小世界里的人也可以被他随身携带。他去哪儿，它就在哪儿，像一方手帕一样被他折叠在身体深处。这个小世界和这世界里的人永远都不会背叛他，抛弃他。只要他活着，它们便活着。

他喜欢上曾小丽是从他们做同桌后开始的。那时候已经是初三了，王泽强在班上算学习很好的学生，虽然不爱说话。曾小丽属于学习比较差的学生，但是她长得漂亮，走到哪里都有男生注意。曾小丽走在人群中经常旁若无人地尖声说笑，就是因为她知道周围有很多男生注意着她。男生们承认她的漂亮，所以她就有了漂亮这个资本，所以她可以名正言顺地学习不好。快中考了，老师让学生们进行一帮一

裂

活动，就是让一个好学生帮助一个差学生。曾小丽和王泽强成了同桌。开始，曾小丽问王泽强数学题的时候，他是不得不给她讲。但是，过了一段时间，王泽强忽然有了一种奇怪的成就感。

那就是，他在面对一个比自己更弱小的人，或者，一个更弱小的生物。看到她连一道简单的数学题都做不出来的时候，他便像看着一只晶莹剔透的小虫子正在他手上爬，所到之处都在他的目力范围之内。他在给她讲题的时候便忽然有了那种感觉，那就是，是他在创造她。这个人——眼前这个人，是依附于他而存在的。

而一个差学生对一个好学生似乎总带着些天生的崇拜，于是，做了半年的同桌之后，两个人便放学时候一起走。据有的学生说，曾看见过他们拉着手在一起走。这事儿辗转传到刘晋芳耳朵里的时候，刘晋芳在办公室里边批改作业本边和其他老师说："那闷葫芦还会谈恋爱？好事啊。"两个人便更大摇大摆地在校园里出入，但是，不久就发生了一件事。

事情的起因是邻班一个刚留级的叫王兵的男生喜欢上曾小丽了，一到放学时间就在教室门口堵着等曾小丽出来，并且在学校里扬言一定要把曾小丽追到手。几乎没有学生敢惹王兵，连老师都是睁一只眼闭一只眼。因为他经常和一帮不上学的小混混在一起，据说那帮混混自称大刀会，人人身上都带着刀，都会抽烟，还喝酒。老师们又不指望这种学生来提高升学率，他们也就是个边角料，能怎么混过去就由着他们混过去。

可是居然有人出来挑衅了。

这天下午放学后，王兵又来到了曾小丽班门口。他抽着烟靠在墙上，用守株待兔的姿态悠然地等着曾小丽出来。她还能不出来？其实，即便曾小丽出来了，他也不能怎样，也就在教室门口叉开手堵着她不让走，死皮赖脸地和她说几句话。他也就是让其他人看看，他在这学校里是有特权的。这是一个被扫到边缘的学生保护自己尊严的一种方式，带着些自虐式的扬扬得意，所以他是需要观众的。围观的学生越多，他就越得意；别人越是起哄，他就越来劲。那都是他的养料。曾小丽在某种程度上是他的道具，他可以今天堵曾小丽，明天就堵王小丽。他只是需要有人来关注他，需要有一个庞大的气场震慑着整个校园。可是，还是有人敢出来挑衅。

王兵这天在教室门口等了好一阵子还不见曾小丽出来。楼道里放学的学生渐渐稀疏起来，有几个好事的磨蹭着不走，偷偷看着他。他倚在墙上抽完了一支烟，忽然感觉到空气里有一丝奇怪的紧张，就像空气里架着一根琴弦，有一只无形的手在那里拨弄着，余波从他鼻翼间无声地掠过去了。他看了一眼那几个正看着他的学生，忽然有些窘迫，他便向教室里看去。他眯着眼睛适应着教室里的光线，他看清楚了，教室里还有两个人坐着：一个是曾小丽，另一个是个男生，他们是同桌。他正犹豫着要不要往教室里走的时候，教室里的两个人却站起来向他走来了。

他们是一前一后出来的，走在前面的是男生，走在后面的是女生。这走在前面的男生就是王泽强，他走到离王兵两步远的时候忽然站住了，他们默默地对视了两秒钟。在这两秒钟里，王兵忽然又有些奇怪的紧张，就像他正站在一个山洞前，不敢迈步，也不好退步。他只好僵在了那里。这时候，王泽强忽然伸出一只手，用一根手指指着

裂

他的鼻子说："你以后要是再敢堵在我班门口，我就砍了你。"

王兵在听到这个"砍"字的时候，眼睛忽然亮了一下，像身体里忽然被注进了一些养料。就在这个字里，他找到了自己该有的位置。砍，这个字是他们大刀会的专利，居然有人敢比画着这个字来和他说话？简直是班门弄斧。他俯视着这个比他矮半头的男生，说："你算什么东西？"王泽强依旧站在那里不动，但他清楚地说："曾小丽是我女朋友，你要是再堵她一次，我就砍了你。"

"你拿什么砍，我——"这最后一个字是断开的，他迟疑了一下才说出来。因为，就着斜照过来的夕阳，他忽然看到这个男生的那只手里闪过一丝寒光。

有一把刀在那里。

那把刀像一种刚被挖出来的矿石一样闪着光。几个围观的学生同时发现了那把刀，他们紧张，却舍不得离开，有个学生嘴里还发出了奇怪的叹词。这个叹词横亘在空气里，像一个血红色的斑点，长在了他们中间，然后又一点一点地洇开。王兵心里惊了一下，他咋呼这么久了，可是真的敢把刀亮在他面前的男生他还是第一次见到，看来这个男生是有备而来。那天王兵身上并没有带刀，事实上，即使有刀，他也并没有真的去砍过谁。他需要的只是他身上有刀的气味，那就像长在他身上的翅膀。他站在那里飞快地想，难道他就真的敢砍他？除非他不要命了，他也就是拿刀吓唬他一下，就像他们大刀会吓唬别人一样。想到这儿，他使劲把自己往起提了提，使身体里有更多的空气，他说："你敢？"王泽强看着他说："我再说一次，我是她男朋友。记住，你以后要是再堵在这里，我就砍了你。"

几个围观的学生又发出了几声惊叹，这些声音像斑斑血点一样向他们身上溅去，预演出了一种带血腥味的气氛。又有一些迟回的学生像吸血虫一样聚过来了，外面这层壳越来越厚，他们两个彻底被包在芯子里了。王兵知道，如果自己怕了他，或者服了软，从此以后他在这个学校里也就成为一个笑柄了，那柄护着他的无形的刀也就从他头顶消失了，那他就真的什么都不是了。而且，他拿着刀难道就真的敢砍他？这么瘦小的男生，怕是拿刀都拿不稳。于是，他斜着嘴角看着王泽强说："你吓唬谁呢？告诉你，我就是要每天在这儿，你能把我怎么样？你敢——"

　　他这句话音刚落，就见那把刀在他眼前闪了一下，等他回过神的时候，那刀已经落在他的胳膊上，嵌在了他的肉里、骨头里。然而，那把刀又被拔了出去，血唰地跟着喷了出去。那刀带着血又向他飞了过来，他本能地一躲，刀刃从他的脸上呼啸着飞过去，落在了他的肩膀上。围观的学生吓呆了，后面终于有人尖叫了一声。是曾小丽。

　　王兵被送到了医院，他的右胳膊被砍断了筋脉，没接好，从此右胳膊就废了，只能弯着吊在胸前，永远不能伸开了；脸上也留了一道长长的疤，把一张脸斜斜地一劈两半，看起来像拼凑起来的一张狰狞的脸谱。

　　王泽强被判了八年有期徒刑，因为当时他只有十六岁，先是被送进了少教所，等满十八岁之后再送到监狱里。

　　就是从王泽强进了少教所，刘晋芳开始给他写信，每月一封。也是从这时候开始，王泽强才知道刘晋芳的字是长什么样的。他们在一起生活了六年，他居然不知道她的字是什么样的。也是从这个时候开

　　　　　　　　　　　　　　　　　　　裂

始，刘晋芳在每封信的开头开始叫他"强强"。她从来都喊他"王泽强"，他喊她"刘老师"。但是，现在，她的落款是"妈妈"。第一次读她的信的时候，王泽强怎么都觉得这信不是写给他的，就像是一个陌生人写给另一个陌生人的，却被他这个无关的人看到了。即使是在手里捧着看的，他也觉得这信距离他十万八千里，觉得这信是装在玻璃瓶子里的，能看得到，却是不能真正摸到的。

每封信，他都是先半生不熟地吞咽一遍，然后才开始一个字一个字地嚼，一个字一个字地往下咽。他几乎每天睡觉前都要把这些信看一遍，温习一遍，他守着这些信像守着一锅汤一样，每天都要回锅煮一遍，每煮一遍都够他撑过监狱里的一天一夜。刚开始读的时候，他觉得这信不是刘晋芳写给他的，读到后来，他开始慢慢把自己的魂魄移进信里面的那个人的身体里去了。他们开始渐渐地重叠在一起。而刘晋芳与那个叫"妈妈"的女人也是艰难而缓慢地重叠到一起去的。当他有一天终于费力地把他和刘晋芳都移植到那封信里的时候，他忽然有了一种奇怪而隐秘的兴奋感，那就是，他在一封信里活过来了，在信里，他叫强强，而现实中的王泽强消失了。还有就是，他居然在十六岁的时候忽然有母亲了，在此之前的十六年里他其实都没有，一直都没有，他只有曾祖母，只有刘老师，却没有母亲。现在，在这封信里，母亲在他身边复活了。

他在十六岁的时候，在监狱里，第一次真正变成了一个有母亲的孩子。这种陌生到残酷的感觉最初几乎让他号啕大哭。

第一封信之后是第二封信、第三封信，监狱里的岁月像与世隔绝的深山里的岁月，监狱里过一年，不知世上已经过了多少年。他甚至

九渡

已经渐渐忘记外面的世界是什么样子的，他与外界的唯一联系就是和刘晋芳通信，只有刘晋芳一个人给他写信，刘晋芳每给他写一封，他就回一封。曾小丽没有给他写过一封信，他也没给她写过。他有时候想在信里问问刘晋芳，但是最后还是忍住了，想想是自己拖累了她。他一个人进了监狱，那留在外面的她呢？他不敢问，有些本能地害怕。更何况自己现在是个犯人，就算出去了也是个犯人，一辈子都是犯人了，难道要她和一个犯人怎样？

晚上睡不着的时候，他就躺在那里努力回忆关于曾小丽的一切。可是她留给他的东西太少了，像一眼贫瘠的矿井一样，很快就被采光了。她那点波光粼粼的影子是沉在海底的，他只能站在岸上看着她却永远过不去。可是，那些深长的夜里，不去想点什么、不去想个人是根本过不去的。所以，他被迫地一次又一次地想她，一次又一次地想那件事情。他居然为了她砍了人？为了她坐了牢？他该恨她？还是她该恨他？也许在当初，他根本就不是真正喜欢她、爱她，可是就是在监狱里，他把对她的喜欢真正焙熟了。真正熟了，却再也没有了联系。于是，她跟着他住进来了。她和刘晋芳是八年里一直陪着他的两个人——两个女人，两个八年里没有老去一丝一毫的女人。无论白天还是晚上，她们都和他如影相随。

其实没有人知道，王泽强砍王兵那天，他自己就像一条冻僵的蛇，直到血溅了他一身，他其实还是僵着的，并没有醒过来。直到进了少教所，他才渐渐苏醒过来，他才回想起来自己到底做了什么。他居然拿着菜刀把一个人砍了，千真万确。深夜里，睡在少教所满是臭虫和跳蚤的地铺上，他才把这么多年里折叠在他身体深处的那些东西

裂

一层一层打开。往日的生命忽然像河床上被漂白的骨头一样晃着他的眼睛。

原来，这么多年里，在他的骨头里，在他的身体最深处，藏着戾气。那戾气是一点一点被他攒下来的，攒了十六年。从最早他被亲生父母关进鸡笼子里扔到街边开始，这戾气就已经开始在他身体里潜滋暗长了。到后来，曾祖母忽然扔下他，悄悄死了，也不管他会不会哭、会不会痛。再到后来，刘晋芳两次自杀，每次自杀前都没有问过他一句："我死了你怎么办？你该怎么活下去？"没有人考虑到他的感受和他的疼痛，就是他痛到死，也没有人知道。他们都能放下他，随时都能放下他，离开，然后任由他一个人在时光的荒野里流浪。

他恨他们。他心里的恨攒得太多了，是一点一滴地攒起来的，连他自己都浑然不觉。然后，这恨渐渐发酵了，转变成了一种戾气，潜伏在他身体里、心里的每一道褶皱里。它们随他一起长大、成熟，熟到一定程度时就会像果子一样自然脱落。

于是，终于有一天，这戾气像一层魂魄一样在他身上现了形。他拿起了刀。

自从进了监狱，这层戾气不但没有退出去，反而在他身体里凝固了，像钙质一样补充到他身体里去了。因为，他发现，在监狱里，没有这点戾气，他就不用想着活下去。

最早在少教所的时候，牢房里只有一张大通铺，一头靠着窗户，一头靠着厕所，所以依次被分为头铺、二铺、三铺，靠窗的自然是头铺。一间牢房里的头儿才能睡头铺，服侍头儿的睡二铺、三铺，其他人尤其是新来的就只能睡地铺。十几个孩子挤在地铺上，必须要侧着睡才能挤进去，挤进去了就像做了夹心一样，一晚上都不用想动，晚上上个厕所就再也挤不进去了。地上很潮，臭虫、虱子满地爬。他们把虱子叫坦克，说坦克开过来了，意思就是虱子爬身上了。但是，没有办法，他们根本没处躲，棉衣里虱子更多，因为怕痒，有人大冬天只穿着单衣。睡在地铺上的人因为地面太潮，会浑身起湿疹和疥疮，起满不知名称的奇痒无比的红疙瘩。于是，每晚的睡觉就像打仗一样，打得头破血流也要挤个缝睡进去。

王泽强刚进去的时候，他们欺生，自然不会让他睡到通铺上面去，除此之外，他们还要打他，戏弄他，拿他来做消遣。因为监狱里的生活实在是太枯燥了，必须有后来者给先到者做戏子，演戏给他们看，然后他们也渐渐变成老人，等着新人再进来，这样一层一层的波浪式的更替才使这种生活有力气继续下去。王泽强睡了几天地铺之后，开始起疥疮，起红疙瘩，奇痒无比，又不能挠，一挠就破。过了段时间，他腿上的疥疮开始流脓了，监狱发的药根本不管用，碗口大的一块肉已经开始腐烂了，发出了尸体才会有的尸臭味。他只好咬着牙往外抠，把上面的烂掉的肉往下拽，这猩红色的烂肉带着血像一层泥灰一样纷纷往下掉。烂肉掉光了，露出了里面白森森的骨头。这时，周围的人都躲着他，不往他跟前凑。他坐在那里忽然明白了，因为他对自己这么狠，所以他们开始怕他了。因为一个对自己能狠的人才能对别人狠。

就在这个晚上，睡觉前，他光着膀子，背着一身红色疙瘩，像一种动物身上的斑点，亮着一条刚剜掉烂肉已经露出骨头的腿，解下了裤子上的皮带，他往通铺上一坐，手里紧握着皮带。那黑色的皮带像

　　　　　　　　　　　　　　　　　　裂

条蛇一样垂下去。他看着那些人静静地说："不怕死的就过来。"

真的没有人敢过去。在监狱里，犯人们最歧视的是强奸犯，最怕的是杀人犯。王泽强虽然没有把人杀死，但是终究是因为拿刀砍人而进来的，大家都知道他是为什么进来的，所以一时间都有些发怵了，愣在了那里。后来，还是有个人向他走了过来，却不是牢房里的老大，老大一直冷冷地看着他。朝他走过来的这个人大约也是想借机争取点地盘。他一个新来的就想和他们这些老人抢铺位？王泽强冷冷地看着走过来的人。那人离他还有几步远的时候，他就一皮带狠狠地甩过去了。在那一瞬间，他身体里的全部戾气都复活了。他必须把它们唤醒。他一皮带紧接着一皮带地抽下去，他不能给他留一丝空隙，他决不能让他有还手之力。他连方向都不辨地兜头盖脸地往下抽，打死他，他就是要打死他。

他要是敢有一点点的恐惧和软弱，那被打死的就会是他。他打他就是要打给所有的人看。那人已经站不住，倒在地上了，王泽强还是不肯停下来，他一皮带一皮带结结实实地往下抽。其实他知道他是不敢停下来。那是一种多么漆黑的恐惧啊，为了不坠入深渊，只有在黑暗中一刻不停地走路，走路，到了后来已经是爬着了，就是这样也不能停。他边打地上的人边说："你们过来一个老子抽死你们一个。过来啊。"

他知道，不这样他就活不下去。但是，他要活。

他站在那里，阴森，凶狠，像一个真正的亡命之徒。

虽然被关了禁闭，但出来后他照打不误，一打就是不要命地打。他已经悟到了一条真理，就是监狱里的尊严都是打出来的。到后来，渐渐地，再没有人敢惹他了，大家对他开始有了些敬畏。晚上他开始睡在通铺上了，他不抢头铺，但他决不能再睡地铺。这是底线。

整个白天他们都在车间干活儿，中午就在车间里吃饭——狱警把饭发到他们手里，吃完了，下午接着干。有时候到晚上了，他们还得加班。因为他掌握技术很快，被提成了车间的组长。他们做的是印刷品，把印好的大开纸折叠、裁开，再装订。他负责最后一道工序，就是裁边，同时还要监督其他犯人的工作。忙不完的时候他会主动要求加班，一直干到深夜，他负责的组几乎没有返工的现象发生。队长对他很是满意，后来又让他做了统管，就是负责管理车间工段的各个小组长。这时候他在监狱里已经待了三年，他已经有了些威望，不需要再打架了，大家也愿意听他的。这时候他的头发已经全部变白了，没有剩下一根黑头发。这一头白发让他在监狱里更是引人注目，无论站在哪儿，都能被人一眼看到，已经成了他的标志。他们给他起了个外号，叫"白毛"，当面则尊称他"毛哥"。

一头白发的王泽强在监狱里为自己杀出了一条血路。

四

八年监狱生活里，最让王泽强柔软的时候就是收到刘晋芳来信的时候。可是，这八年里，他再没有见过她。她没有来看过他一次。一

裂

开始的时候，他还在想，这是为什么呢？她为什么不来看看他？后来他就自己想通了，她不来看他是再正常不过的了，就她那样的性格、那样的脾气，就不该来看他。她要是来看他，那就不是她了。她能给他写写信，他已经感激不尽了。在这八年里，他一直活在信中虚拟的那个地方，在那个地方他始终是个孩子，有个假想中的母亲关心着他，一个字一个字地告诉他怎么洗衣服、怎么缝衣服、怎么和别人打交道、怎么和监狱里的人相处、感冒了怎么办、头痛了怎么办，告诉他好好表现，八年一眨眼就过去了，出去了他还是个好小伙子，到时候他才二十四岁，做什么都不晚，都来得及，找个女朋友结婚生孩子也不晚。一切都来得及。她在每一封信里都反反复复地告诉他，一切都来得及。

她告诉他，一切都可以重新来过。

有时候躺在铺上读信，他会恍惚间产生一种错觉，那就是，这几年监狱生活就像一块冰把他冻起来了，冷藏起来了，真的什么都不会变。等他从这八年里出去了，他还和从前一样，甚至都没有来得及老去一丝一毫。那等他出去的时候，刘晋芳变成什么样子了？曾小丽变成什么样子了？王兵变成什么样子了？他知道他没死，他只是残废了。他们会不会都已经变老了，而只有他却新鲜如初，年轻如初，还像十六岁时一样。他们见了他会怎么样？会不会因为他的新鲜而感到恐惧？一个不会变老的人确实是让人害怕的。因为那就不再像人，仿佛成了别的什么生物，或是被扣押在地壳深处的岩石里，总之，不是人。

可是，他从镜子里知道，他也在一年一年地变，时间这只容器太大了，装多少东西进去都填不满，它始终是饥饿的，这种悲怆荒凉的饥饿把所有东西都吞了进去，把高山把海洋都吞了进去，无一遗漏。所有的人最后都要被吞进去，像蝼蚁一样。在监狱的几年里，他每天早晨天不亮就得起来跟着犯人们晨跑，这样过了几年倒比刚进监狱时长高了很多。但是一头花白的头发使他看起来像一个年轻的老人，好像一步就从十六岁迈到了六十岁。

他把刘晋芳写给他的所有信订在一起，做成一本书，有破损的地方，他就用玻璃纸细心粘好。每天晚上睡觉前他必做的功课就是抱着这本书翻上几页，哪怕一行一个字都要看。然后他就着这一行一个字的余温沉沉睡去。他给刘晋芳写信的时候，不是一行一行写上去的，是一个字一个字写上去的。那是每拈起一个字都要费掉很多力气的，像搬着一件珍贵的重物，必须得找到最合适的位置才能把它放下去，似乎放错了地方对它就是一种侮辱。他笨拙地搬着一个又一个字，小心翼翼地把它们砌起来，一直砌到刘晋芳那里。所以，每写完一封信，他都会有近于虚脱的感觉，用力太过的缘故。

在这八年里，最让他胆战心惊的不是别的，而是他生怕哪一天这信就戛然断掉了。它们像一根灯绳一样，只要被轻轻一拉，他这里面就一片黑暗了。因为写信的不是别人，是刘晋芳。这个世界上他最了解也是最不了解的女人，拉着灯绳那头。她自杀过两次，她不厌其烦地死过一次后又死了一次，虽然都没死成。可是，她既然能去死第一次、第二次，为什么不会去死第三次、第四次、第五次，一直到真正死成？在这八年时间里，他一边望眼欲穿地等她的信，一边如履薄冰地等她的死讯。每一次收到信的时候，他第一眼便是飞快地扫一眼信

裂

封上是不是刘晋芳的字。因为，哪天信封上如果突然不是她的字了，那就说明她已经不在了。

在这八年看不见她的时间里，她是不是又专心地死过好几次？只是每次都没死成？还是她突然对死这件事厌倦了，不想再去重复这件事了，于是她顺利地又活了八年？因为信封上一直都是她的字，那字活着，她就活着，把字连根拔起来，下面就是她。

他祈求她活着，因为他爱她吗？他问自己，他最本能的回答却是，因为她死了就再没有第二个人会给他写信了。可是，他真的不爱她吗？即使八年前不爱，在这八年里，他每晚都是抱着她的字、她的气息睡觉的，他早已经把她抱熟了，把她抱成了一个真正的母亲，在监狱里陪了他八年。

所以，她不能死。

好在，她真的没有死。因为，她的信一直活着。

又是两个月过去了，还有一个月就是这八年的尽头了。原来，什么都是有尽头的，都是有边际的，没有什么会永远漂流。刘晋芳在最后一封信里说，他出狱那天，她到监狱门口接他。她说，这是她第一次去监狱，也是最后一次去监狱，因为她知道他不可能再次进那个地方了。这一个月里他开始失眠，他过度紧张又过度兴奋地盯着这个月的尽头，恨不得一夜之间就走到那里。晚上失眠的时候，他就用整夜的时间去想象见到刘晋芳会是什么样子、刘晋芳变成什么样子了、会不会他已经认不出她来了。她还在头上盘着她那两个巨大古怪的发髻吗？他已经先她一步白了头发，这会不会让他们看起来忽然拉近了，变得像一对姐弟？他认真地洗脸洗头发，暗暗为这一个月后的见面做着准备，他甚至觉得他像一个重返故里的游子一样，是不是该送她一件小礼物？难道像一个真正的不孝子一样，赤手空拳地在八年后去见她？

他柜子里攒着一些好烟，是犯人们进贡给他的。烟自然是家属们探监时带来的。现在，他想用这些烟换件什么东西，送给刘晋芳。

就在这最后一个月里，王泽强还是赶上了一次送死刑犯。说是送，其实就是安抚这些即将被执行死刑的犯人度过他们在人间的最后一个晚上。他那个牢房里有三个死刑犯。现在，他们的死期到了。整个牢房的人送他们先走。在这个晚上，犯人们要吃他们最后的晚餐。晚餐很丰盛，一个人三百块钱的标准，还有酒，但是能吃下去的人很少。晚饭之后，狱警送来了红色的秋衣秋裤，要他们换上。鲜红的秋衣秋裤刚往那儿一放，一个犯人就哭了。因为，只要这衣服一穿到身上，就代表着他们要死了。那本是喜气洋洋的红色，穿到死刑犯的身上却散发着阴森诡异的气息，仿佛它是会吸血的，吸饱了前面那些死去的犯人的血才变成了这种鲜红的颜色。它们一旦被穿到身上，就像传说中的血镯一样贴着他们，吸他们的血，吸得越多，它们越鲜艳夺目，越妖艳美丽。但到了最后，所有的死刑犯还是要穿上这身红衣裤。因为，要上路了。

身着红衣的他们就在那一瞬间忽然散发出一种锋利而诡异的气息，不像是人间的东西，那是另一个世界的气息。他们是一群被赶到跳板尽头的人，只差这纵身一跳，就到另一个世界了。这些穿好红衣裤的男人喝了酒，哭着闹着，湿漉漉地倒成一片。他们戴的都是通天链，是手连着脚的一种镣铐，躺下去的时候也是佝偻着，蜷缩着，像一摊未融化的血迹。反正无论做什么都是最后一次了，哭也是最后一次了，笑也是最后一次了，都由着他们，只是不能闹出事来。王泽强带着其他犯人看着他们，也陪着他们。八年里，他送走了一个又一个死刑犯，隔段时间就有一个犯人要穿着红衣裤走。都是这样带着血气的夜晚，都是这种一模一样的红衣服。有时候他有一种错觉，感觉自己简直像监狱里的牧羊人，正把一群又一群的羊赶往天国。

这些血红色的羊。这些背着血债的羊。

这八年里，王泽强除了长了身高，还长了酒量，就是陪这些死刑犯喝出来的。他默默地陪他们喝了一杯又一杯，他们喝多少，他就喝多少，他们往死里喝，他就往死里喝。他的酒量就是这样练出来的。他一次又一次亲眼看着他们怎么度过这最长又最短的最后一夜，看着他们怎么被押到刑场，怎么一跪在那里就瘫倒就小便失禁，怎么在午时三刻被一支枪指着脑袋，怎么在一声枪响之后像一只红色的麻袋一样无声栽下去。他一次又一次地看着他们死，那时他便觉得他们是在替他死。而他是在替他们活。其实，这八年里，他跟着他们已经死了一次又一次。到这八年的尽头时，他其实已经是九死一生的人了。

这三个死刑犯里有一个叫林刚的，长得五大三粗，平时很少说话，这个晚上他喝到半醉的时候忽然从身上摸出了一个东西——一只发卡，一只女人用的发卡。这是一只凤凰形的发卡，它像一只鸟的标本一样静静地卧在他的手心里。他摩挲着这只发卡，久久地摩挲着，就像抚摩一个掌心里的女人。她像鸟一样很小很乖地蜷伏在他的掌心里。他摩挲了一会儿接着去喝酒，再喝到后来就哭，哭得瘫在了地上，像个耍无赖的硕大的儿童。那只发卡掉到了地上，他也没有发

九渡

125 ◂

现，或者，发现了也没有去捡。它在这个死亡之夜从他身上脱落了，像一件从他身上永远遗失的器官。

深夜，王泽强蹚过他们一丛一丛血红色的身体和血红色的呼吸，走到那只发卡前，悄悄捡起了它，像捡起了一只受伤的鸟。他把它放在了口袋里。这是一个将死之人留给他的遗物。

他要把它当作礼物送给刘晋芳，一只死人身上留下来的、吸足了死人血液的发卡。他要把这鲜血把死亡当作礼物送给刘晋芳。他要告诉她什么是真正的死亡，他要让这带着死亡气息的东西盘踞在她的发髻上，终日与她如影相随。看她还敢去死吗？死就那么好玩吗？就那么可以来来去去吗？那个不知天高地厚的女人，那个活得奢侈到极点的女人，从来就没有把活着当回事的女人。他要让死亡就在她身边，在她发际。

到年底了，一个月竟真的到头了，世界上最长也是最短的一个月终究过去了，王泽强出狱的日子到了。他裹着一件棉猴，提着八年来的全部行李：一只瘦瘦的旅行包，里面装着几件衣服和一本书，那是刘晋芳写给他的全部信件，装订成了一本厚厚的书。他身上带着监狱发给他的十块钱路费，出了监狱的大门。监狱的大门把他排出去之后，又在他身后沉沉地合上了，就像从来没有打开过的一个隐秘的山洞。他看着身后一时恍惚，不知自己是不是真的从这扇门里出来的。可是，千真万确，他真的是从这山洞的洞底爬出来的。

所有的记忆被迫与八年前接上了，但是有些半生不熟，有些抽搐，有些紊乱，就像血液涌到了眼底，会像眼泪一样流出来。

他紧张地、无措地看着周围，一切都陌生到了残酷。他像被一只

裂

轮船扔下来的孤儿，被扔到了一座荒无人烟的岛上。他艰难地看着这个崭新而荒凉的世界。他在寻找他与这个世界之间的那唯一一点联系，那唯一的一条筋脉从他的身体里长出去，伸出去，伸向那个女人。

五十米之外的地方真的站着一个女人。那女人站在那里静静地看着他。

但，她不是刘晋芳。

她一点一点地走近了，走到了他跟前。他疑惑地看着她，难道她真的是刘晋芳？难道是八年不见她已经变成了这个样子？还是她根本没变，是他忘记了她的容颜？真正在记忆中走失的是他，而不是她。他微微张着嘴，艰难地看着这个走近的女人。她头上没有那两个古怪的巨大的发髻，使她看上去一下就坍塌了，坍塌得面目全非，她所有的五官都开始模糊不清了。女人站定了，终于问了一句："你……是王泽强吧？"

声音也不是刘晋芳的，语气也不是刘晋芳的。这么小心、这么试探的语气就是再怎么被打回原形，也变不成刘晋芳。

她不是刘晋芳。

他突然之间有些莫名地焦虑和紧张，甚至比他当年站在法庭上还要紧张。那是开始，这是收梢，而这收梢本身就是又一个开始。他的一个开始已经在十六岁时被腰斩了，在二十四的时候，另一个开始也摇摇欲坠了吗？

他直直地尖着嗓子问了一句："我妈呢？她在哪儿呢？"他终于把活在书信中的那个母亲搬了出来，他第一次在人世间的阳光下叫了她一声"母亲"。但是那个女人没有回答他，只说："我是来接你的，

九渡

先跟我回去吧。"

　　他无路可走，只能跟着她，跟着她往回走，跟着她才能……有一个真相。他步履蹒跚地跟着她，又问了一句："你是谁？谁让你来的？"那个女人回头看了他一眼："是你妈让我来接你的。"

　　王泽强悄悄松了口气，他连忙说："她是不是又病了？她是不是身体不好来不了？你是她什么人？"他突然之间饶舌得像只鸟，他自己都惊奇自己出狱后的第一天第一个小时里竟能连贯地说这么多话。他怎么了？他把自己吓住了。

　　那个女人还是不说话。她的沉默很异样，很坚韧，像一条扁担，扛在她肩上，挑着身后的他。

五

　　坐在回县城的长途汽车上时，那个女人终于开口了："我确实是受刘晋芳之托来接你的，但是，那是八年前的事了。你妈，她在八年前就去世了。"

　　"……"

　　"我是她在这个世界上最好的朋友，所以她把你交给我。其实，在你被判刑不到一个月的时候她就死了。她身体怎么糟成那样，这些年她究竟对自己做了些什么？你刚被抓走她就病倒了，可能是……这

　　　　　　　　　　　　　　　　　　　　　　　　　裂

么多年里，你是她唯一的伴，不是因为你，她可能早死了。她放不下你，她怕她死了，你一个人在监狱里撑不下去。她在死前托付给我的事情就是，在这八年里每个月的月初给你写一封信，一直写到你出狱那天，把你接回来。她断断续续地给我讲了好几天，给我讲你是什么性格、爱吃什么、你这么多年里做过什么事、你这么多年里经历过什么。她在努力使我能在信中逼真起来，能使我看起来像她，像个母亲写的信。她嘱咐我每封信的落款处一定要写两个字——'妈妈'。"

"……"

"我在县城一中当老师，每个月月底我估计你的信该到了，就专门跑到你们村去取你的信，然后再给你写下个月的信，因为你们家现在已经没有人住了，那房子空了八年了。我当初答应她的时候真是担心啊，八年太长了，我怕自己坚持不下去，我怕哪天我就忽然中断了。因为她在死前一再恳求我，无论怎样，只要我还活着，就把这八年的信坚持下去。她说，只要我坚持下去了，你也就坚持下去了。她说，她知道监狱里经常会有犯人因为家人突然去世，自己就在监狱里自尽了，因为突然就没有一点点东西支撑着活下去了。她说，那不是别的地方，那是不见阳光的地方，在那里活下去更需要理由。她让我一定给你一个理由，替她。"

"……"

"我给你写了八年的信。开始的时候我担心你认出这是陌生人的笔迹，但你没有说什么，我就放心了，再写到后来就成惯性了，一个月不写就觉得少了什么。我把你所有的信都装订在一起了，准备等你出来后就送给你。你要好好留着它们。那不是我一个人写给你的，还有刘晋芳，我是替她写的。"

"……"

"你不知道的，就像所有的人都不知道她是个什么样的人，只有我知道，在这个世界上，只有我知道她是个什么样的人。我们是师范同学，上学的时候，我们俩就经常挤在一张单人床上，说话说到半夜才肯睡觉。我再没有见过像她那样的女子，才华横溢，但她一直让我心痛。因为她不懂变通，她有一种近于疯狂的偏执。她喜欢什么发式就永远不再变，喜欢什么衣服就一直穿什么衣服，喜欢什么人就认定那个人。她告诉我那是因为她骨子里老有一种绝望感，所以她总想拼命地抓住点什么去与那种绝望感做抗争。

"我想，她就应该活不久，因为她就是为某些东西而生的。这种人都活不长。上学时她就爱上了我们师范的班主任，那时候卜老师已经四十岁了，因为潜心研究哲学，一直没有结婚。她说她要和他结婚，可是毕业分配的时候她被分到了镇上的学校。就是为了能和卜老师到一起去，多少年里她想尽了所有办法，她不止一次和我说，如果不能和他到一起去，她活着还有什么意思？只要能和他到一起去，她什么都……不怕。她说，其他的，一切的一切都是假的，都是形式，都不重要，她只要最本质的那一点东西，那一点东西就可以让一个人不绝望。

"她在那个镇上一待就是八年。这八年里我们的同学都结婚生孩子了，她还是一个人过。别人给她介绍对象她从来不见。后来不知为什么，她忽然有些神经错乱，跑到省城去找卜老师。不知道卜老师和她说了些什么，她跑回去后就终日戴着个大口罩，和谁也不说话。

裂

后来她被送到医院去了。你想想她心里受过多少苦才会这样啊。后来一出院她便申请调到没有人愿意去的村小学去支教。她不再说要调到省城，而是直接让自己掉头去了一个偏僻的山村。只有她能做出这样的事。"

"……"

"后来有一天她忽然收养了你。我猜，她终究也是怕那种没日没夜的孤单吧，想和你做个伴，想让你借给她一些活下去的力气。那时候她已经知道自己不会再结婚，不会再有孩子，所以是你帮了她，虽然你并不能真正把她身体里那种绝望的毒性排出去。她说，每次那毒性一发作，她就想去死，她就无论如何都不想活。可是，你毕竟陪了她六年。没有你她就活不过这六年。她也告诉我，她对不起你。因为她在你面前死过两次。她说，她要是真死了，你一个孩子又该怎么办？所以她求我帮你，帮你这八年，把这八年渡过去。"

王泽强打开自己家那把已经锈迹斑斑的锁，在一屋子的灰尘和蛛网里只看到墙上贴着一张刘晋芳的一寸相。她连张遗像都没有。黑白色的刘晋芳在一寸像里静静地笑着，很年轻，只有十八九岁，应该是读书时候的一寸照。那时候的她已经盘着两个巨大的古怪的发髻，因为她觉得这样美丽。王泽强静静地与照片里的女人对视着，她在另一个世界里，隔着一张薄薄的相片注视着他归来。

八年之后，他二十四岁了，他以为刘晋芳会很老了，可是，他看到的却是十八岁的她。在时光里，她忽然向来路退去，她退回，退后，越退越年轻，终于，她在十八岁的地方站定，回头微笑着看着他，看着自己二十四岁的儿子。

王泽强哪儿都没去，就在村里待下来了，但终日无所事事。无论他走到哪里，村里人都用略带恐惧的目光看着他，好像他还是那个八年前站在教室门口的男孩子，手里握着一把寒光闪闪的菜刀。现在，他像一把菜刀一样立在村子的空气里。女老师临走给他留下了一些钱，告诉他尽快找点事做，先养活了自己再说成家立业的事，还告诉他有什么事就去找她。然后她就走了，她不可能一直陪着他。

两个月过去了，冬天已经到尾巴上了，马上就要开春了。女老师留下的钱已经用得差不多了，他还是终日闲着，什么事都不做，他没有地可种，也不肯出门。这段时间里他已经渐渐听说了曾小丽的事情。曾小丽结婚了，五年前嫁给了王兵。当年王兵残废后就退学了，王泽强进了监狱，刘晋芳不久就病死了。王兵家的人便把事情全赖在曾小丽身上。他们隔三岔五就去她家里找事，闹得她一家人都不得安宁。曾小丽本想考个卫校之类的学校到外地去，但没考上，只好回到村里，跟着父母下地干活儿。这样过了两年，王兵的家人又找上门来了，说王兵残废了至今连个媳妇也说不下，都是被曾小丽害的。现在她学也上完了，事情也没的做，也不小了，该结婚了，她只能嫁给王兵。不然的话，王兵这辈子怕就娶不到老婆了，那他王家就要在王兵身上断香火了。曾小丽要是敢不嫁给王兵，那她就别想能嫁给别人。欠了债就得还，能躲到哪儿去？

这样断断续续地又被纠缠了一年，曾小丽的父母又气又怕，但也想不出更好的办法，如果让曾小丽跑了，一个人去了外地，那王家也不会放过他们，总不能他们全家都背井离乡。最后他们便做主让曾小丽嫁到王家去。就这样，曾小丽嫁给了王兵。王兵因为残废了一只胳

裂

膊，什么活儿也做不了，早早就学会了喝酒，喝醉了回来就打曾小丽，他说："老子都是被你害成这样的。"后来曾小丽生了个孩子，但是个傻子。大约是因为王兵酒喝多的缘故。现在，他们一家三口还住在村里，王兵每天什么事都不做，拖着一条废胳膊在村子里晃来晃去，看看东家的狗打架、西家的鸡吵嘴，晚上就和几个打铁的男人在一起喝酒，喝到半夜再回去。曾小丽每天带着孩子在地里干活儿，中午也不回去，就在地头上啃个火烧，喝口凉水。她那傻儿子便满地乱跑，跑着跑着连裤子掉了都不知道。

王泽强并没有见到曾小丽，他整个白天都躲在屋子里不出去。据村里人说，深夜才看到他在村子里一个人走来走去，不知道在干什么。村里人都怕他，他在这村子里变成了一种神秘的夜行动物，带着不祥的气息。他们想，一个不干活儿不种地还砍过人的人，靠什么活？时间长了还不就是靠着偷盗抢劫？他终究是个祸害，他们都想把他从村子里赶出去，但是没有人敢说。村民们没事就悄悄议论着怎么对付王泽强，怎么把他赶出村去。

但是，不久，村里就发生了一件大事。一天清早，准备下地的村民在路边的渠里看到了王兵，他脸朝下趴着一动不动。他们以为他又喝醉掉到渠里了，等到把他翻过来才发现，这次他不是喝醉了，是死了。他的脖子被人用刀子砍了长长一刀，紫红色的血在他脖子上、胸前已经凝固了。看样子他前一天半夜就死了。

但是这件案子还没破就结案了，因为凶手去自首了。这个凶手是王泽强。他在深夜等着王兵喝酒归来，然后用菜刀砍死了他。八年前他就砍了王兵一刀，在出狱两个月后又补上了另一刀。八年后，他终究还是把他杀掉了。

公安问他作案动机的时候，他淡淡地说："他这种残废了的人就该早点死，成天什么都不干，就知道喝酒打老婆。不然他拖着一个女人要拖到什么时候去？他活着一天，那女人就要受一天罪，只有他死了，那女人才能改嫁，才能有条活路。"他们又问他："为什么坐了八年监狱刚刚出狱两个月就又犯案了？"他看了一眼窗外，慢慢说："还是在里面适应，出来了不习惯，再说，出来了也是我一个人，在哪儿都一样。"

他又被判了刑。这次是死刑。

他知道，这次轮到他穿那身红衣红裤了。

他再一次被关进了监狱，如三个月后不上诉就将被执行死刑。这是他在监狱里度过的第九个年头了。

监狱里的一年为一渡，渡，就是要从此岸到达彼岸。前八年他都渡过来了，但这第九渡，他过不去了。

裂

不速之客

·
·
·

他想，她也许还会再来的。她是一个病人，她患有依赖症，也许她还会再来找他的。他甚至暗暗期待着哪天忽然又在昏暗的楼道里看到蜷缩成一团的她。可是，没有。一个月过去了，两个月过去了，四个月过去了。她没有再来，他再没有见过她。

一

　　大约晚上十一点钟的时候，又是三声敲门声从天而降，羞怯、笃定，敲在门上像落进了一只空桶里，那回音一落进去就迅速破土而出，直长得蓊郁、妖娆，阴森森得爬满整间房子。

　　苏小军扯开被角翻身坐起，紧张恼怒地盯着那扇门。三声敲门声无声无息地落下去了，空气里出现了一段短暂的空白，然而，这空白倒像一只紧闭的柜子立在他面前，有装满敲门声的嫌疑，似乎只要他一打开，它们就会立刻占领他的整个房间。一定又是那个女人。他下床，光着脚轻轻走了几步，无声地把灯关掉了。然后，他赤着脚戳在黑暗中，静静地等待着。果然，一分钟之后，又是三声同样质地的敲门声响起。笃，笃，笃。苏小军站在原地一动不动，他从最下面的门缝里窥到了楼道里一线昏暗的灯光和那个正守在门前的影子。那影子也一动不动，像是本来就长在他门口的一株植物。他希望它能走开，可是，它因了黑暗和绝望的浇灌反而长得更葳蕤了。它简直要在他家

　　　　　　　　　　　　　　　　　　　　　　裂

门口繁衍出一片森林来。

又是几秒钟的空白，门外的影子不动，门里的苏小军也不动。虽然身体没动，苏小军却觉得他整个人都被一口气提起来了，正悬在空中。他等待着一秒钟之后再次拔地而起的敲门声。果然，又是三声敲门声，只是比刚才烦躁了些，急促了些，似乎是果子成熟，急于落到地上来。苏小军发现自己居然还是一动没有动。在那一瞬间，他都有点惊讶于自己的残忍了，他居然能在九声敲门声后还待在屋子里装死，只是为了不让门外那个女人知道他在里面。

屋里的这团黑暗比外面的夜色更加坚硬，盔甲一样裹着他，让他闻到了一种生铁的冷硬，还有一缕细若游丝的血腥味。他有些恐惧，但这恐惧里还夹杂着一种奇异的快乐。他看着自己的双手，在黑暗中，它们看起来面目模糊，安详、残忍。

就在这时候，他的手机忽然响了。该死，他忘记关机了。就在他扑到床头要摁住活蹦乱跳的手机音乐时，门外的人已经听到了。一阵猛烈的敲门声倾巢而出，向那扇门砸过来，这样再砸下去所有的邻居都会被砸醒，大家会披着睡衣揉着眼睛出来看热闹，说不定还会有人报警。他知道，如果今天不开门，她会一直砸门砸到天亮。这个可怕的女人。他扔下手机走过去，开了门。屋里还黑着灯，猛一开门，他有些不适应楼道里的灯光，然后他眯着眼睛看到了灯光裹挟着的那个女人，她身上披着一轮光晕。果然是纪米萍。她敲第一声的时候他就知道是她了。

除了她，还有谁会在深夜里死不罢休地敲他的门？

他站在那扇门里，像个邪恶的门童一样守护着背后满满一屋子的黑暗。借着黑暗的庇护他仔细地打量她。她头发散乱，眼角泪痕未干，就着灰尘和成了两粒黑色的眼屎，肩上又背着那只鼓鼓的黑色大挎包。肯定又是坐火车长途跋涉过来的，和以往每次都没什么不同。她终于敲开了门，却不敢与他对视，仿佛他是坐在教室里的威严的老师，而她是犯了错误的学生。她歪着一只肩膀，那只包可能太重了，扯着她的肩膀，露出了一条黑色的胸罩带，她也不打算把它收进去。她歪着肩膀低着头站在他面前，一缕油腻的头发垂下来遮住了她的眼睛。

已经不知道这是第几次了，每次都这样，她事先连个招呼都不打就跑过来找他，坐七八个小时的火车，如果买不到坐票，她就一路站到太原来找他。然后，她就站在他门口一遍一遍开始敲他的门，如果他真的不在，她就在他家附近找个最便宜的小旅店住下来，几天几夜安营扎寨专职等他，以致他每次一走到楼下就有一种踩上了蜘蛛网的恐惧感，似乎这蛛网是专门为他布下的。他要是不撞到这网上来都有点对不起她。

苏小军阴沉沉地立在那里不说话，纪米萍也不动，以固定的姿势垂着眼睛，只让自己躲在那缕油腻头发的门帘后。那只大包正从她肩膀上往下滑，每滑一次便把她的衣服往下扯一点，仿佛地下有什么神秘的力量正把那只包连那只胳膊拉向深渊。她不抗拒。渐渐地，她的整个肩膀都露出来了，她上身偏胖，肩膀本有些肥腻，又箍着那条黑色的胸罩带，倒也有几分萧条的肉欲。她似乎是在以此刻意提醒他，衣服下面——这衣服的下面还有别的，好比超市的货架，你要用什么随时可以来拿。他盯着那肩膀，心里一酸，叹了口气，往后退了一步，说了声"进来吧"。

纪米萍像刚刚被赦免的犯人一样，诚惶诚恐地跟着苏小军进了屋。关上门，他顺手开了灯。黑暗中轰然炸出一片雪亮，像座刚刚浮出来的岛屿，她仍然不敢放下那只大包，拖着它站在岛上等候发落。他像个观众一样又看了她几秒钟，然后又叹了口气，说："把包放下吧，你也不嫌累。"她得了指令便怯怯地把包放在墙角，似乎那桌子上是收费的，头依然垂着。他看到她那只扯衣角的手在习惯性地抽搐着，他知道她一紧张就这样，一只手放在腿上抽搐的时候就像她正在练习弹钢琴。她怕他看见了，忙使劲往下拽衣角。他假装没看见，只说："快去洗把脸吧，这都几点了。"

她终于抬起头来看了他一眼，她看上去并不痛苦，准确地说，她的五官都像泡在某种溶液中一样，呈现出一种夸张的休眠状态，似乎它们是某种海底生物，可以几千年地蛰伏。

纪米萍从包里取出自己的毛巾，然后借着脸上那缕头发的掩护向卫生间走去，好像这样护着自己，他就暂时看不到她了。他看着她的背影，她走得很慢，佝偻着背，抱着自己肥硕的毛巾，整个人看起来忽然变得很小很小。她进了卫生间，把门关上了。

苏小军再次倒在床上，他脑子里一遍又一遍地想，这个女人，这个可怕的女人，简直好像随身携带着棺材一样，好像随时准备着一死，好像她压根就不打算活长久。她真是比他还要像亡命徒，他最多被人雇来做临时打手讨讨债，出出气，杀人的事还从来没干过。他简直不是她的对手。

过了一会儿，纪米萍从卫生间出来了。苏小军感觉她慢慢走到床前了，她似乎又从自己的包里掏出了什么，她站在床边低声对他说："这是给你买的衣服。"他并没往她身上看一眼，她每次不打招呼就跑过来的时候都会给他一件东西，衣服、围巾、袜子，没有什么牌子也看不出价格，和她身上的衣服如出一辙。他从来不会穿，但也无法阻止她。他皱着眉头说："先关掉灯睡觉吧。"她听话地关掉灯，整间屋子咣当一声再次掉进了黑暗的箱底，在他们掉进箱底的一瞬间，那种恐惧在黑暗中忽然再次苏醒了，好像它本来就蹲在河流的上游，现在随时会随着黑暗顺流而下，流到他们面前。他只觉得黑暗的空气里全是她，站满了密密麻麻大大小小的她，她们像千佛洞里的佛像一样向他挤压过来。

　　就在这时，被子被掀开一角，她无声地爬进了他的被子里。在这张床上她睡过不是一次两次了，她很熟稔地躺在他身边，把半床被子盖在自己身上。她身上冰凉滑腻，还挂着水珠，像一尾刚刚捞上岸的鱼。她躺在那里慢慢蠕动着，好像要在这床上给自己刨出一个坑来，在这个过程中，她和他有几处短暂的肢体接触，这些接触很细小很轻微，小心翼翼地，好像从她身上长出了无数气根一样的小手，这些小手试探着触摸着他，见无处生根便又自己缩回去了。他静静躺着不动，好像已经睡着了。她终于停止了蠕动，也静静地躺在那里。他感觉到她把脸侧到了一边，好像在黑暗中都怕他会看到她的脸。两个人像两具尸体一样并列在床上。

　　不知过了多久，他叹了口气，终于伸出了一只手，这只手准确无误地放在了她的一只乳房上。她上身是光的，他继续往下摸，她全身都是光的。在上床之前她就把自己脱光了，像是要祭献给他的一盘

　　　　　　　　　　　　　　　　　　　　　裂

肉。他仍然是那个姿势，懒懒地躺着，那只手从她上面摸到下面，又从下面摸到上面。在这缓慢的抚摸中，她开始了低低的抽泣，他每摸她一次，她的抽泣声便大一点，似乎是在给他计件付报酬。她的乳房肥硕松软，一躺下来便流得到处都是，他慢慢摸着那只乳房，像是要耐心地把流出去的都收集起来，收好了像雪人一样堆成一堆。他慢慢摸到中央，她变得冰凉而坚硬。与此同时她忽然大声抽泣起来，这骤然响起的哭声在黑暗中听起来鲜艳、凛冽，像块刚揭了皮的伤口。他下意识地把手抽出来，像是怕不小心碰到了这鲜红的皮肉。她的哭声像玻璃碎片一样四处撵着他，在这张床上他几乎没有容身之地了。

他知道他再没有别的办法可以对付她。黑暗中，就着这裂帛似的哭声，他鞭策自己一跃而起，趴到了她身上，他像给汽车加油似的又使劲揉了她那两只乳房，下面好歹硬了，可以发动了。可是他进不去，她下面太干了，干得像铜墙铁壁，连丝缝隙都没有。她没有声息了，在屡次实验中他的脸碰到了她的脸，他感到她无声地躺在那里，却比之前流泪流得更汹涌，她的整张脸都是湿的，她在那儿无边无际地流泪，流泪。他把手放在她的眼睛上，想把那泪水堵回去，可是他的那只手很快就被淹没了，泪水从他指缝间涌出来。他简直像趴在一眼泉上汲水。

他像被大雨浇透一样再没了心情，可是他刚要从她身上下去又被她死死抱住了，她一边抽噎一边哑着嗓子乞求："和我做一次，就一次，好吗？"她一边乞求一边流泪一边揉搓着他下面，他也快流泪了，但是他知道他现在唯一该做的就是进去，进去了才是对她的安慰，好像只要他一进去她就可以把他整个人都霸占了，她才不会这么恐慌，这么神经质。

　　为了接纳他，她几乎张开了身上的每一个毛孔，似乎要给他一道永久免费的通行证，他什么时候想进去就可以进去。可是，他还是进不去，她那该死的眼泪还在不停地决堤，不停地淹没他。他随手打开台灯，几乎要求她了：求求你，不要再哭了行吗？灯光下他看到她的两只眼睛已经哭得红肿，眼泪鼻涕糊了她一脸，脖子上也全是泪，再往下是那两只四处流淌、不成形的大乳房。她使劲"嗯"了一声，伸手撕了一张卫生纸狠狠擦了擦鼻子、眼睛，然后，她肿着两只通红的眼睛，大义凛然地对他说："我不哭了，来吧。"好像她是屠宰场上那只洗干净的牲畜，就等着他一刀子下来了。

　　他也急于进去，不是他多想要，而是，他知道，若不进去今晚便没完。可是他软了硬、硬了又软还是徒劳，果然，她的泪又出来了。她又一次无声地流泪，两道泪水在她脸上闪闪发光，像两把利刃对准了他。他不想再看，又伸手把台灯关了。她在黑暗中抽噎着说："你吻我一下好吗？你都不吻我。就一下……你知道的，你不吻我，我是不行的……就一下，让我知道你还是爱我的。"他没有说话，嘴唇也没有向她的嘴唇伸过来。她忽然再次大声抽泣起来："你明明知道，你都知道，你就是不肯吻我一下，吻一下就那么难吗？"

　　"我知道什么？"

　　"你撒谎，你知道的，从第一天起你就知道，不接吻我根本不能做爱，我不是妓女，我得接吻，你不吻我的时候你根本就进不去。你早知道的，你从一开始就知道。"

　　"你和其他人不接吻又不是没做过。"

　　　　　　　　　　　　　　　　　　　　　　裂

她歇斯底里地哭号起来:"那不算,那根本就不算,那是做爱,那就不是爱。爱一个人就是要接吻的。"

"那你不照样也做了?"

"……"

她不再说什么,只是把自己摊在黑暗中歪着头无声流泪,他的手碰到枕头,那里已经湿了一大片。他的眼睛一阵酸涩,泪差点也下来了。这个女人啊。他使劲把她的脸扳过来,终于对着那张湿漉漉、黏糊糊的脸吻了下去。在他的嘴唇触到她的脸的一瞬间,她把自己整个人都送了上去,忙不迭地,唯恐过时不候。在找到他的嘴唇之后,她贪婪地吮吸着,恨不得把他整个人都吸进去,咽下去。她嘴里满是浓烈的牙膏味,好像刷个牙便挤掉了半管牙膏。他知道,为了迎接他,她恨不得把自己身体里的每个角落都打扫干净。这牙膏味像鞭子一样抽在他身上,使他忽然便生出了很多蛮力,他一使劲,总算进去了。这次的任务好歹是完成了。他知道,只要进去了,哪怕只有一分钟,她也会对他感激涕零。

她痛苦地叫了一声,然后便更紧地抱住了他,她紧紧地抱着他,好像生怕他会消失了,会忽然跑了。他在这馥郁浓烈的拥抱中几乎动不了,就像身上驮着一个人试图要飞起来一样,两具沉重的肉身压着他拖着他,只三分钟就结束了。他趴在她身上想对她说一句"对不起",却发现她还是那么紧、那么不顾死活地抱着他,他开始感到一阵强烈的恐惧,他知道她又要说什么了。可是,晚了,他根本拦不住她,她抽噎着在他耳边断断续续说了三个字:"谢谢你。"他愤怒着,抓狂着,想大吼一声:"不说这句话会死人吗?"他没吼出来,泪却下来了。他趴着不动，静等着那两滴泪水自己风干。

两个人又恢复了原来的姿势，像两具尸体一样平躺在黑暗中。她的身体在黑暗中悄悄蔓延，试图向他偎依过来，他便坐起来，点了一支烟，靠着床头一明一灭。他抽了两口烟之后还是开口了："这次你打算待几天？"

她慌忙说："我不会待久的，就和你待两天，待两天我就走。"她急切地强调只要待两天，似乎两天是不算数的，是可以被忽略的。

"你那边也不扣你工资？"

"我请假了，反正也不忙。"

"你怎么老是招呼都不打一个就跑过来了？我和你说过多少次了？"

"谁让你不理我了？"

"你跑过来又怎样？你觉得有用吗？我早和你说过了，不要再来找我，找我也没有用的。"

"你真的不爱我了吗？"

"是的。"

"……你撒谎，我不信，你心里对我还是有感情的，我能感觉到。"

"我原来是喜欢过你，可是现在真的被耗光了。你这样每跑来一次我对你的厌恶就多一点，现在我已经很怕看到你了，你知不知道？"

"……我不信……我不信……你刚才还吻我的。我知道，不爱是不能接吻的，我和其他人都不接吻的，就只和你一个人接吻……"

"够了。你和别人又不是没睡过，睡都睡了，还一定要装作根本没接过吻，从来没有和人接过吻，这有意思吗？"

裂

二

　　她啪地打开台灯，从床上一下跳了起来，她披头散发地半跪在床上，把下半身埋在积雪似的被子里。她的眼睛因为流泪太多已经肿得只留了两条缝，她向他探着上半身，两条缝里挤出的目光湿答答的，像狗的舌头舔在了他的脸上，殷勤地、急切地、讨好地、不顾一切地要舔着他的脸、他的手、他的全身。她用一只手在胸口大幅度地比画着，指着自己的心脏部位，似乎随时准备着把那里剖开，要把里面的东西片甲不留地给他掏出来。她养的指甲很长，半透明的指甲在灯光里闪着釉光，一把把匕首似的在肥腻的胸脯上划来划去，两只乳房跟着她的手势活蹦乱跳。她比画着胸前，探着头盯着他的脸，似乎要把她整个人都送出去："你不信？你不信我说的话吗？原来我说什么你都不信吗？你居然……不信我从来没有和别的男人接过吻？"

　　"……无聊。"

　　她的两只手以更大、更焦躁的幅度在胸口乱划拉着，好像一定要在那里刨出点什么来，好像她全身都快着火了，唯有胸口那个地方能流出泉水来解救她。他看着她的脸，心里像塞满了石头，硌得他生疼，连他那只抽烟的手都跟着抖了一下。然而，在这种疼痛的薄膜下还包着另一种物质，它像蛋壳下一只正在成形的雏鸟，正渐渐长出爪子，长出嘴，就要破壳而出。他忽然认出它来了，他浑身一哆嗦，那薄膜下又是那种快乐——那种见不得人的诡异的快乐。每次痛到极点了，这种快乐便会跟着现形，似乎它们是一母同胞。她的动作越剧烈，那快乐便在他心里长得越茂盛，它简直快要长成庞然大物了。他忽然明白了，其实是她用她的苦痛饲养了它。它在他的身体里喝着她的血长大了。可是他唯恐它会跑出来，因为在它的映照下，他会像一个被投射在幕布上的巨大剪影，他会觉得自己比它更凶残、更阴森。果然是一个做打手的料，他再次害怕他自己，厌恶他自己，觉得自己像个刽子手。

他大喝一声："不要说了。"手又是一抖，一截红色的烟灰掉到了被子上。她也不顾手被烫，低下头去急急摘掉了那截烟灰。她仿佛连疼痛都感觉不到了，简直是水火不进的钢铁之躯。他越发烦躁，转身捻灭烟头，对着她绝望地说："我求求你，这次走了就不要再来找我了好吗？我对你这样的不好，为什么还要来找我？"她还是那样半跪着，两只手还搭在胸口，她脸上已经没有泪了，两只眼睛肿得遮天蔽日，快要把整张脸淹没了，这使她看起来分外丑陋。她跪在那里喃喃自语："我来看你是我自己的事，我需要它，你不懂吗？你不相信我吗，这么久了你还是不相信我吗？我和别人睡过觉那是由不得我，可是接吻不接吻我是可以自己做主的啊。"

他冷笑一声："由不得你？有人逼着你卖吗？"

她哑着嗓子叫起来："你不和他们睡你怎么活？十几岁我就开始养活自己了，我没有本事，没有钱，没有亲人，我什么都没有。他们看你年轻就要和你睡，你说你怎么办？我怎么活？你让我怎么活？"她的声音忽然又低了下去，就像绕过了一个激流险滩后忽然被搁浅了。她声音低低的，混浊不清，像是在自言自语，又像在向着一个神父忏悔，而他就是站在她面前的神父。她忏悔着，一定要把自己从一汪血泊中解救出来。她喃喃地说:"可是,这么多年里我从来不和他们接吻,因为他们中没有人爱我,我知道,他们只是要和一个身体睡觉。我和他们睡觉是因为我觉得那身体我早就不想要了,可是,我还可以给自己留着一个吻。"他鼻子里又是一声冷笑,心里的疼痛却更剧烈了,他忽然无比恨她,恨她这样喋喋不休。可是她还在继续:"我一直在想,只要他是爱我的,我就什么都不怕,我就怎样都可以……你能相信我吗?我怎样才能让你相信我?"

他不再看她,只说:"我们结束了,以后不要再来找我了,好吗?"

她的目光从那两条缝里挤出来,已经支离破碎了,可是她没有再流泪。她哑着嗓子又问了一句:"你真的一点都不爱我了吗?"

"不爱了。"

"……你知道我心里是把你当成亲人的,我就你这么一个亲人。"

"我知道,可是,我真的爱不起来了。对不起。"

"不要对我说对不起,我不需要,我不需要。"她的声音猛地高起来,然后再次落下去,向深不见底的地方落下去,"你放心,我只是来看看你,看看你我就走。我就是不放心,不放心你一个人住在这里,你不会做饭,不会洗衣服,你看看你的桌子多脏,你看看,你的裤子开线了你都不知道。不知道为什么,我经常觉得你还是个小孩子。你记不记得有一次你在路边摘了一朵花送给我?你不知道,我捧着那朵花,跟在你后面悄悄哭了一路。那时候我真觉得你像个调皮的小孩子啊,我就总想着,能为你做点什么就做点什么,哪怕给你洗一次衣服做一次饭,我也会安心一些。就算你真的不爱我了我还是心疼你,我明天就走,我来就为了和你待一个晚上,待几个小时,我明天

不速之客

就会走的。只是现在……你再抱抱我好吗？"

他的泪再也止不住了，那疼痛像一种刚刚酿好的毒药腐蚀着他的五脏六腑。他流着泪咆哮起来："你马上滚，马上离开，我再也不想见到你。你这贱货，你为什么要让自己这么下贱，你能听懂吗？你有一点点尊严好不好？算我求你了，你有一点点尊严，好吗？"

她跪在那里呆呆看了他几秒钟，像是在辨认水中的一个模糊倒影，终于，她认出是他了。不会是别人，只能是他了。她不再说话，缓缓从床上爬起来，走到地上，她在那里失魂落魄地站了几秒钟，看着自己脱下来的衣服却没有穿，好像她已经不认识它们了，它们是天外来物，她压根没见过它们。一分钟之后，她赤身裸体地向自己带来的那只大包走去，他看到了灯光下她那宽阔的臀部，死鱼白的大腿像反射的雪光一样灼伤了他的眼睛。原来，这一切他已经是这么熟悉了，她一次又一次跑来看他，他竟无法不熟悉关于她的一切了。她背着那只包，赤裸着，像个随时会化掉的雪人一样，向门口慢慢走去。在她即将打开门的一瞬间，他以飞快的速度跳下床，同样赤裸着，从背后抱住了她："你这傻瓜。"他的泪落在了她肥腻的肩膀上，又顺着那肩膀向下流去，流去。

苏小军第一次见到纪米萍是在两年前。那一晚一个朋友请他去一家夜总会，叫了两个陪酒小姐。其中一个是新来的，二十一二岁的样子，脸上还带着点婴儿肥，穿着一件廉价的黑底白点裙，浑身上下到处是圆鼓鼓的，散发着一种肉质的荤腥。她就是纪米萍。她坐在那里，表情看起来有些怪异，表示她对所有的人爱理不理。她才喝了一瓶啤酒就把酒瓶往桌上使劲一蹾，然后像个烈士一样大义凛然地对两个男人说："我可是只陪酒不陪睡的。"另一个陪酒女低头偷笑，两个男人想，这女人怎么有点二百五。她看起来似乎酒量极好，一瓶接一瓶地往下喝。几瓶啤酒下去，她身上那层怪异的肃穆忽然裂开了一道缝隙，有什么东西正挣扎着从那道缝隙里探出一只触角来。她忽然对苏小军抛了个媚眼，波光潋滟的、水红色的、职业性的媚眼，抛完后又向另一个男人也抛过去一个，以示她根本不缺这点东西。然后她坐在那里跷起一条腿架在另一条腿上，咕咚咕咚又喝下去半瓶。这个媚眼像枚大头针一样，穿过了苏小军的身体，使他忽然动弹不得。

倒不是这目光多么妖媚，而是，他忽然觉得这目光像是从她身上拔出的一个塞子，有更多的东西即将从里面倾倒出来。果然，又是一瓶酒下去之后，她呆呆地坐在那里不动，也不看任何人，像是突然在思考什么问题。几分钟之后，她带着一副被打扰了的不耐烦的表情抬起头来看了他们一眼，好像一个被迫中断了工作的伟人。她又喝了半瓶酒，然后对自己凛然一笑，就像在空气里忽然看到了自己的倒影。她好像感到包间里很热，便把领口往下扯了扯，于是露出了半个肥硕的乳房。两个男人的眼睛都落在了那半个乳房上，她感觉到了，对着空中笑着晃了晃身子，半只乳房也跟着她晃动。然后她看着他们，又抛来一个娴熟的媚眼。媚眼之后，她赶紧又灌了一口酒，好像急于把刚才那媚眼压下去，仿佛她很厌恶它，都不知道它是怎么跑出来的。

又是整整一瓶酒。这瓶酒下去之后，她的表情明显开始呆滞，她呆呆地坐在那里，好像正在空气里费力辨认着什么。苏小军坐在旁边像看一出话剧一样一直看着她的表情，她好像还是有点不相信那个抛媚眼的是她自己，她好像不知道该拿那个已经存在的自己怎么办。她的另一个自己似乎受到了极大的威胁，她的目光松脆、零散、慌乱，像是忽然在异国他乡走失了。她似乎正在忙于探究自己的身份，在费力地辨认自己究竟是谁。

他看到她放在大腿上的那只手正神经质地抽搐着，四个指头胡乱敲着大腿，像是正在弹一架钢琴。发现他在看她，她便举起那只手，做出燠热难耐的样子又扯了扯领口，这次，是一条很深很肥沃的乳沟被犁出来了，她自己在前面给他们引路。她不再看他们，只是挺着这道乳沟傲然坐在那里，好像是她自己一手开发出了胸脯上这广袤的原野，就等着游客来参观了。

她敞着乳沟喝了一瓶又一瓶，不讲荤段子也不唱歌，只是恪尽职守地喝酒，喝酒。喝完第九瓶，她开始呕吐，不顾一切地、排山倒海地呕吐，呕吐完之后她开始哭泣。哀哀地、没有任何理由地开始哭泣，仿佛呕吐、哭泣都是她自己的事，和别人没有半毛钱关系，她一个人肆无忌惮地游弋其中。朋友皱着眉说今天怎么这么背。苏小军平日里最讨厌喝点酒就痛哭流涕的人，好像全世界都欠了他们，但现在看着一个女人喝了酒痛哭流涕还是觉得别有风味，就好像她的苦痛要比别的女人深、深很多，以致根本无法从中把自己打捞出来，必得这样大哭才能让它们像盐一样析出来。他说："今天先这样吧，我把她送回去，你看她吐成什么样子了，也就是个没酒量的。我看她不过是想借酒发发疯，也怪可怜。"

苏小军打了一辆出租车，上了车问她住在哪儿。她缩着脖子，看起来迟钝、寒冷，好像正踽踽独行在冰天雪地里，她指指这儿又指指那儿。苏小军叹了口气，把她带到了一家宾馆。他指着房间里的那张

裂

床说:"今晚你就睡这儿吧,早点睡。"她迷惑地盯着那张床看了半天,忽然扭过头来,用混浊不清的目光盯着他:"这是哪里,我到哪里了?"他说:"你喝醉了,回不了家,这是宾馆。""宾馆?"她忽然咧嘴笑了,一边笑一边挣扎着蹒跚着又抛出了一个媚眼,媚眼七歪八扭,像刚凿出来的石头,掷过来刺得他生疼。

她指着那张床,媚笑着说:"你带我来这里,是不是想和我睡觉啊?"他看着她,不说话。她跌跌撞撞地游到他面前,绕着他转了一圈,好像他是地球,她是卫星。然后她忽然又扯了扯领口,那条乳沟再次跳出来,殷实而肥腻,似乎正静等着人收割。她用拉皮条的眼神瞅着他,然后独自在房间里转了一圈,似乎这屋子里站满了密密麻麻的人,她正和他们交谈,手舞足蹈。他听见她对着空气说:"每个男人都想和我睡觉。我就知道,你们都想和我睡觉。我在这个社会上已经混了五年,五年啦你知道吗?我十八岁就开始端盘子做服务员,那时候就老有人会摸我的胸、摸我的屁股。他们都说我胸大屁股大,真是个抗肏的货。五年啦,我什么没做过?我做过传销,做过售楼小姐,卖过保险,做过保洁员,做过收银员,告诉你,我什么都做过,但做什么都做不长。因为老有男人想和我睡觉,走到哪里都是这样。因为他们觉得我会贪他们的小便宜,比什么都好打发。就是睡了,给点小恩小惠就打发了,或开张空头支票也打发了……不睡白不睡。可是你知道吗?我从来不要他们的钱,我不要任何男人的钱。为什么要要他们的钱?难道我是只鸡?他们太小看我了,太小看我了。你看看,你看看我身上的衣服,三十块钱的衣服,如果我要他们的钱,我会这么穷吗?三十块钱啊。"

他说："睡吧，你喝多了。"

她忽然跳到他面前，嘴里吐着酒气，用迷乱却异常明亮的目光看着他，她像神秘地耳语一样对他说："你是不是觉得我很下贱，这么容易就被男人睡了？你们每个人是不是都觉得我很下贱？可是你知道吗，我有一个秘密……我从来没有和一个男人接过吻，一次都没有。"

像是怕他不认识一般，她比画出一根指头，表示那是一。她笨拙地晃着这根指头问他："你说，接吻是不是比做爱更重要啊？就算他们把我睡了，那又怎么样？睡就睡了，为什么要觉得自己被男人睡了就是亏大了？只有鸡才会这样想，因为她们觉得这个可以卖钱。可是我，你说我都没有和男人接过吻，我其实是不是还是个好女人啊？一个很好很好的女人。啊？你说，是不是啊？"

他还是不说话，只是看着她。

她被他看得有些害怕了，她后退了几步，一屁股歪在了床角。刚才那点邪气的明亮烟花一般从她眼睛里退去了，她重新变得呆滞、笨重，好像一枚常年浸泡在酒里的标本，苍白、死滞。她低下头去喃喃自语："我知道你肯定在想，我刚才为什么要让自己装得像个妓女，我是不是装得很像？我只是习惯了，知道吗？习惯了这种和男人打交道的方式，从一开始他们就是这样和我打交道的。从十八岁起，我就知道在这个社会上我是那个该被睡的人。我……只是习惯了，就像一个人习惯了吃一种饭。只有这样，我才会觉得自己还不是那么一无是处，还有男人会看上我，不管看上了我的什么。我还可以幻想，我在他们眼里还是有魅力的，我才能不那么厌恶自己，我才能一天一天地

裂

往下活——"

他再也不愿听下去了，他粗暴地打断她："不说了，你喝多了，睡吧，我走了。房钱我已经付过了，快睡吧。"

他转身要走，她忽然冲过来拦住了他，她仰着脸，用狗一样潮湿的目光阻拦着他，不让他过去。她像狗怕挨打一样一边躲闪着他的注视，一边喃喃低语，像是生怕他听见了："你要走……你一定要走吗？你是不是……还是觉得我太下贱了？啊？"

他再不愿看她的目光一眼，他一把推开她，夺路而逃，把她一个人丢在了宾馆。那个晚上，出了宾馆，他一个人在路边蹲着抽了半包烟。

第二次见到她的时候已是半个月之后了。他一个人去了那家夜总会，单点了她一个人。他想，她会不会已经离开了，如果是那样，这辈子他就再也见不到这个人了。可是，几分钟后，她穿着一件白裙子出现在他面前。她坐在他身边，拘谨、冷漠，好像根本不认识他这个人。他咬开两瓶啤酒，递给她一瓶，然后，他就一口啤酒说一句话，像夹着花生米下酒。他说："你还是干别的吧……干这个……不适合你……看你也没什么酒量……再喝那么多酒就是找死。"

"你就是想说这个？"

"嗯。"

他摸了摸他手上的那道伤疤，没有缘由地紧张，几句话被筛出来以后已经体无完肤了，这些话语的碎片在昏暗的灯光下落叶一般飘了一地，萧索、颓败，似乎他和她正站在一片秋天的白桦林里，脚下的落叶被踩一下便会吱嘎作响。回头看看来路，已经被落叶淹没，他们没有来路也没有去处。她豪爽地用酒瓶子撞击着他的瓶子，说："来，喝。来，再喝。"她又是一瓶接一瓶地往下灌，好像她此时是一块悬浮在水面上的木头，顺流而下，什么都不想，只求快快被河水冲刷到尽头或者干脆搁浅，被暴晒而死。他知道，她大约是拼命想从他对她上一次的记忆旁边逃开。也许这么多天里，她胆战心惊，唯恐会再次撞上他，怕他想起她的丑态。然而他还是残忍地自己送上门来了。她无处可逃。

两个人虽然安静地坐在一张沙发上，其实却是一个在逃、一个在追，逃的那个拼命想遮羞，想遮住自己的脸，不让对方认出自己；追的那个却不遗余力要把脸凑上去，一定要把她看仔细了，一定要认出她身上的气味，如同一只猎犬。

于是，她再次如愿以偿地喝醉了，再次笨拙地、疯癫地躲在酒里不肯出来。他也如愿以偿地看到，在躲进酒精里的一瞬间，另一个她还是借尸还魂了。

三

这次她跳过呕吐，直接开始哭泣，边哭边接着半个月之前的话题继续控诉，她接得天衣无缝，好像每天都在心里默默彩排过一样，唯恐生疏了。她继续控诉一个初中毕业生的艰辛，控诉这个社会："你

裂

说让我做什么啊？我什么没做过？没人看得起我，没有人把我当人。以前我做超市收银员，一个月就八百块钱，每天下班的时候我就抢着买超市的烂菜烂水果，每天晚上就吃那些腐烂的水果，那些水果烂得流水生虫。你说我和一个捡破烂儿的有什么区别？有什么区别啊？我没上过大学，体面的事都做不了，哪里都不愿意要我这样的人，你以为我愿意像只鸡一样来陪酒吗？她们每天往死里喝，喝多了就给客人干。当然是要收费的。可是，我不，我偏不。我就不做收费的事。她们笑我给人白睡，说白睡还不如收费。我说我就情愿给男人们白睡，只要是白睡，他们就不会把我当成鸡……我就不是鸡。"

她反复念叨着这句话，像在背诵一首单调的儿歌。她对着空气狰狞地笑着，两只手挥舞着，好像急于和空气中飘过的影子打招呼，让它们快快把她带走，带她离开这个世界。她自己跌跌撞撞地转了几圈之后，忽然停下了，她似乎醒过来了一点，意识到自己刚才的丑态了，她知道自己又出丑了，于是她对着他羞涩地、抱歉地笑。橘色的灯光下，她的笑容看起来纯净而温暖、羞耻而无辜，好像她忽然小下去了，小到只是小学时候邻桌的那个女孩，不小心被同桌的男生碰了手，便无地自容地想把那只手剁掉。

为了遮羞，她又抓起桌上的一瓶酒往嘴里灌。他一把夺下，厉声呵斥："不能再喝了。"她惊愕地看着他，似乎刚刚注意到他的凶狠。她忽然看到了他手背上的刀疤，又是一惊。然后，她听话地低下头去，放开了瓶子，不再说话，好像又潜入了一个人的幻想。他带着她出了门，打上车，说："我先送你回去，今天知道你家住哪儿吗？"她指着前面一条胡同："就那儿，就那儿。"他皱着眉头，不相信地看

不速之客

着她："这么近？"她振振有词，像是完全清醒了："住得近了上班方便。"他指责道："那上次你怎么乱指一通，害得司机绕路？"

　　胡同太窄，出租车进不去，两个人便下了车，走进了胡同。这是一排很古老的平房，估计曾是哪个工厂的宿舍，已经被列入拆迁的范围。胡同里荒草茂密，不时跳出一两只野猫野狗。住在这里的都是些外来务工者。纪米萍在一间黑灯的屋门口站住了。她不开门，只冷冷地说："你走吧，我到了。"他说："我看着你进去。"她面无表情地说："你先走我再进去。"他提高了嗓门："这到底是不是你家，你是不是又在骗我？"她低头掏出了钥匙，嘟囔着："开就开，干吗这么凶？"

　　果然是她家。破旧的木门嘎吱一声开了，他不由得打了个寒战，觉得里面那团黑暗阴冷潮湿，好像他正站在墓穴前面。她一伸手，啪的一声把灯打开了。这是一间十平方米左右的屋子，里面唯一的家具是一张木床，木床上铺着一卷单薄的军绿色行李。靠墙的地方放着几瓶化妆品、一面镜子和一把木梳，还有一本破旧的杂志。地上扔着一只大大的塑料编织袋，袋子敞着口，吐出里面五光十色的衣服，像流出了一截肠子。靠门的窗台上晾着一排面包片，大约是怕发霉了。还有两只腐烂的木瓜。其中一只木瓜往出流着水，伤口里爬出了几只黑色的虫子。

　　他没有再往前走一步，却忽然一伸手关掉了灯。屋子咣当一声再次掉进了黑暗里。黑暗中他听见了自己干涩坚硬的声音："跟我走。"他不由分说，拽着她的一只胳膊拖着她出了胡同。她挣扎着："去哪儿？又去住宾馆？我不去。"他不说话，把她塞进一辆出租车里，直到车开到他家楼下，他才说："我家，上去。"

就是从这个晚上开始，她知道了他住在哪里，也开始了此后一次又一次对他的突袭。后来，他想，这是他自找的。她突袭他的理由永远是："我要是和你说了你就不让我来了，你要是躲起来，我来了都找不到你。"

她穿着他的一件衬衣从卫生间出来了，光着两条白花花的腿。他注意到她的大腿根部很圆硕，有点像古代的三足鼎。她一边用两只手拼命往下拽衬衣，一边目光游移，并不看他，最后她看着沙发说："我就睡这儿吧。"嘴上说着，身体却并不动，还恋恋不舍地站在刚才那个位置。他伸手把灯关了，这样就看不到她的表情了。他躺在黑暗里说："上来吧，上床睡舒服点，在沙发上睡不好的。"

她又在黑暗里磨蹭了几分钟才爬到床上来，睡在他身边。两个人都一动不动，连呼吸都小心翼翼的，因为小心又变得加倍粗重，好像这黑暗里睡满了打呼噜的人，拥挤、嘈杂。很久她都一动不动，他疑心她是不是已经睡着了，便有点懊恼又有点惊诧。他惊诧的是，他这样的人，也是吃喝嫖赌惯了的，睡个女人根本是小菜，可是对这个女人他却怎么都不敢碰。

他眼前再次浮现出她那道深犁过的乳沟，那里是够肥沃的；他又想起了她往下扯领口的动作，好像要敲锣打鼓急吼吼地给自己打广告，急着要和男人们分享她那里有什么样的宝藏，怎么还没有人去开采她。还有她的臀部，是够宽阔的，怕是一个人都抱不过来，怪不得她那么自豪自己的这两样东西。大约也是因为身无长物，她只有这两件东西还拿得出手。他的下面已经很硬了，独自在黑暗中蠢蠢欲动，

不速之客

几欲先走。可是他忽然想起了从她嘴里说出的那两个字——白睡。这两个字像咒符一样箍着他，他忽然便觉得有种莫名的恐惧，好像睡在他身边的是一个陷阱。他便继续一动不动地躺着，由着下面软了硬，硬了又软。

就在这时候，忽然有只手伸过来抓住了他下面。他一惊。接着他听见黑暗中传出一声甜腻、夸张的巧笑，因为用力过度反倒像未熟的橘子，涩而硬。她又抓了两下，像在鉴赏什么宝石的硬度。然后他听见她边笑边说："我还以为你真不想要呢。"他无语。她一定要在他头上别一支标签，他也不能再拔下来扔到地上，否则就有点太不识抬举了。她接着在被子下面调戏他，手指从他那里出发一路游到上面，娴熟有序。他咬着牙想，可能每个男人到了她手里都不过是流水线上的产品，她对他们一视同仁，用相同的程序来处理每一件产品。她要求他们睡她……既然这样……他在黑暗中翻身而起，压在了她身上。

他刚把嘴唇凑到她胸前，便听见她郑重而严肃地说了一句："我知道你是个好人。"太煞风景了，他趴在那里又动不了了。然后，他又听见了更惊心动魄的话："你爱我吗？"他在黑暗中挣扎着抬起头来，想看看这个女人脸上的表情。可他无法看清楚，只看到她黑黢黢地躺在那里，庄严肃穆地躺在那里，有如一座倒塌的纪念碑。他想翻身下去，忽然间却感觉到她捧住了他的脸，她倔强得像发高烧一样又呻吟了一句："你爱我吗？"他垂下头去，睡这个女人太费事了，尽管她自己假装得那么简单，好像睡她比做世界上的任何事情都简单。他趴下去，脸贴到她的脸上，她的脸上湿漉漉的，她早已经满脸是泪了。他心里忽然就一痛，他就着这生鲜的疼痛，在她耳边说了一个

裂

字："爱。"说出来他忽然又有些后悔，预感到事情的严重性了。

　　她的脸上更湿了，眼泪正滔滔不绝却又寂静无声地在她脸上奔流。她努力装出正常的声音，却还是哽着嗓子说了一句："那你能吻我一下吗？"他在黑暗中沉默了三秒钟，然后向她的脸俯身下去。几乎是在他的嘴唇碰到她的第一个瞬间，她便像蚂蟥一样牢牢地吸住了他。她用尽全力吮吸他的嘴唇，好像她已经干渴了一万年，她太需要一点水分的滋润了，为此她几乎愿意丢掉性命。她不顾一切地吮吸着他的嘴唇、他的舌头、他的牙齿。她嘴里的酒气犹在，这让他觉得有些眩晕，有些恶心想吐。他极力坚持着，像在参加耐力比赛。她还在哗哗地流泪，像水库决堤，再也无法收回去了。

　　他只觉得自己周身被她的眼泪和唾液包裹着，他周身也变得湿漉漉了，他们两个人像一同掉进了河里，像两个即将溺死的人。他们的嘴唇终于分开了，他却已经被吸得精疲力竭，再没有多余的力气做爱。她湿答答地躺在他身边，不再摸他，却又说了一句："第一次见你时我就知道你是个好人。"

　　他觉得无端地被她加冕上这样一顶金碧辉煌的帽子有点消受不起，却又有些得意，还有些悲凉。平日里他的职业无非打打杀杀帮人追债，多少年里都没有人用"好人"两个字形容过他了，以至总让他觉得她说的并不是他，而是这黑暗中另有其人，还有第三个人横亘在他们中间做替身似的。这种纵横交错的复杂让他越发疲惫，好像忽然误闯进了时光深处的一座迷宫，一时间，他兜兜转转也找不到出口。然而，她并没有罢休的意思，他听见她哽着嗓子又说了一句更具有杀伤力的话："今晚你就不想要我吗？"

不速之客　　　　　　　　　　　　　　　　　　　　　**159** ◀

不和她睡就是看不起她。正如她所自豪的，她可是向来给人白睡的，她认为这是一种美德，起码是她与妓女的最明显的区分，她挣扎着一定要向他证明她绝不是妓女。那他就必须白睡她。她的手又伸过来，在那里抓了几下，他再次被迫坚硬，他决定成全她，他打算成全她那点可怜的骄傲，那就得睡她。

可是他再一次崩溃，他进不去。她那里干旱异常，几乎没有一滴水，他根本找不到进去的路。成人之美的欲望诱惑着他，做好人的责任感也胁迫着他，他便义不容辞，失败了再尝试，尝试再失败，周而复始，却死活找不到一点裂缝。与他的崩溃交相辉映的是她那兀自鲜艳挺拔的骄傲，她躺在那里，用略带自豪的口气重复着："我已经告诉过你了，你看是不是？我不是鸡，不是谁想睡我就能睡得了的。"她好像正在用一系列的实验来证明她伟大的科研成果和辉煌特性，结果仍然证明她说的是真理。为此她不能不自豪，甚至已经有点近于炫耀了。

他再次气馁，准备败下阵去，然而她还不肯罢休。她忽然更紧地抱住了他，死死抱着他，唯恐他跑了。她又开始流泪，又开始遍地潮湿，她就着他的耳朵呻吟："说你爱我，告诉我你爱我，这样我才能变湿。快告诉我，你爱我。叫我'宝贝''宝宝''乖乖''傻孩子''傻丫头'，快叫我啊。"她好像在一边哀求，一边身体力行地向他传授如何进去的秘籍，而他真的要当场学艺，而且是现学现卖。

他不肯说，她的泪水再次汹涌，几乎要把他淹死了。他终于哽着嗓子，如含着一块鱼骨头一样在黑暗中呻吟出一句："爱你，我爱你。"她继续鞭策他："再告诉我，多告诉我几遍，说你爱我，你是爱

裂

我的。"他机械地接受命令，像复读机一样重复她刚才的录音："爱你，爱你，爱你。"

她终于湿了。她再次捍卫了她的真理。

这次做爱中流泪的不是她，是他。

这只是一个开端。此后他们做爱必得有一个冗长的接吻来开头，简直像一把开山劈石的利斧，无往不胜；中间还必须点缀着一些夹生的不辨真假的情话。爱。喜欢。爱吗？真的爱吗？他开始的时候并不吝惜这些词语，倒不是它们不值钱，而是把它们施舍给她的时候，他多少觉得心安，甚至觉得替她高兴，好像替她丰收了一样。似乎这话一说出来便是真的了，真的有人在爱她，真的有人是因为爱她而和她做爱。

到后来，次数多了，他渐渐有些烦了。因为她每次来找他的时候都不打一个招呼就跑过来，搞得像突袭，不像要给他惊喜，倒像是存心要捉奸一样。他是她的。她给他这种暗示。因为他愿意吻她，因为他说过爱她。

有一天晚上，她忽然跑来敲门，一进门就迫不及待地告诉他，她又辞职了。她不再做陪酒女了。他知道，她是想告诉他，她为了他辞职了，她为了更贞洁、更伟岸地对待他，再次辞职了。她满脸放光，有如莲花盛开，一副已经重新做人的欣喜。他忽然就感到很厌烦，她在以这种方式向他施加压力，仿佛在告诉他，她是为他辞职的，她再一次没有了饭碗，为了他。所以，他是要向她负责的。负责，妈的。他在心里骂了一句。不错，她是给了他一些成就感，他让他在自己十恶不赦的壳子下挖掘出了另一尊自己——文物似的自己，那个自己貌似好人。这让他遥想起很多往事，在那些如烟的往事里，他确实曾是个好人。其实他从小喜欢哭，心肠并不硬，看个电影也能看哭，见个乞丐就要给钱。他忽然悟到，其实一直到现在他还是保留着这样的习惯。他正在施舍她，所以她对他感激涕零。根子里的东西真是顽固，烧不尽，砍不光。

他淡淡地说了一句："辞职了去做什么？"她偷偷看着他的脸色，低声说："还没想好，慢慢找个工作吧，正常一点的工作。"她又是一副随时要立地成佛的架势，仿佛此前她真的是身在地狱，污浊不堪。她急吼吼地要转世投胎，重新做人。于是，她投奔到他这里来了。因为，她大约觉得他爱她或者爱过她，再或者，愿意爱她。有了这点东西垫底，那她来找他就是正大光明的了。

可是他并不想无限期地收留她。因为他还不想结婚，他觉得自己不适合。就算他哪天真想结婚了，也不打算找她结婚，她只适合怜悯，不适合结婚，甚至，她都不适合做爱。这个变了形的贞洁烈妇。

但他不能告诉她她的无用。因为他深信本质上他真的还是个好人，就算他偶尔会因为业务而把欠债的人打断一条腿。

她自己跑来的次数越多，他越是厌烦，就是她躺在他身边，他也不打算去碰她，更不用说接吻。她一次又一次怯怯地像挨打的小狗一样问他："你是不是不爱我了？你是不是开始烦我了？啊？你还爱我吗？"

他忍住不去看她的目光，她的目光里有蛊，他看了便心软。他终于硬着心肠说："是的。"她不愿相信，继续像无辜的迷路的小孩子一样看他，一遍一遍地问他："你真的不爱我了吗？"他开始咆哮："是

裂

的，是的，是的。要我说一万遍吗？是的。我不爱了。"他不能告诉她，他从来就没有爱过她，他只是收留过她，怜惜过她。那怜惜是真的，那收留也是真的。

她泪如雨下，一声不吭地转身离去，步履踉跄。他喝住自己，不要追过去，追过去就永远摆脱不了这个包袱了。又过了几天，她发来短信，说有人帮她在大同找了份工作，在矿务局的办公室里打打杂，很轻松，工资也还不错。她要一个人去大同了。他回短信："多保重。"她没有再回一个字。

他以为她就此消失了，甚至有点懊悔当初应该对她再好一点。她走了，倒是把目光给他留下了。那挨了打的狗一样的目光，真是具有原子核的威力，久久辐射着他。

四

然而苏小军发现，他已经被纪米萍下蛊了。

天快黑了，他一个人走在街上，一片灯火忽然钻进了他的眼睛，天上的盛世一般。女人们穿着裙子三三两两从他身边走过，没有一个女人和他有关系，就算他现在就和她们做爱，他们还是没有关系。事实上，这世界上的每一个人都和他没有关系。他如一个气泡悬浮于他们中间，没有人能看到他。他在路边抽起一支烟，忽然就想起了那个远在大同的女人，她是不是也像他一样正被裹挟在人群中，她正在寻找下一个猎物。遇到下一个男人、下下个男人的时候，她是不是还是先把腹腔里录制好的磁带先放一遍，不厌其烦地放给每一个男人听，唯恐漏掉一个？世上的每一个男人都可能拯救她，都可能是她闪闪发光的救世主。"你想和我睡觉吗？我不是鸡，不要以为我是鸡。你能抱抱我吗？对不起，我做不了爱，你能吻吻我吗？你爱我我就会变湿。你不想要我了吗？啊？不想了吗？"

抽完一支，他又点起一支，在路边坐下，闭上眼睛开始回忆她留给他的那些目光。他突然发现，那些目光他其实一直就随身佩戴着，像一件诡异的配饰，触着他的皮肤，硌得他疼痛，却也让他欢愉。他朝夜空中慢慢吐着烟圈，把储藏着的那些女人的目光倾巢放出，由着它们像风中落花一样落在他脸上、身上。忽然，他哆嗦了一下，它们仍然带着武器的威力，每次碰到它们他都像在受刑。可是，再往这种刑罚的深处走，顺着这种疼痛的脉络再往里走，便是柳暗花明，这时候他会忽然感觉到一种欢愉——一种隐秘的、不成形的欢愉，若隐若现，但他知道那一定是一种欢愉。它因为和疼痛掺杂在一起，不可分离而显得加倍妖媚，加倍明亮，如雌雄同体。是的，他必须承认，他其实一直享受着她的目光。她越是像狗，他便越是享受，如服了辛辣无比的芥末，虽然涕泪交流，后面却是加倍的舒泰。

在她的目光中，他仿佛成了一尊天神，隐去了真身，他住在天上遥远的国度里，凌空而下，只要一个吻就能把她活活带走。虽然她也知道再接下来无非还是要跌到地面上，更加心力交瘁，却还是愿意被那个幻影带走。这么多年里他活得像一粒沙子，却不料有一天他在她这里做了回国王。

烟头烫到他的手了，他一惊。忽然为刚才的得意感到羞耻，这种羞耻再次让他觉得债台高筑，觉得是他欠了她。他掏出手机，终于给她发了条短信："在那边还好吗？"她的短信以迅雷不及掩耳的速度回了过来，以至让他疑心她像个猎人一样静静埋伏在手机那头，随时准备着捕获他的任何一点信息。她说："我每天都在等你的短信，晚上睡觉都不敢关机。"她把自己说得像个地道的应召女郎。他再一次不能不得意，这种见不得人的得意像蛇一样阴凉地从他身上心上爬过。与此同时，他又觉得欠的债更多了些，他便给她回短信："我也想你。"短信发出去，他感觉轻松了些，似乎这短信携着他的债务一起发射过去了。

让他没想到的是，第二天晚上他刚走到自己家门口就发现那里蜷缩着一个人。是纪米萍。她没和他打个招呼就自己从大同跑过来了，反正她知道他住哪儿，即使他不在，她大不了守株待兔。震惊之余他有些后悔前一天是他先撩逗了她，给了她可乘之机。她大约也觉得不请自来有些心虚，瑟瑟地从那个角落里站起来，蜗牛一样背着一只黑色的大包，垂着眼睛，不敢看他，像个知道自己犯了错误的小学生。

"你怎么跑过来了？不用上班？"他唯恐她张口又告诉他，她再次辞职了。

"这几天不忙，我就是来看看你，看看你我就走。"她重重地强调了她随后就会走，以便让他宽心。大约她心里也为自己感到羞愧，好像突然跑过来是来做贼的，都见不得人。

"怎么过来的？"

“坐火车，七个小时，慢车。”

“有座位就行。”

“站过来的。”她嘴角往下撇，带着点邀功请赏的悲壮。

“……”

他不知道下句该说什么，便开了门，让她进去。屋子里好多天没有收拾过了，她不请自来，他没有时间提前收拾，不过，就算他提前知道了，也不会为了她收拾、打扫。他努力按捺住那三个慢慢爬过的字——不值得。尽管还有更多感情压在这三个字上面，但它们照样活了下来，可见生命力之顽强。她一进屋便一惊一乍地叫了起来：“这么乱啊，你这衣服都多少天没洗了，你看看这桌子上的土多厚。”

她的声音听起来丰富得近于富丽堂皇，歌剧一般，正好掩饰她在门外的萧索。他微微一笑，由着她。她卷起袖子，开始扫地拖地，擦桌子、椅子，洗衣服，擦洗厨房。他听见她在厨房里一边刷盘子一边唱歌，好像她此时真的是个快乐的主妇，无比享受这样的忙碌和琐碎。她端着一杯茶出来，递给他的时候眼睛闪闪发光。她又在习惯性地谄媚，她在感激他所赐给她的主妇的忙碌。

她真是勤劳能干，房间迅速被打扫得窗明几净，衣服已经挂在阳台上滴着水，像一只荒唐的时钟在尖锐地嘀嗒着。已经没有什么活儿可干了，她还站在那里摩拳擦掌跃跃欲试，她大约知道他心里在感激她，只想把这感激的药力发酵得久些再久些，储存起来才好。他看着明晃晃的屋子，再次感到了一丝恐惧，忽然觉得自己此时正站在一座教堂里，而眼前这个不顾一切忙碌的女人多么像一个最虔诚的修女，一心来拜谒上帝。可他知道她真正拜谒的并不是他，他只是一个替

裂

身。其实，对她来说，哪个男人都可能是这个上帝的替身。

他不由得再次鄙视她。他听见自己说："以后不要这样不打招呼就跑过来，你好歹提前说一声。"

她低着头，完全是做错事的愧疚："你不在我也可以等你的。"

"你赶紧回去上班吧，小心又丢了工作。"

"你放心，我不会待久的，我待两天就走。我就是想过来看看你，我不放心你。"她说着又偷偷瞟了一眼他手上的伤疤。

他心想，不放心？把他当残疾人？

她住了两晚上，他们做了两次爱，仍然是那套铁打的程序。她说"抱抱我，吻吻我"，然后一遍一遍地问他："你爱我吗？爱吗？爱吗？"在得到回答之后，她便开始滔滔不绝地流泪，流泪，然后他终于被允许进去了。此时他已经精疲力竭，最多三分钟完事，简直有损他的尊严。他诧异于怎么之前会有男人想和她做爱，如她所说，每个男人见了她都想和她睡觉，如今想来大约是她的一种幻想。但她看起来并不在乎做爱做了多久，她真正满足的是他的这种疲惫和诧异。她好像在不厌其烦地向他卖弄："怎么样，我没骗你吧，我说的是真的吧，我其实就是个烈妇，别人是装烈妇，我是装鸡。懂了吗？"

第三天一大早她背着那只大包走了，没有再赖下去。他以为此事可以告一段落了，没想到，一个月后的一个黄昏，他再次在自己的门口看见了缩成一团的纪米萍。

"你怎么又来了？"他真正想说的是"你他妈的怎么又一声不吭地跑过来了"。

"我想你了，就想见你一面，见见你我就走。"

"你为什么就那么想见我？"

"因为你喜欢我爱我。"

"我已经不喜欢你了，不了不了，你能听懂吗？"

"……我能感觉到你还是爱我的。"

"真的不爱了，真的。我们结束吧好不好？你以后再不要来找我好不好？"

就在楼道里，她趴着门框开始号啕大哭，一边哭一边求饶："求求你再给我一次机会好吗？我以后来的时候一定告诉你还不行吗？……呜呜，我是真舍不得你啊，只有你对我好过。就算你不爱我了也没有关系，我只要能来看看你帮你做点事情就行了。你看看你身上的伤疤，你连洗衣服都不会，也没有什么亲人，呜呜……有时候我觉得你就像一个小孩子，你一个人怎么过啊？我就是希望你过得好一点，看到你过得好了我就放心了。"

他想说"我一个人活了这么多年也没见死掉"。可是他说不出口，他抱住这个一把鼻涕一把泪的女人，叹了口气，把她抱到了屋里。她紧紧地依偎在他怀里，生怕他把她扔下，再扔进黑暗的楼道里。

坐在桌子旁，两个人各抱一瓶红酒，红酒已经下去一半了。灯光昏暗，把两个人照得像两只古董，好像摆在这里已经有一千年了。纪米萍把腿搭在桌子上，两手抱瓶，又灌了一大口。他发现她喝酒非常功利，直奔一个目标而去，就是喝醉，至于喝什么酒，并不重要。一旦喝多她就达到目的了，然后像被催眠了一样开始哭泣，开始一股脑儿地往出倾倒，倾倒，恨不得把心肝肺全给倒出来。大约她还是体会到了其中的乐趣，正因为深谙其味，便越发贪得无厌。

裂

他说:"哎哎哎,喝慢点。事先和你说好,喝多了不要再哭行不行?你不知道一喝酒就哭有多傻。"

"我本来就是个傻瓜。"

"你确实是个傻瓜,不过我也是。你今年才多大,二十三,二十四?我又不会和你结婚,你这样缠着我有意思吗?"

"你真的烦我了吗?"

"我们已经完了,真的完了。你能以后不来找我吗?"

"不能,因为我爱你。"

"你怎么知道你爱我,你可别告诉我你就我这一个男人。"

"和其他男人都不算,我和他们都没接过吻。"

"又来了。真的,我没法和你在一起了。"

她凛然一笑:"爱你就一定要和你结婚吗?"说完又灌了一口酒,喝得猛了,又吐出来半口,挂在嘴角鲜血似的。大半瓶酒下去了,她的两只眼睛已经开始发直,木木地看着前面一团空气,好像真正和她说话的人正在那里面。

他用手指敲了敲她的脑门,说:"有时候我觉得你这里有问题。还喝?快不要喝了。你喝多了就吐,也不觉得难受?"

"难受,当然难受,最难受的时候三天不能喝一口水,喝什么吐什么。可是,越是难受才越是觉得快乐。"

"……你脑子是不是真的进水了?"

"放屁,你才进水了。你不要以为我就不是人,你一次次地骂我羞辱我,我不是听不懂,可我还是会摇尾乞怜,还是会一次次跑来找你,因为这感觉让我心里太疼了,所以我反而对它有了依赖。就像我愿意依赖着你，不管你爱我还是不爱我了，我心里都愿意依赖着你的那个影子。依赖着一个人，我心里就不那么害怕了。"

他明白了，他对她来说，根本不具有肉身。

她在对着那团空气说话，一边说一边异样地笑着，她的目光还在往上升，往上升，仿佛她整个人都要随着那缕目光飞起来了。她脸上有一种巫师的神秘，仿佛她是一炷被点着的香，她正化成一缕青烟去祭祀那庙宇中的神像。

"可我们不会有结果的。"

"我不稀罕。我从来没说过要和你结婚，只要你还让我爱你就够了。"

她的舌头已经木了，转不动了，眼泪又开始哗哗地往下流。他不得不扔掉瓶子，抱住了她。她流着泪说："你再叫我一声傻孩子好不好？我喜欢听。"他叹着气，低低地唤她："傻孩子，傻孩子。"

他知道事情不会结束的，他知道她会一直这样下去的。果然，每隔一段时间，他就会在自家门口看到不请自来的她，大大的黑色挎包、一身的火车味，简直像一棵长在他门口的怪树，被砍掉就会自己再长出来。

他越来越恐惧于看到她的到来，她彻底被她的自我意识催眠了。更重要的是，她根本不愿醒过来。大约是因为一旦醒来，她就又不得不奔赴于找下一个男人的途中，她早已经怕了，所以情愿不醒，一直不醒便也是一种自在。用她的话说，怎么活都是这几十年，耗尽了就好。可是，他无法压制这日益茂密的厌恶，他感觉自己简直是活在她的监控之下，他的每一天都得对她打开，他屋子里的每一个角落、每一个抽屉都被她收拾过、清理过。他的一切像被解剖的尸体一样，每

裂

个角落都被她一览无余。

　　她又打来电话，他不接。他下定决心不再接她的电话，他要强制结束。见他不接，她便一个接一个地往过打，连点空隙都不留。他怀疑她在那边根本就不是在上班，倒像是在专职给他打电话。他被铃声搞烦了，便使劲摁掉，这一摁向她证明了他是在电话跟前的，于是铃声越发大。无论他走到哪儿，那手机都一路唱着唱着，好像他随身携带着录音机正在放音乐一样，引得人们纷纷侧目。他调了静音，随它自己唱去。过了一个小时，他战战兢兢地往手机上一看：六十个未接电话，平均一分钟一个；还有几条短信，一模一样的短信，好像刚从模型里倒出来，还冒着新鲜的热气。"为什么不接我电话？为什么？为什么？"

　　正在这时候，第六十一个电话又打过来了，他犹豫了一下，终于接了。

　　"喂。"

　　"你为什么不接我电话，为什么为什么为什么，为什么一个电话都不肯接？"

　　接着，电话那边汹涌的哭声灌进了他的耳朵，他不得不把电话拿得远一些："你要说什么？"

　　"呜呜……呜……"

　　"你到底要说什么？"

　　"……"

　　电话那头只有断断续续的哭声和久久的沉默。他说："不说就挂了。"说完就挂了，嘀嘀几声，电话里再度荒芜、凄凉。

　　忽然又一个电话跳起来追杀过来了，他绝望地再度举起手机：

不速之客

"喂？你，到底——要——说——什么？"

"……"

"神经病。"

"……"

"你这个疯子。"

"……"

"你到底要怎么样，啊？"他的声音快哭了。

"……我想让你接我电话回我短信，哪怕就说一个字，就是一个字也好。"

"够了。"

啪的一声，他再次摁掉电话，然后抱着路边的一根电线杆大口喘气，活像个发作起来的哮喘病人。他想，搬家吧。可是一想到如果他搬走了，那个一根筋的女人三天三夜石狮子一样守在那里等他怎么办？他相信她一定能做到的，她一定能几天几夜不吃不喝地往下等。他不能搬走，他得为她留一条活路。他果真是个好人。他惊愕地看着玻璃里的自己，不能不再次得意。

五

现在，这女人又横亘在他房间里了，赶不走，打不死。

裂

天光已大亮，两个人都没有睡好，一脸疲倦，倒像赶了一晚的夜路。他决定在出门之前把酝酿了一晚上的语言组织起来，捶进她耳朵里。

"你在这里待两天，这两天我们好好在一起待着，我会好好对你。但你要答应我，这一定是最后一次了，这次你走了之后，我们就再不要见面了，好吗？"

"……"

"我真的受够你这样一次次不打招呼就跑过来了，你感觉不到你这样做是完全不尊重我？来不来都不需要经过我的同意，你觉得你来与不来只是你一个人的事情，你大约觉得与我无关。可是我受不了了。真的，求求你，饶了我吧，算我求你了。"

她不看他，只是专心致志地盯着前面一堵墙。她好像不认识这是一堵墙，呆呆地盯着看了许久。忽然她独自笑了，然后她像服了毒一样哽了哽嗓子，吐出了一个字："好。"

他赶紧准备出门，说有事要办，便急忙出门了。天黑下来的时候，他还是出现在自己家门口。他先是蹲在楼道里抽了半支烟，烟抽到一半，他掐灭了，站起来先是趴在门上听了听动静，然后才缓缓掏出钥匙。他知道她一定会在屋子里变魔法给他看，她每次都这样，一定会把他的房间翻天覆地地收拾一次，把每个角落都擦洗干净，所有的床单被罩只要是能洗的，她会全部洗一遍。她只要进了他的屋子就必须得不停地找活儿干才会感到舒泰，好像空气里悬着一只巨大的鞭子正不停地抽打她，把她抽打得如同一只陀螺。

他慢慢推开门，做了个深呼吸，好像即将从跳板上一跃钻进水里。一屋子的灯光轰隆隆向他碾轧过来，他下意识地挡了一下眼睛，好像不适应如此辉煌的明亮。然后他慢慢移开了手，一切都不出他所料，地板亮得吓人，他站在门口就像站在一汪湖边，可以清楚地看到家具落在里面粼粼的倒影，天花板上的吊灯落在里面就像水中的一轮月亮，似乎一伸手就可以捞出来。桌子上的玻璃器皿闪闪发光，像树上刚摘下来的水果，新鲜茁壮得让人流泪。可以一眼瞥见阳台上招摇的衣服，阴凉的水草一般渐渐弥漫在这房间里。没有一样是逃出他的假设的。没有一样。

可是他隐隐觉得不对，无端觉得这屋里还有更恐怖的东西等着他。他慢慢往这屋子腹地走，慢慢走到那一抔灯光下，忽然一抬头看到靠墙站着一排柜子。一排簇新陌生的柜子忽然像蘑菇一样在他屋子里长出来了。他惊愕地看着它们，看了半天他忽然明白了，是纪米萍干的。原先那只临时的柜子的门早坏了，他也懒得修理，没想到她帮他换了整个柜子。可能因为匆忙，那些刚拧进去的螺丝像骨头一样露着一截，他能想见她是怎样匆忙地买回这些木板和螺丝的，然后跪在地上像搭积木一样，一颗螺丝一颗螺丝地把它们搭起来装起来，就为了能在他回来的时候给他一个惊喜，这是临别时她送给他的礼物。

他僵着背久久站在那里，一动也动不了。这个女人，这个女人，她为什么要这么虐待他，她究竟要虐待他到什么时候啊？他的眼泪已经涌出来了，他又硬生生地把它们咽回去了。身后是纪米萍很轻很柔软的声音："吃饭吧。"这一天时间里，她不仅打扫了房间洗了衣服，还装了柜子，居然还做好了晚饭。她为什么要让自己贤良到无耻的地步，她就是愿意看着他在她面前债台高筑吧，就是想让他这辈子再也还不清她吧。他忽地转身，愤怒地、绝望地逼视着她。她不敢看他，好像刚又做过什么错事，只是低下头去，躲在自己的目光里不肯出来，仿佛那是一丛遮天蔽日的芦苇荡。他吼道："为什么要这么做？"

她悄悄抬起眼睛偷看了他一眼，又低下去了，她狡辩一般说："我看你的柜子坏了，灰尘进去了衣服就脏了，他们送过来的，不是我自己搬过来的。"

"谁让你换的？"

"……我这是最后一次来看你。我……能为你……做点什么就做点什么。我怕我走了你的衣服会脏，你自己又不会换。我只是能做点什么就做点什么……"

他的眼睛因为憋着泪水，火辣辣地痛着，他几乎跳了起来，一拳捶在了柜子上："你这次走了以后再不要来了，再不要为我做什么了，我求你了。"

"好。"她流着泪。

他必须把她赶走。他下了狠心，忽然抬起头说："我还没有告诉你，我已经有别的女人了，我真的爱上别人了，你不要再出现在这里了，她很快就会搬过来和我一起住。真的，要不要我给你看看照片？"

她静静地流泪，静静地看着他："你会和她结婚吗？"

"是的。"

"你和她在一起很快乐？"

"是的。"

"你们认识多久了？"

"一个月前开始的，我还没有来得及告诉你。"

"……我不信。"

"我现在就可以打电话把她叫来。"

他开始往出掏手机。她呆呆站着，张着嘴，翕动了几下，忽然就向着房间里的那张桌子冲过去。她抓起桌子上的杯子、盘子、花瓶，抓起什么算什么，通通向他砸去。他不动。她又冲到电脑前面，把显示屏推到地上，抓起键盘和鼠标向他砸去。他还是不动。她佝偻着背站在地上大口喘气，慢慢蹲在地上。两个人就这样一个站着一个蹲着僵持了十几分钟，她忽然好像从一个很深的梦里醒过来了，她慢慢用膝盖爬到了他脚下，忽然就抱住他的腿号啕大哭起来。她一边哭一边使劲揉着他的手，她俯下身抓起他的一只脚，用嘴亲吻着他的脚，她嘴里不停地说："对不起对不起，我是不是把你砸疼了，你这里还疼吗？我给你去拿药好不好？对不起对不起，对不起……"

他说不出一个字。

她抱着他的腿仰起一张湿漉漉的脸来，她一边流泪一边笑了，她说："爱一个人就是怕他受苦吧？我只是想照顾你，只是怕你过得不好，现在有人替我照顾你了，我应该高兴才是。我一直都想着，等你要和别人结婚的时候我就会消失的，到时候你就不需要我为你洗衣服为你打扫房间了。我真的替你高兴，你相信吗？我知道我不是什么好东西，我十八岁就和男人上床就堕胎，我知道我是贱货，我不过就是个傻子。可是在你这里我做了一回好女人，我要谢谢你。其实我要的真的不是结婚，只是想做回好女人。谢谢你。谢谢。"

他仰起脸，泪如雨下。

第二天早晨他又早早出门，直到晚上才回到家中。他慢慢推开那扇门，却不敢往前迈一步。里面是黑的，一种巨大的、彻底的黑暗。他走进了那黑暗里，只觉得自己像一只被封在黑暗里的虫子，无法辨认方向，也不知道该去哪里。过了很久，他终于摸到了一面墙，打开了那墙上的开关。骤然亮起的灯光空旷荒凉，屋子显得格外地大，简直比平日里大出了十倍。他觉得自己正踽踽独行在一片荒野上。她不在了，连同她那只黑色的挎包也不在了。不仅如此，她平时放在这里的所有小东西连同她买的那盆仙人头都全部消失了，消失得一干二净，好像它们从来没有出现过。

他久久地站在那张电脑桌前，桌子上的电脑是簇新的，键盘和鼠标也都是簇新的。她在走之前为他换的。他的手指从那冰凉的键盘上滑过，忽然想起了她的那个动作——几个指头不停地敲打，不停地敲打，就像在敲打一架虚拟中的钢琴。

他想，她也许还会再来的。她是一个病人，她患有依赖症，也许她还会再来找他的。他甚至暗暗期待着哪天忽然又在昏暗的楼道里看到蜷缩成一团的她。可是，没有。一个月过去了，两个月过去了，四个月过去了。她没有再来，他再没有见过她。

他晚上开始了严重的失眠，只要睡着了，十个梦里有九个都是她，她鲜血淋漓、满脸是泪地站在他面前。他惊奇地发现，当她彻底从他生活中消失了之后，他却真正开始思念她了。他躺在黑暗中，想着关于她的一切，她的所有往昔如黑白照片一样在这黑暗的房间里冲洗出来，一张一张地挂在他面前。一张一张飞快地过去了，它们连在了一起，于是变成了一部她的电影。他是黑暗中那唯一的观众。他一边看一边流泪。

不速之客

他一次又一次地拿起电话想再次和她联系，却忽然又一阵恐惧，他恐惧于她如果再一次一次不请自来，他又该怎么办。他还是会把她赶走，除非他再没有把她赶走的能力。

　　半年过去了，她杳无音讯，再没有出现在他的门口。一次他正走在街上，忽然看到前面走着一男一女：男人年龄很大了，大腹便便；女人二十多岁的样子，背影极像她。他呼吸紧促，果然，果然不出他所料，她离开他之后只能再去寻找下一个男人、再下一个男人，乞求那些男人，乞求他们让她好好爱他们，让她做一个好女人。他不顾一切地冲上去，却发现那是个陌生女人，不是她。胖男人带着年轻女人走远了，他却再没了走一步路的力气，他坐在马路边上大汗淋漓，好像刚刚从一场噩梦中挣扎出来，心有余悸。

　　八个月过去了。这个晚上，他刚走进一条寂静的巷子里，就听到背后有脚步声跟了上来。他刚要回头，一只钢杵已经砸到他头上。他明白是怎么回事了：报应来了。平日里为人追债，他就是这样打别人的，拿着钢杵或铁棍朝着别人的头上腿上砸下去。现在，别人来复仇了。这一天是他早就想到的，心里竟没有太多的惊异，只觉得头部剧痛，两眼模糊，大约是血，连那两个人的脸都无法看清。两个人开始拿钢杵砸他的腿，就像他曾经做过的那样，不止一次把别人的腿打断。

　　开始是剧痛，他撕心裂肺地叫着，可是那两个人并不罢休，他们一声不吭地打他这条腿，看样子一定要把它砸断为止。疼痛一阵一阵地袭击着他，他感觉到浑身在冒冷汗，心脏开始抽搐，然而他们还在继续，他听到了骨头断裂的声音，这钢牙铁齿般的疼痛啃噬

　　　　　　　　　　　　　　　　　　　　　　　裂

着他，一阵比一阵剧烈。忽然，就在这四面八方的疼痛里，他再次感到了那种奇异的却熟悉的快乐，他不知道在哪里见过它，肯定见过。这缕快乐在一片狰狞的、坚硬的疼痛中如一曲圣歌上升，安详、宁静。他觉得自己的灵魂正跟着它上扬，上扬，甚至都能看到自己那具正在受苦受难的肉身了。肉身上的疼痛还在加剧，他感到了，那疼痛越是剧烈，那快乐便越是清晰，像一只母亲的手正从他的额头上、鼻子上拂过。痛到极致便是快乐。这点快乐忽然抵消了他此时的所有疼痛，也抵消了他淤积在心底的所有疼痛。他简直要上瘾了，他从没有这样痛快过，从没有这样感到过快乐。他是该被惩罚的，他是个恶人，是他赶走了她。多一点，惩罚再多一点吧。他鲜血淋漓地哈哈大笑着，一边笑一边大叫："打啊，你们再打啊，你们快打啊。"

一条腿终于被打折了。两个打手弃他而去。他就在一片血泊里躺着，不能再动弹，意识也是断断续续的。他时而觉得自己醒了，时而又沉沉昏睡过去。在睡过去的一瞬间，他看到眼前站着一个人，是纪米萍。他对她说："你终于来了。"她说："是的，我来看你了。"

不知过了多久，一辆上夜班的出租车在他身边停了下来，看了看他的情况，连忙打电话叫了救护车。他清楚地记得，当有人要把他抬上担架的时候，他用尽全身力气说的一句话是："不要管我，是我愿意的。"

六

　　一条腿终究没有保住，截肢之后他坐上了轮椅。

　　坐到轮椅上的第一天，他做的第一件事就是给她发了条短信，就像急着向她报告什么喜事一样。他说："我成了一个残疾人，需要一个人照顾我。我现在过得不好，你不能放心。"

　　他出了院，回到自己家里，一天天地等着敲门声响起。一天两天过去了，十天过去了。他开始想，也许她已经换电话了，也许她根本没有收到这条短信。还也许，她已经死了，再无法看到他的短信了。

　　第十一天的晚上，他正一个人坐在轮椅上发呆，忽然听到那扇门上传来三声敲门声——不多不少的三声，羞涩的、笃定的三声。

　　他差点忘记了自己的腿，一跃便从轮椅上跳了下来，才发现自己无法走到那扇门前。他匍匐着一点一点爬到了门口，探身把一只手放在门把上。这时，外面又传来了三声敲门声，门外的人在告诉他，她等急了。如果再不开门，两秒钟之内她还会第三次敲门，也是一模一样的三声敲门声。一共九声。

　　他的手哆嗦着开始往下旋转。他的脸紧紧贴在那扇门上，他发现，不知什么时候他早已是一脸的泪水。

裂

异香

●
.
.

一起睡过一起吃过，就是一起出生入死过，也不够，还是不够。她默默地转过身去，闭上了眼睛，装作睡着了。张楚河也不再说话，只从身后很轻地抱住了她。她没有动，也没有睁开眼睛，只是把身体蜷曲起来，蜷得像远古时代海底的一种软体动物。张楚河抱着她也不动，像一只附在她身体上的壳，附在她身上，却也只是附着，没有血液，也没有神经。

一

　　黄昏的山林里飘过一缕诡谲的异香，细若游丝。

　　就那么一缕，可是，很邪，邪到了锋利；很细，很轻，像一页薄薄的宣纸，一放进水里就自己先化掉了，连点骨架都没有。这香味像是从两扇花纹繁复古旧、腐朽颓败的木门后面散发出来的。那两扇门紧紧闭着，寂静像野草一样凄艳茂密地包裹着这两扇门，却令人无从猜测这门后面究竟是什么，这异香究竟是从哪里来的。

　　这么妖冶、陌生的香味，妩媚得过了，已经近于可怖。

　　这异香从树梢间擦过的一瞬间，像一只苍白、冰凉、诡异的手，只用寒香的指尖拂过树梢，叶子乘坐一天中最后的光线，旋转着往下落去，落去。

　　这叶子触到卫瑜的皮肤时，她顿时觉得这点碰撞像根针一样直直往她身体深处扎去。她下意识地抱住肩，打了个寒战。

　　黄昏迟钝混浊的光线从树叶中间筛下来，大大小小地向她身上砸

裂

去。她抬起头，从树叶的缝隙间看了看天色，她不知道这山有多高，但知道今晚是一定到不了山顶了，太阳马上就要落山，这山路恐怕也赶不得。没想到，这刚开发出的山这么荒凉，山里全是原始森林，一路上竟连个人影都看不见。越走，山林越深，树木越茂密，叶子肥大得像长了一树的手掌。一星半点的野杜鹃突然跳出来，猩得像血。更令她感到恐惧的是，不知道从什么地方突然飘来一缕一缕妖冶的香味，断断续续的，像从陌生的世界飘过来的一支音乐。她无端地觉得这异香的尽头一定系着什么神秘的东西。

这么妖冶的香味，不像是人间的，她不想撞见。

迟疑了几秒钟，卫瑜决定返下山去，显然她一开始就估计错了，虽然已经赶了一段山路，但距离山顶还是很遥远，今晚到山顶都不知道是什么时候了，还是在天黑之前到山脚住宿，明天再上山顶吧。石阶仍然新鲜粗糙，可见素日里来这座山的人还是很少。她开始往回返，往下走了没几步，忽然看到前面的石阶上晃着个人影。她吓了一大跳，在这寂静得不见人影的山里，忽然看到一个人竟比见了任何动物还吃惊，那人简直是天外来物。

她渐渐看清楚了，果然是个人。是个男人，还是个年轻的男人。

那个男人像只蜗牛一样，背着一只巨大的黑色旅行包，正顺着石阶一步一步地往上走。他走得很慢，边走边有些犹疑地看着周围。见是一个同类，卫瑜放下心来，干脆站在那级台阶上不再动，饶有兴趣地看着这个男人的犹疑。仿佛就是一瞬间，她把自己刚才那点恐惧全转嫁到这个男人身上了。现在，她自己成了观众。隔着几个台阶，她看着他，就像看着他为她垫了底，心里竟也有些见不得人的得意。

他离她越来越近了。她甚至闻到了他身上散发出的男人才会有的气息。这气息像动物的皮毛一样蹭着她，潮湿却温暖，几乎把她的眼泪逼出来了。她竟然在这深山老林里见到了一个人，还是一个男人。原来，人的气味竟是这样温暖。那个男人只顾着看脚下的石阶，还捎带着紧张地观察周围，不提防前面还站着个人。都走到人家跟前了，他还是看着山路，突然就看到前面有一双脚。他简直是大骇，脚下已经乱了方寸，倒退了两步才把重心稳住，不致摔到山下去。

那个男人刚才的一系列表情都巨细无遗地收进卫瑜眼里去了，像深夜里的两只船好不容易碰上了，一个在这只船上瞥见对面船上的灯火时，便疑心那一定是狐妖所化，断不会是同类，又怕这船真的与自己擦肩而过了，自己前面会是更渺茫的孤单，心里更是恐慌。她突然发现，因为这男人刚才脸上的表情太过真实了，看起来反而更戏剧性。原来，真实得过了，倒仿佛成了舞台上的表演。在她津津有味地观察着这个男人的时候，他已经像火中取栗一般从恐惧中快速拣出一个判断——是遇到同类了。他摇摇欲坠地掩饰着刚才的惊恐，迅速整理了一下脸上的表情，然后，一手掩饰性地叉在腰上，仰着脸，眯着眼看着卫瑜。卫瑜抿着嘴，不敢笑。

那男人明显是佯装出来的轻松，半生不熟的："喂，你是人吗？"

卫瑜使劲咬着嘴唇，忍着笑："你才不是人。"

"你是不是这山上的山妖？一个女人在这深山里转悠，你不害怕？"

"你才是山妖。"

"那让我摸摸你的手，看有没有热气，要是凉的，就说明你不是人。你敢吗？"

"我不是人，我在这儿找食物呢，我今晚就吃了你。"

那男人先撑不住了，笑着作了个揖："山妖姑奶奶，饶了我吧，我家中还有老娘等我回去，你要吃了我她就饿死了。"

卫瑜也笑，她知道，通了。他们像两只昆虫把触角碰在一起，接上头了。

她在路边的石头上坐了下来，把刚才全身绷起的神经都松开了。那些神经紧张多时，现在一条条都疲惫得爬不起来了。那个男人已经走到了她面前。她低着头，先是看到了一双昂贵的登山鞋，然后，再一点点往上挪去，最后看到的是一张似笑非笑的脸。凡是有这种脸的男人，多数是因为一双眼睛在作怪——看上去多少有些坏的眼睛。

这次是男人站着，俯视着她："你不要告诉我你是专门跑到这林子里来爬山的。"

"这山又不是你家的，你爬得，别人就爬不得？"

"这是女人爬的山？"

"女人爬的山都贴着标签吗？"

"你背这么点东西就敢来爬山？"

"谁像你一样把房子背过来？"

"姑奶奶，你都不背帐篷晚上睡哪儿？不怕野兽吃了你？"

"我到山下找人家去。"

"方圆十里你看得到人家？你胆子也太大了，没人管你？你老公呢？没老公，那你男朋友呢？都不管你？就放任自流，让你一个人跑到这深山老林里？"

"你不也一个人跑进来了吗？"

"你能和我比吗？我是经常登山露营的，经常住到山上。"

"那你刚才还那么害怕做什么，好像我会吃了你？"

"你突然跳出来，还是个女人，我能不害怕吗？总得搞清楚你是人是妖吧。"

"我走得好好的，明明是你突然跳出来的。现在搞清楚我是人了？"

"还没让我摸你的手，试试？"

话从男人嘴里生鲜地滚落出来，却也只限于嘴上那寸地盘。他的手根本没有要动的意思，只随便往身上一插，便无精打采地在卫瑜对面坐了下来。他背靠自己的大旅行包，就像靠着一座小型的房子。卫瑜看得出，他正试图把身体里那些蜷伏的疲倦和恐惧一点一点熨平，他自己不也毛骨悚然、几欲先走吗？装什么装？

山上的光线越来越暗，透明的夜色像突然在这山林里长出的植物，刹那间已经长得漫山遍野。两个人被包裹在一团小小的暖湿的空气里，像一只透明的粽子把他们和周围的夜色隔开了。两个人的恐惧撞击到一起时，竟像两把铁器撞出了火光，却可以拿来取取暖。其实只是两个人，他们却横着坐在路边，如水母一般把手和脚都伸展开了。两个人都有些懒得动，似乎整座山都成了他们俩的，不过两个人跋扈地坐在这山上，竟像铺天盖地满山是人一般，管它天黑不黑。

可能是身体里的褶子被熨得差不多了，那个男人体内又长出了说话的力气，他接着把刚才的话温了一遍，就像饭吃了一半，凉了，得回锅热一热。他又问一遍："丫头，你跑这深山老林里干什么？"

"玩。这又不是你家的自留地，你管得着我吗？"

"丫头，这可都是原始森林，有黑熊有毒蛇的，你觉得好玩吗？"

"那你跑来干什么？你比别人多了个脑袋不成？"

"我这纯属个人爱好，一段时间不爬山我就浑身难受。每年我都要爬几座山的，一走就是一两个月。你能和我比吗？"

"我闲得发慌，出来散散心还不成？"

"你就不能挑个正经地方去散心？起码也叫个男人陪着。这湘西的山里妖气最重，我一个男人都走得心惊胆战的，你胆子也太大了。怎么就没找个男人陪你来？不会连一个男人都没有吧？"

"我混得不好，就是没男人。那你怎么也是一个人来？"

"我每次出来都是一个人，早习惯了。你才多少道行？修炼到我这步没有个十年八年是不行的。"

"你怎么不带个女人陪着你？不会混得连个女人都没有吧？"

"女人多了和没有一样。再说了，女人都是中看不中用，能把她们拉到山上来用？"

"女人多了和没有一样？你有很多女人？是女朋友还是别的什么？"

"呵呵，自个儿琢磨去吧，多了和没有一样。"

"不和你说了，我得下山了，要不今晚我真没地方住了。"

"快拉倒吧，天已经黑了，天一黑，野兽和妖怪就都出来了，就在路上等着你呢。你要敢，就试试。"

"那我睡哪儿？"

"在这座山上，你就暂时跟着我混吧，有我睡的就有你睡的。刚才我拿望远镜已经看到前面有座废弃的木屋，估计早没人住了，今晚咱们就住那儿去。"

"你负责我今晚的住宿？"

"我又不会吃了你，这么瘦的，吃也没意思。"

"你去死吧。"

两个人为彼此壮了胆，重新背起包，跌跌撞撞地赶路。夜色开始慢慢混浊起来，周围的一切轮廓在渐渐变厚变硬，如铁画银钩。白天里太阳烘焙过的植物的清香现在一下发酵了，浓得像棉花一样堵着人的鼻子。这样的香味使植物突然有了荤腥的肉感。那缕诡谲的异香像一条柔软却锋利的芯子穿梭在这片植物的气息里，令人摸不到，它从面前拂过时，却有类似于蛇尾扫在皮肤上的阴森。她有些害怕，紧走两步，跟上那个男人。

那个男人头也没回，却像是把她那几步疾走的脚步声全捏在手里了。她看不到他的表情，只听见他说："害怕了吧？我叫张楚河。"她想，这人怎么一点逻辑都没有，自己又没问他叫什么，便说："你爸爸是不是喜欢下象棋，给你起的名字都是楚河？"他不回头，却笑："告你个名字你就真信啊。"她一愣，然后冷笑："你叫什么关我什么事？你告诉我你叫阿狗，我就叫你阿狗；你说你叫阿猫，我就叫你阿猫，不过就一符号，你还那么敝帚自珍的。"张楚河呵呵笑着："丫头自尊心还挺强，你看我都不敢问你芳名，将就着叫你'丫头'吧，你可别生气。"

卫瑜想，看似嬉皮笑脸，实则拒人于千里之外。连个名字都不问，那就是说这男人也不过把她当个路人甲。路人嘛，有来，就有去，去了就当从来没有出现过。过后想起她的时候，可能连脸都是被蒸成一团的馒头，不辨眉目的。他像是怕他们之间要发生点什么，可不，这样的林子里，在这样与世隔绝的孤单里太容易发生点什么了，

裂

就是榨也能榨出点什么来。所以，他从根子上就要早早截住，不给它一点点水分存活？卫瑜想着，嘴上还是留着刚才的一点笑容，嘴唇却是干的，像是被风干了贴在那里，牙齿粘在上嘴唇上，下不来。她在心里冷笑着：你有三头六臂还是怎么着？生怕被别人惦记上了。

　　两个人终于走到那间木屋前了。这是座破败的吊脚楼，木门木窗都散发着腐朽的木质的清香。从那扇门里看进去，是一团坚固得不留任何缝隙的黑，那团完整的黑，似乎伸手就能掰下一块。卫瑜倒吸了一口凉气，张楚河放下背上的包，从包里翻出一只应急灯。一束雪亮的灯光拿在手里，像是拿着一件兵器一样壮了胆。两个人跟在这灯光后面向里面看去，灯光像尖利的牙齿把那团黑暗咬开了一角，其实里面什么也没有，连只老鼠之类的动物都没住着，单单就是一团黑横在里面。两个人跟在这灯光后面踏进了木屋，像坐在一截火车上突然驶进了陌生的异地空间，时空都错乱了。

　　很快，应急灯的灯光变钝了，有些暗淡，把一团毛茸茸的橘黄色投到地上，就像这点光在那里结出了果实。两个人坐在这团果实里，像两只小动物分食这点不多的灯光。张楚河一边埋头在包里找东西一边说："明晚必须得找个人家住，应急灯和手机都得充电。"张楚河正好坐在灯光的芯子里找东西，卫瑜则坐在边上，就好像他正在舞台的那束追光灯里，她乐得做个观众再仔细观察一下这个男人。刚才遇到他时彼此只顾了提防，连看都没看清，她只是知道遇到的是个男人。

　　张楚河一张瘦长的脸，五官没有什么特征，总体来说是一张平庸的脸，除了看人的目光多少有点邪气，那目光戏谑下藏着一种很深的坚硬，像是水底的河床一样嶙峋。他的骨架瘦小，看上去也不能给人多少安全感。但他身上有一种很奇怪的质感，那就是，他有一种几乎没有破绽的自来旧。手和脚自然是他的，关键是他全身上下的名牌——价格昂贵的旅行包和包里那些专业的设备，虽然没有盖戳，但看上去就是他的。这些东西没有刚打造出的粗鄙的新鲜，相反，一切都是旧的，旧得像黑白底片，泛着毛边，却一望而知是贴身的东西，像一层皮肤，下面连着他的血液。

这时，卫瑜已经初步断定，这应该是个有钱有闲的男人，从年龄和他这种闲云野鹤的游玩方式来判断，应该不是日理万机的成功人士，他有大把的时间可以挥霍。不像她自己，一年出门两次都是靠加班多了攒下的轮休。那他有可能是个"富二代"，寄生在一个有钱的父亲身上？第一轮演算下来，虽坐在原地未动，她却感觉离这男人又近了些，看着他虽不像看着自家的东西，却是伸手可以摸到局部了。

她暗想，在这深山老林里遇到一个"富二代"？莫非这就是传说中的艳遇？自己这么多年走南闯北，一直等着在火车上、飞机上能有个把次艳遇，结果坐在旁边座位上的不是一脸凶悍的女人就是老眼昏花的老头儿。今天，这艳遇倒像自己长了脚一般走过来了。怪不得她突然就心血来潮决定来这湘西的山里玩呢，她每年要外出旅游两次，这也不是第一次出门了，这次怎么就单挑了这座山？原来是天公撮合。孤男寡女在一起待上几天，要是不碰撞出点东西来，那就是两个人都有病。她有些暗暗地得意，但同时她又发现，她在为这点得意感到可耻。

想到这里，她趁着张楚河没抬起头，忙调整了一下表情，免得他觉得她有蜘蛛布网等猎物的嫌疑。她垂下睫毛看自己的脚。自己穿的

裂

是一双极普通的运动鞋，与张楚河脚上的专业登山鞋往一起一放，简直是连她的人都被打回了原形。她下意识地往后缩了缩脚。这时候张楚河把头从包上抬了起来，就像那头是从包里长出来的。他看着她迟疑了两秒钟，说话了："丫头，和你商量个事吧，以后几天咱俩就一起行动吧，彼此有个照应，我们这几天里的费用ＡＡ制好不好？"

卫瑜心里先是一凉，继而是冷笑，在他刚才那迟疑的一两秒钟里，她就已经猜到他要说什么了，一定是和钱有关的。陌生人之间就这点好，难以启齿的话说出口就像脱件外套一样容易，反正也没什么不好意思的。她还没说什么呢，他一个男人家先把钱的问题赤裸裸地摆出来了。用着这么昂贵的登山设备和一个女人谈ＡＡ制，生怕她占了他一点便宜，真是越阔越小气。不过，不小气怎能阔得了呢？越阔的人越怕别人是冲着他的阔来的，恨不得身上拴上一只警犬，日夜看护着他和他的钱，一有生人走近便狂吠不止。这时候她突然明白怪不得他连她的名字都不问。他防着她，他从一开始就防着她。他怕她对他有企图。

可是这时候令她周身发冷的是，她对他真的有那么一点兴趣，而这点兴趣的源头正是他身上的那点阔，或者说，貌似阔。

她想起了那个笑话：下雨了，一个穷人往富人的伞下凑，想避避雨，结果，沿着伞流下来的雨水全灌进了他的脖子里。

她对自己笑，笑和唇都是凉的。

她坐在越发昏暗的灯光边缘，像坐在一团腐烂的花丛里，面无表情地对他说："好啊。"张楚河根本看不清她埋在暗处的脸，却仪式性地冲着她一笑，以示歉意。他的笑容和他的眼睛一样，埋在下面的全是波澜起伏的坚硬。他从包里取出踌躇了半天的食物：一包压缩饼干和一根火腿肠。他先象征性地问了一句："你包里有吃的没？要是没有就分你一点。"卫瑜心想，要吃你一点东西还不得付你钱？她理都没理他，吃了一点从自己包里拿出来的干粮。两个人似乎谁也不忍心看谁，都像是在暗中偷着吃一般，仓促地、狼狈地很快就吃完了。

最后一点灯光越发地黄而脆，这深山老林的木屋里带着一点莫名的阴气，似乎灯光正被这阴气吸去，越来越少，越来越稀薄。张楚河边铺睡袋边说："丫头，你只有两种选择：要么睡在这又脏又冷的地上，要不就和我挤进一只睡袋，咱俩将就一个晚上。因为你没有睡袋，我也只有一只。"卫瑜想，他连块饼干都舍不得送给她吃，现在却舍得把一半睡袋让给她？如果她是个男人，他未必会这么做吧，在这深山老林的深夜里还想抱着个免费的女人睡？他是不是甚至会想，要能做爱那就更好了。这算盘打的。她心里一针一线地想着，针针见血，嘴上却说："我哪敢和你一起睡？我还是睡外面吧。再说了，我要是睡你半只睡袋，不是还得付你一宿的租金？"张楚河呵呵笑："我又没说我要做什么。你放心，这深山老林的，说不准半夜来只黑熊，你就是想做什么，我还没那心思呢。你要是想睡外面，我可先说好，半夜你要是被黑熊叼走了，我不负责救你。至于这半只睡袋的租金就免了，人道主义嘛，呵呵。"

张楚河舒舒服服地钻进了睡袋，卫瑜一个人在门口枯坐着。虽是夏天，这山里的晚上与山外好比两个季节，加之身上衣裳单薄，坐了一刻竟全身瑟瑟发抖，心中便埋怨要不是遇上了这男人，自己早在山

裂

下找到住处了。真是的，为什么要跟着他来这儿过夜，就为了一场即将发生的艳遇？真是偷鸡不成反蚀一把米。

卫瑜枯坐着，正疑心这男人是不是已经没心没肺地睡着了，他却在一团漆黑中开口说话了，因为太黑，她辨不清他的脸在哪儿，似乎这声音很独立地就自己跑过来了。他说："哎，你听说过湘西的赶尸匠没有？这是一种专门的职业，做赶尸匠的人得具备三个条件：一是胆子大，二是身体好，三是长得要丑。以前的湖南人要是客死他乡，就得有人把他的尸体赶回来，不然据说死者会死不瞑目。赶尸匠在尸体头上戴顶草帽，在后面赶着走，你说奇怪不奇怪，不知用的是什么神秘的办法就真赶回去了。他们白天休息，都是赶夜路，这种伸手不见五指的深夜就是他们赶路的最佳时候。他们不走人多的地方，专走深山峡谷，就是为了不遇到活人。说不好这林子里现在就有赶尸匠正赶着尸体走路呢，说不好这屋子就是他们休息的地方，要不怎么在这地方会有座屋子？"

卫瑜听得毛发倒竖，连忙大声喊了一句："讨厌。"这男人的声音呵呵地绕着过来了："我说，你还是进来睡吧，难不成你还真要在那儿坐一宿？地上那么潮你怎么睡？晚上山风很大，会着凉的。"卫瑜想了几秒钟，觉得这样僵持着终究是自己不上算，一个晚上毕竟长着呢，怎么熬过去？她已经困得快撑不住了。她还是趁早踩着这台阶下吧，不过他要是打算做点什么别的，那是休想。空手套白狼？她冷笑，她没那么多便宜给他占。

二

卫瑜终究还是钻进了睡袋。多了个人一下就把睡袋填满了。两个
人肩膀顶着肩膀地往那儿一躺，才发现实在嫌挤了一点。一身的骨头
恨不得都拆开了重组一下。两个陌生人被迫部分叠在了一起，简直是
骨肉相嵌，连点余地都没有。对方身上的温度直直就渗进自己身体里
了，只觉得一大片空洞的嗡嗡作响的燥热，像有几只轰炸机在头顶盘
旋一样，却搞不清那燥热是对方的还是自己的。沉默了一会儿，张
楚河先开口了，他说："我想出一个节省空间的办法，但你不要觉得
我是图谋不轨，我现在真的还没开始图谋不轨呢。"说着他腾出一只
胳膊弯成一个环，顺势把卫瑜套了上去。他笑："怎么样，严丝合缝
吧？"卫瑜想，倘若还挣扎一下以示节烈或清纯也没什么意思，装也
得讲究个时间地点吧，还是务实一点把觉睡好要紧。

张楚河不是很紧地抱着她，只是若有若无地抱着，就好像他真
的一点企图都没有，单单就是为了节省出一点地盘来睡觉。想到这
儿她不免又有点淡淡的气愤。无视她是个女人？可是，她不是被他
哄进来的吗？他给她讲湘西的赶尸匠吓她，软硬兼施地把她哄进来
了，现在还装作若无其事。那她就要更若无其事。她一动不动，装
作睡着了。

夜有点深了，果然起山风了，呜咽着从树梢间掠过去，像有很多
孩子在其间哭泣着。她忍不住往那个男人的身体上靠了靠。她必须承
认，现在，就这个瞬间，这个世界上仿佛就剩下他们俩了。他身体的

温度是真的，她的也是真的。现在，他的这点温度硌着她，又温暖着她，像一根鱼刺长进了她的身体里，无论她怎样难受，那都是剔不出去的。她是一尾鱼，鱼刺就长在她身体里，周围是一种彻骨的坚硬的黑暗，那只睡袋裹着他们就像黑暗中生长出的一团琥珀，他和她都动不得。也许，他和她都情愿动不得。

　　就这样一直硌到了半夜，卫瑜还是没睡着，听着耳边不是很均匀的呼吸声，她知道这男人也没睡着。两人像两只饺子一样被放在没放油的锅里煎。她想，这样的夜里是不是真应该发生点什么。不行，要是这么容易就真的发生点什么，那仅有的一点可能就已经被拦腰折断了。其实折断也没什么，但总比没折断的好吧，起码还有可能像生米一样摆在那里，说不定哪天就被煮成熟饭了，留着以备后用。再说，他虽然抱着她，却也没给她任何暗示，就好像她不是个女人，只是个人。这简直是伤害她的自尊。一阵山风呼呼地吹进门里，这男人下意识地一侧身，顿时她整个人都被他搂进怀里了。

　　温存得像个陷阱，但她不能落进去。

　　他落在她胳膊上的那根手指像一条濡湿的虫子一样微微动了动，她屏息等待着，脑子里紧张地和自己商量着对策。可是那根手指只是动了动便像只蜡烛一样悄悄熄灭了。她心中竟对他有些暗暗的不满。真这么忍得住？但同时，一种更深的喜悦像虫子一样从她心里悄悄爬了出来，细细地啃着她。她知道这是一个还算不错的开端，他的稳妥正说明他没有把她当成一夜情的伙伴。这一夜足以为这一周的旅行垫底。她放心地靠着他，就像真睡着了。

　　早晨呼吸着山林里的空气就像刚洗了个澡，两个人背起各自的

异香

包，又把前一天才开头的路重新拾了起来。虽然两人没做什么，但抱着睡了一个晚上毕竟没有白睡。早晨并肩走在一起的时候，俩人已经感觉不像前一天那样隔着堵墙，现在是隔了层纸，再捅捅也就破了。卫瑜暂时忘掉了前一天晚上他不肯分她饼干的不快，一个人要是真想骗自己，那还不容易？怎么都能骗得了。他们之间像是真的要发生点什么了。她想，都说旅行是艳遇的最佳方式，果然不假，连在这深山老林里都能发生。

两个人才走了没几步，突然身后一只手伸过来抓住了卫瑜的包。卫瑜吓一大跳，回头一看，不知什么时候，一个头发花白的老女人已经站到他们身后了，很瘦很小，背深深驼着，穿着一件看起来辨不出年代的碎花衬衣、黑裤子、一双已经破了洞的白球鞋。这时候，卫瑜突然全身紧张起来，因为她发现，老女人身上正隐隐约约地散发着一种香味，而这香味和她前一天黄昏时闻到的那缕异香一模一样。

这异香莫非就是这女人身上散发出来的？可是，她前一天在哪儿？莫非她一直跟着她？她简直不寒而栗。

老女人却只是拽着卫瑜的包，说："我给你们背包吧。我是专门给游客背包的，两个包十五块钱，一直给你们背到山顶。我家就住在山顶，你们上去了，晚上可以住我家。来吧，包给我吧，这山高着哩，这路我再熟没有的，要到下午才爬得上去，给我吧。"

卫瑜简直不相信自己的耳朵，这么大年纪的女人来给他们两个青壮年背包？她说："大姐……阿姨，您多大年纪了？"老女人说："今年六十一了。"卫瑜和张楚河对视了一下，以示惊讶，她说："您这不是开玩笑吗，您比我妈还大，我们好意思让您给我们背包？"老女人

裂

说："不是白背的，收十五块钱呢。"卫瑜说："阿姨，这么远的山路背两个包您收十五块钱，我们就好意思让您背吗？"她没有注意到，自打这天早晨起，她已经开始张口"我们"闭口"我们"了，就像他们俩已经认识了十年八年，俨然一对情侣摆在这里给人看。

老女人说："你们不知道，靠山吃山，靠水吃水，我吃的就是这碗饭，你们让我背包就是赏我饭吃，就是照顾我了。"嘴里说着，那只手还一直搭在卫瑜包的带子上不放。卫瑜顿时觉得口干舌燥："阿姨，真不行，我们哪好意思啊，您这么大年龄了。"老女人两只手都伸过来了："没事没事，我就是在这座山里长大的，嫁也嫁到这山里，打小爬山，和你们城里来的不一样，这山就像我自家的，一天爬两个来回也没有关系。你们放心，一定能给你们背上去，不会白收你们的钱的。"卫瑜也急了："可是，可是，阿姨，真的不好意思啊。"她看那男人，那男人看着她摊摊手，表示没有办法。

磨蹭了半天，卫瑜一直看着这老女人，见她也没有什么异样，只是她身上不知什么地方散发着那种奇怪的香味，总不会是天生就带着这异香吧，像长着麝香似的？她看老女人执意不肯放手，又想了想，便说："这么着吧，我的这个包里没多少东西，挺轻的，您就帮我背这个包吧，他那个太重，他自己背着。"老女人千恩万谢的样子，说："行，真谢谢你了，那你就给我十块钱。我给你们带路吧。"三个人开始爬山，老女人走在最前面，她走起路来竟然没有一点声音，刚才不知道她跟在他们后面都跟多久了，他们竟一点都没听到她的脚步声。

现在，两个人跟在她后面。卫瑜和老女人搭讪着："阿姨，家里几个人？"老女人说："三个：我，我老伴，我儿子。"卫瑜说："您有老伴有儿子的，怎么不让他们干活儿，还得您这么大年纪干这活儿？"老女人头也不回，嘎嘣脆地说了一句："老伴下不了床，儿子是个哑巴，不会说话，我都不让他下山，下山了受欺负。"卫瑜说："那一家三口就靠您养啊？您就靠背包养家？"老女人说："我每天一大早下去，在下面捡捡矿泉水瓶子，卖上几块钱，再给客人背包，我一天要是能赚够二十块钱，就够我家里用一天了。"卫瑜说："那您到了山顶才赚十块钱，怎么办哪？"老女人说："我下午再下山一趟，赶天黑了回去。"卫瑜说："那家里种地吗？"老女人说："早没了，没的种了。几年前说是要把这里建成旅游区，地就被收了，就能在房前屋后种点菜。"卫瑜几次想开口问她身上的香味是怎么来的，却怎么也开不了口，似乎一开口，后面就会有洪水决堤而下。她本能地不敢。

卫瑜跟在后面一时找不出话说。张楚河搭上话，悄悄说："她说什么你就信啊，像这种被开发过的山，他们的地都被征了，政府每个月肯定会给他们一定的补贴，肯定不会让他们连饭也吃不上。她就是装得可怜点，好让游客多给她些小费。"

卫瑜想，这男人怎么小气到这种地步，一双鞋几千块钱也穿在脚上了，怎么连十块钱都放在眼里？真是越阔越小气。她说："她要是有的钱花不会待在家里享点福？还用这么大年纪了每天给人背包赚十块钱？她就是装又能装到哪里，就为这十块钱装？"

张楚河说："你也真够傻的，就是十块钱也得看花在什么地方。"

卫瑜顿时色变，脸冷了半天才缓过来一点，她冷笑："你倒是聪明，精刮上算的，那你倒告诉我，这十块钱花在你身上能干什么？你留着这十块钱就什么都能干成？我没多少钱，可是少了这十块钱我也没觉得就少了块肉，我也犯不着就为这十块钱痛心疾首地睡不着觉。"说完她就自顾自去追老女人去了，把他一个人晾在了后面。

老女人问："是男朋友啊？"问的时候笑着，这点笑干干地浮在她的皱纹上，是用熟了的讨好，但还是不够流畅。这点讨好让卫瑜不忍再看，只得把头别过去含糊地答应着。老女人还要说："我看小伙不错，挺有精神。"卫瑜龇着牙："就他？"

走了半天，卫瑜几次抢着要替老女人背一会儿包，老女人执意不背，说："我挣的就是这个钱，你不要管我。"张楚河也一直自己背着那只房子似的巨大的背包，没吭一声，果然如他自己所说，身经百战了，背着也是小事。一开始，卫瑜还懒得搭理他，准确地说，是懒得搭理他的小气。后来这点懒得也渐渐地不见了，在静静的树林里蒸发了。她一想，自己有什么资格生气啊，人家是你的什么人？没名没分的。想到这里，连赌气的那点心情都没有了，他爱怎么小气就怎么小气吧，和自己有什么关系，竟把自己惹得这般生气。

张楚河渐渐地又靠上来，凑到她身边，只是不说话。卫瑜用余光瞥见他满脸的汗水，就说了一句："你这么累还不让人家帮你背包？"张楚河说："那么大年龄的人了，我怎么忍心让她背着，就是给她一百块钱，这包也不能给她背，里面有帐篷，有睡袋，有台灯，有……"卫瑜想，这还像句人话。加上不想和他把关系搞得太僵，划不来，便搭讪说："装那么多东西，你那百宝箱里就差没塞个女人了。"张楚河见她搭话，忙呵呵笑着，讨好地说："虽然没带来，在这里不也有了？"卫瑜知他说的是自己，不由得耳红心跳，心中却有一丝窃喜。看来他想的方向和自己也差不到哪儿去。

就是，孤男寡女，在一起还能有什么事？

有戏。

刚才的那点紧张已经像栅栏一样被他们自动绕过去了。卫瑜仍是目不斜视地看着前面，说出来的话却拐到张楚河那边去了。她说："你没有女朋友啊？"

"暂时没有，我的女朋友们都是阶段性的。"

"女朋友很多？"

"……正常指数吧。一个去了一个再来，没有发展多边形的习惯。"

"……你，这么游山玩水的，工作不忙？"

她一个字一个字地斟酌着，生怕哪个字面目可憎地一针戳到底，让他立刻觉得她是在布一张蛛网。

他没有太明显的反应："工作，就那样吧，马马虎虎。我主要是爱好登山，一年不出来几次浑身都觉得难受，是不是骨头有点贱？"

她想，故意避重就轻？于是她更小心翼翼地绕开，却还是蹭着那点核。她沉吟了一下，说："你一年出来这么多次，不怕影响你正常的生活？"

他很邪地一笑："正常？什么就叫正常的生活？"

她暗想，他没有一句话是扎实地说下去的，全在表面上漂着，可见他对她真的是处处设防，唯恐深入。她不由得心里冷笑，看来他真是被女人宠坏了的，以为她就那么稀罕他吗？但是他一脸的不在乎终究是让她感到疼痛了，他从一开始就无视她是个女人，这对她来说根本就是一种侮辱。她狠狠地想，难道他不是男人吗？他就

裂

真的不近女色？

他已经开始反击，杀出回马枪。他问："你呢？怎么也没个男朋友陪着？"

她说："什么叫也？就只能你一个人是单身？好霸道。"

他呵呵笑着以示歉意："不是那意思，我是说你这么漂亮的姑娘应该很多人抢才对。"

她心里稍微舒服了点，微微一笑，说："那事实上就是没有嘛。"话说出来觉得自己身上都起了一层疙瘩，更不用说张楚河了。

中午就在山路上吃干粮，两个人还是各自从背包里取出干粮啃，谁都没谦让谁，俨然已经习惯了。老女人从自己的布袋里拿出一只熟玉米，远远地躲开他们，自己啃去了。卫瑜本想把自己的食物送过去一点，张楚河却喝住了她："你给别人留点尊严好不好？不要这么赶尽杀绝。"卫瑜听了这话，回头看着他笑："看不出啊，还会说句人话。"张楚河自顾吃东西，不理她。

这时候，路边的树上有几只松鼠正看着他们，张楚河见了，立刻换了一副表情，见了松鼠像见了熟人似的。卫瑜见了心里都觉得发酸，见了她他都没这么眉开眼笑过。他二话没说就把手里的食物揉碎了扔到地上，唤松鼠来吃。然后他拉着卫瑜躲开，松鼠犹疑了半天从树上下来了，远处几只鸟也落下来，和松鼠抢着吃。卫瑜刚想说话就被张楚河制止了，一直到动物们差不多吃完，卫瑜才有了说话的权利。她憋着一口气，恨恨地说："没想到你对人不怎么样，对动物倒是挺好。舍不得分给我吃倒舍得分给动物吃。"张楚河说："我对动物们感情一向很深，我妈说我上辈子一定是只动物，这辈子见了小动物就走不动，我见了它们就想笑，和它们在一起比和人在一起还让我觉得轻松。我喜欢来这种原始森林爬山就是为了能看到更多的动物。"

这时候卫瑜开始理出些眉目了。她想，自己往这深山老林里来其实是头一遭，这里不是旅游胜地，消费自然不高，说是心血来潮，其实也是为了省钱。可这男人一次又一次地反复往深山里钻却是自有他的底气。他这么甘心来这些荒凉得没有人迹的地方，八成是因为平素他身边太热闹了。一个长期孤寂的人对热闹根本没有那么强的免疫力。也就是说，他是繁华惯了，才来此清静的，从这些不说话的植物、动物身上求得些慰藉。可见他心里虽是空的，却是难纳他人。不是太养尊处优也断不会如此奢侈地寻求安静。

她又暗想自己，遇见一个萍水相逢的男人都敢给自己这么多幻想，可见自己多么像个溺水的人，抓到一头绳子就全力想拴住自己。其实她知道，这种途中的艳遇只是艳遇，最不靠谱，没有根可以扎下来。可是，她硬是想让它生长下去开花结果，就因为平素里现实严丝合缝得连只苍蝇落脚的地都没有。

他说："我小的时候，家里很穷，孩子又多，我父母不管我，就把我扔给了我奶奶。我跟着我奶奶住在山里，周围连个一起玩的小孩都没有，一天到晚就只能跟动物们玩。后来我奶奶去世了，我也回不去了，这么多年和人打交道，忙着赚钱，还是觉得动物要比人好，你对它好，它就只会对你更好，连狮子、老虎都是这样。我和动物们在一起的时候没有一点压力。"

她想，他简直是惊弓之鸟，怪不得呢，他生怕自己被人当成猎物。就是因为他那点阔也不是凭空来的，他是后天长成的有钱人，再

裂

怎么枝叶繁茂，根子上却还是穷的，大概脉络上也不及先天的富人通畅，一不小心就在自个儿的身体里结成了疤。这种男人要能有个固定的女人也倒怪了，因为他每看见一个女人就想先透视一下她是否是冲着他的钱来的，不是冲着钱的反倒可疑。

她宽容地对着他笑了笑。因为，说穿了，她比他心虚。她想让自己在追猎的过程中被别人当成一只无辜的猎物。

这多么难，她想。

三

越往山上走，那缕异香越浓，卫瑜已经分辨不清这香味是从老女人身上散发出来的还是从这深山上的某一个角落里飘出的。这香味越浓越诡异，绝不是寻常的花香，这香味跟着风走，时淡时浓，浓的时候又酽又厚，像一堵墙压过来，让人喘息不得；轻的时候便如阳光下的火焰，跳跃着在这深山里的树林上空燃烧。闻着这香味只觉得里面有玻璃的碎片，脆、亮，却是尖利的。她终于忍不住问了张楚河一句："你能不能闻到一股奇怪的香味？这是什么香？怎么香得让人觉得有些害怕？"张楚河环顾了一下四周才说："我一直能闻到，也是很奇怪。好像是从山顶上飘下来的。"

太阳快落山的时候，三个人终于到山顶了。卫瑜和张楚河看到他们正站在一排木屋的前面。这几间木屋孤零零地站在山顶的一片平地上，就像突然飞到这里来的。木屋也是吊脚楼，很旧，墙壁上的木板已经是腐朽的黑色。四间木屋中有两间的门是关着的，另外两间是开着门的。房前种着几块菜地，菜地里的颜色是深深浅浅的绿，像几块毛茸茸的毯子铺着。老女人说："这山顶上现在就住着我们一家了，别的都搬下山去了。你们今晚就住我家吧，住一晚上给我二十块钱就行。三顿饭我也做给你们吃，一天给我五块钱。"

卫瑜先递过去二十块钱背包的钱，说："阿姨，今天的二十块钱就算赚够了，不要再下山了。等你再回了家都半夜了。"老女人开始不肯接，最后虽然拿住了钱却感激得连话也说不出来，只是把他们往一间屋里让，说："你们就住这间了。我给你们烧饭去。"说着就急急往外走，准备去烧饭。进了屋，卫瑜知道老女人是把他们当成小两口了，因为这间屋里只有一张床。

卫瑜看看张楚河："怎么睡呢？"张楚河把包放下，笑："又不是没睡过。"卫瑜顺手抓起一只枕头向他砸去。两人开着玩笑，突然都松弛了下来。这时，张楚河突然拉住她说："你有没有觉得这屋里的香味很重，就是我们在路上闻到的那种香味？"卫瑜安静下来才觉得果然又是那种异香。怎么漫山遍野都是这种邪气的香味，简直像是进了一处很深的巢穴，巢穴的尽头可能就是谜底，他们却走不过去。他们也不敢。他们紧张地向四周看着，这时候，他们其实都心照不宣地在想同一件事，那就是，他们已经初步判断出，这几间木屋就是那香味的源头。

这种猜测让他们恐惧而兴奋，仿佛追踪着一点蛛丝马迹，渐渐来

裂

到了杀人现场，还没有看到尸体，只是见了一点血迹，心里却已经可以稳稳地告诉自己了，就是这里了。只是，更恐惧的是，尸体在哪儿呢？

　　两个人把屋子仔仔细细打量了一遍，企图找出一点证据好证明这异香就是从这里发出来的。如果一直找不到这源头，就感觉这异香像一个架在空中的鬼，看不清眉目，却驱逐不去，因为它就在你的心里。可这木屋里异常简陋，只有一张床、一张木桌、一把椅子。床还是新的，连漆都没上，看得出是专门辟出来给客人们住的。卫瑜说："你看看，还说人家生活不会困难到哪儿去，这还过得好？两个人住一晚才要二十块钱，吃三顿饭要五块钱，我都有点于心不忍。"她说着，把脸转向门外，正好看到趴在门口的半张脸，她吓了一大跳，连忙拉住张楚河。张楚河看去时，那半张脸已经消失了。他们追到门外，一看，一个男人的影子正跑进另一间屋子。他跑过的地方是一片一片的异香，像铃铛被串在了一起，一路上诡异地叮当作响。

　　张楚河说："应该是房东的儿子吧，山上不就他们一家三口吗，看年龄应该是她儿子。"卫瑜说："听说某一件器官不好用的人就会有另一件器官异常发达，远超过常人。我家附近有一个盲人十年前只听我说过一次话，十年之后我一开口他就认出了我。她这儿子耳朵不好用，那是不是也有什么别的特异功能？"张楚河说："他就是怎样特异，也总不会把咱俩剁了馅做包子吃吧。"卫瑜说："我怎么老觉得这山里有一种巫气？"张楚河说："别先把自己吓死了，不过过会儿吃饭的时候是得仔细瞧瞧再吃，等他们先吃了咱们再吃。"

　　可是，等到吃晚饭的时候，老女人把饭菜给他们端进屋里来了，说他们一家人在那边吃，客人在这里吃。一荤一素两个菜，一碗汤，一盆米饭。俩人看着饭菜，虽然饥肠辘辘却不敢下手，因为菜里也飘着那种异香。卫瑜说："你说她会不会在里面下了蛊？听说湘西一带蛊婆很多的。"张楚河说："咱们出去看看他们吃的是什么。"两个人轻手轻脚地走出去。天已经全黑了，屋里开了灯。两个人隔着窗户的缝隙看到老女人家桌上摆的饭菜。也是两个菜一个汤，和他们桌上的一模一样，桌上盛了三碗米饭。奇怪的是，虽然摆着三碗米饭，但只有她和她对面的儿子是坐着吃饭，而另一个人，应该是她的老伴吧，竟然躺在床上，可能是瘫痪了，他躺在床上一动不动，也不吃饭，另外两个人也不看他，也不叫他起来吃饭，只顾着自己吃。桌子就摆在床的前面，正好挡住了她老伴的脸。他们俩躲在窗外看不清，但是只觉得这间屋里的异香更浓，像金属一样从窗户缝隙里向他们砸过来。两个人一时都有些眩晕，又不敢发出任何声音，便悄悄退了回去。

两个人已经饿得有些发晕了。张楚河便说："我先给你试试啊。我要是被毒死了，你要记得我包里有身份证，赶快报警，麻烦你转告我的家人。要是咱们每天都不敢吃饭，那也得饿死。横竖是个死，我就先英雄救美一下吧。"说完自顾自夹起菜开始吃。

卫瑜说："你就拉倒吧，我才不领你的情。你是觉得这一家三口压根儿不像图财害命的料：一个老太太瘦骨嶙峋，一个老头儿瘫着起不了床，一个儿子是个聋哑人，就是毒死我们也怕处理不动我们的尸体。"张楚河大笑，连忙用米饭堵住自己的嘴。卫瑜嘴上这样说着，手里却也连忙拿起筷子夹菜吃饭，似乎两个人谁也不让谁，倒要争着抢着赴死。

吃完饭两个人还都有些恍惚，不知道接下来会发生什么，只是看着对方，呆呆地看了一会儿，似乎是等着看对方会不会倒地身亡。过了一刻都没什么反应，两个人同时神经质地掩嘴大笑起来。一路上都没有这样笑过，直笑得浑身乱颤，止也止不住。笑着笑着，卫瑜突然就流泪了，脸上仍是笑着，泪水却纷纷扬扬地挂了一脸，看上去也像是笑。她使劲地掩着嘴，又是哭又是笑。这时候，张楚河走过来，揽住她的肩膀，把她往他的肩上按，她抵抗着，侧过脸不看他。张楚河又一用力，她便伏在了他的肩上。她的泪便更汹涌地往出涌，却一句话都说不出来。张楚河也不说话，只无声地揽着她的肩膀，偶尔轻轻拍她一下，像哄一个梦魇中的孩子。

这一顿饭吃完，两个人都有了些从一条壕沟里爬出来的感觉，似乎是顶着众多的尸体爬出来的，爬出来一看，对方竟还活着。于是，在这与世隔绝的深山老林里，他们竟觉得一瞬间里就对对方有了些亲人的感觉。那感觉仿佛是忽然从骨头里长出来的。晚上两个人躺在床上，床比睡袋宽敞多了，两个人却还是那个姿势抱着，仿佛已经抱熟了，一个嵌在另一个的臂弯里，就那么静静地躺着，谁也没有动。两个人都没有什么身体上的喧哗，只剩下了一种苍凉的安宁，像月光一样很深很静地从两个人的身体上流淌过去。

这是在山上度过的第二个晚上，仍是睡不踏实。两个人在睡梦中还潜意识地提防着什么、挡着什么，不让它靠过来，晚上睡得支离破碎。直到天快亮了，两个人都撑不住了，才匆匆掉进了一种巨大而结实的睡眠，像应付差事一样仓促地睡了一会儿。

老女人起得很早，早早给他们做好了早饭。他们在这个早上吃饭已经有些驾轻就熟了，拿起白粥就往嘴里倒，不似前一天晚上那样心惊胆战了。他们吃饭的时候，老女人拉着一个看不大出年龄的男人走了过来。那男人只管低着头，不看他们，动作像孩子们才有的，一张脸上却已经有不少皱纹，就仿佛一个嫁接起来的人站在他们面前。老女人说："我要下山去了，你们在这山上玩的时候让我儿子给你们带路。这山太大了，很容易就迷路了，没有个人带路是不行的。他听不见人说话，你们要干什么就和他打手势比画，他就晓得了。他从小就在这山上转悠，对周围熟得不得了。"

卫瑜看了看那个男人，确定前一天看到的半张脸就是他的，突然问了一句："阿姨，他一生下来就听不见吗？"老女人说："三岁的时候得了急性感冒，山上没有医生，等送到山下的医院已经被烧坏了耳朵。听不见人说话，他自己就慢慢不开口了，也就不太会说话。不过，你和他打手势他都能明白。"卫瑜喝完最后一口粥，说："那老伯呢，不是下不了床吗，你下山去了，谁照料他？他要是想喝水了怎么办？"老女人说："不怕的，不怕的，你们好好玩吧。"说着就下山去了。

这一天他们就跟在哑巴后面在这原始森林里转悠。哑巴背着一只竹篓，边走边采一些植物，也不知道采的是草药还是野菜。不管他们和他说什么，他都只会瞪着一双眼睛看着他们却一声不吭，一副水火不入的样子。两个人想起老女人早上说的话，说是他什么都听得懂。俩人都有些上当的感觉。他在他们面前简直就像一棵会行走的植物。但是他们发现，一路上不论遇到什么动物，它们都不躲他，也不攻击他。他们跟着他沾光，动物们似乎对他们都表示了一定的友好，就像

裂

他们是它们的族人一样，回到它们部落里了。

卫瑜在后面悄悄地说："我说他可能有特异功能，我觉得他会和动物们说话，用类似于超声波的东西，动物们肯定能听懂他的话。你看它们看他那眼神，简直和人差不多。"张楚河频频点头："就是，就是，我快忌妒死了，我恨不得拜他为师，长住这山里不走了。这山里大大小小的动物好像都认识他，我估计现在就是一只老虎出来了也不过如此，最多像猫一样蹭着他。毒蛇也不会咬他。看看人家。"

哑巴身上带着比他母亲身上更浓烈的异香，但他们俩对这异香已经迟钝了，因为从上了山这香味几乎无时无刻不缠着他们，缠久了，他们的嗅觉也就钝了，所有的器官都会逼着自己适应环境，谁还能一直有力气把自己磨得像把刀子一样寒光闪闪？但一个男人身上带着这么浓的异香终究是一件怪异的事情。卫瑜悄悄问张楚河："你说，他们家是不是专门做什么香料去卖？要不怎么他们家的人身上都有这种香味？"三个人走着走着，哑巴忽然从路边捡起一只鸟的尸体，小心地放进了背篓。两个人在后面看着，然后面面相觑。卫瑜说："会不会是要晚上炒给我们吃？"两个人在后面嘀咕着，也不怕他听见，反正他也听不见。

吃晚饭的时候，两个人特意把那盘荤菜仔细研究了一下，不可能是鸟肉，看着也就是腊肉，那只鸟的尸体也不可能一下午就变成腊肉。两个人吃完饭出来乘凉，说是乘凉，眼睛却是不由自主地向主人那间屋子里瞟去。从门缝里看到他们一家三口还在灯下吃饭，仍然是两个坐着、一个躺着。这次不像上次那样不知水深水浅了，两个人都镇定得很，一直悄悄看着这一家把饭吃完。他们同时奇怪地发现，那躺着的老头儿一晚上始终没有吃一口饭，只是很安静地躺着，他面前摆着一碗米饭，始终没有动。而另外两个人一晚上也始终没有想起来要喂病人一口，他们只管自己吃，只是偶尔向他那边看一眼。隔得远了些，灯光又很昏暗，他们还是无法看清那躺在床上的病人的表情。屋子里很浓的异香似乎被发酵了一样，分外肥大，直向他们劈头盖脸地砸过来。两个人都有些头晕脑涨了，连忙回了自己屋子。

卫瑜问张楚河："你说那两间屋子一直关着，里面是什么呢？她家就他们三个人，那两间屋子怎么一直关着？是不是……他们在里面秘密地做些什么东西，比如香料还是……"这话问完，两个人才同时感到了紧张，似乎是他们把那个悬在空中的鬼给临摹下来了，本来不知道它是什么样子，他们却硬是要塞给它一张脸，让那鬼自己从空中下来，走到了他们对面。卫瑜瑟缩地靠在张楚河怀里，问了一句："我们什么时候走啊，还要在这儿待几天？"张楚河犹豫了一下，估计心里也是有点毛的，就说了一句："这山里景色确实是好，我是真舍不得走，可是待在这儿总觉得哪里不对劲，也不是人不好，我看他们人挺好的，厚道、纯朴，可是我就是觉得哪里不对劲。咱们再待一天，后天能走就走吧。"

连电视都没有，两个人无事可做，只好上床睡觉，像突然跌进了原始社会的简单秩序里。两个人在黑暗中安静了一会儿，都疑心对方已经睡着了。张楚河突然说了一句："你真不打算和我做点什么？小心下了山就没机会了，可不要后悔。"卫瑜咀嚼着这句话。下了山就没机会了？什么意思？下了山两个人就分道扬镳，装作根本不认识，从此以后再不会见面？权当根本就不曾认识过这个人？

裂

她在黑暗中冷笑，自己都觉得脸上的肌肉是酸的、疼的，他反反复复地提前把预防针给她打好，好像料定下了山她一定会纠缠他一样。这么几个夜晚两个人一直睡在一张床上，孤男寡女却真的什么也没做。他一路上只在嘴上占着便宜，实际行动上却避之不及。只怕她就是蓄意勾引，他也能按捺住。现在想来，也不过因为他怕惹下麻烦，一旦有了什么关系被讹上了，脱不了身，那可怎么办？她以为几天下来两个人之间总该冰雪融释一点了，总该有些东西要生长出来了，可是他还是这样牢牢地看守着自己，生怕被女人抢了、骗了、企图了。

　　一起睡过一起吃过，就是一起出生入死过，也不够，还是不够。她默默地转过身去，闭上了眼睛，装作睡着了。张楚河也不再说话，只从身后很轻地抱住了她。她没有动，也没有睁开眼睛，只是把身体蜷曲起来，蜷得像远古时代海底的一种软体动物。张楚河抱着她也不动，像一只附在她身体上的壳，附在她身上，却也只是附着，没有血液，也没有神经。

　　第二天一大早，老女人照例是早早下山，找活儿干，她得挣钱养这一老一小两个男人。哑巴仍是背着背篓带他们在山里乱转。因为张楚河前一天晚上说的话还没有被消化掉，卫瑜便刻意和他疏远点，以给他一种暗示——你放心，下了山咱俩就当不认识，现在就当不认识都可以，别说下山以后了。张楚河自觉心虚，也不敢多言语，加上另一个人根本就不会说话，三个人一路上都闷着，简直像三尊石像在山里移过来移过去。

　　到中午的时候，天气忽然变了，远处有雷声，似乎有场雷雨要来了。哑巴看看天，和他们急急地打着手势，是要回家的样子。想想这山里的雨还不知有多吓人，俩人便跟着哑巴回了家。果然不一会儿就下起了大雨。卫瑜坐在门口看雨，就是不和屋里的男人说话。男人只好躺在床上发呆，听着雨声。下午的时候，雨停了，哑巴却不见了。屋子里散发着的异香像蛾子的翅膀被打湿了，沉甸甸地往下坠。

张楚河百无聊赖地躺在床上，想和卫瑜搭讪，但是看到卫瑜的脸色又不敢了，只好就在那儿躺着。卫瑜明明和他赌着一口气，却连自己都觉得自己无聊，但和他说话吧，又实在气不过，这气不过更像是对自己的。因为，她心里清楚，张楚河的那点担心都是事实，自己对他不就是有点想法吗？有倒罢了，还被人家给看穿了，就像不穿衣服被人看到了一样。可是她又想，自己就那么贱吗，就得贴着和他说话，好像真的对他就稀罕得不得了？想到这里，那点试图求和的心又变得僵硬了，像石块一样坠在她心里消化不掉。

她继续沉默，看都不看他，想，对他惩罚的时间应该再长点，不然真被他捏扁在手里了。哼，天下男人多得是，不见得他就多了不起。她越想越是觉得浑身长满了力气，便丢下张楚河一个人向屋外走去。

四

屋子外面看不到一个人，也听不到一点人声，房东家的三口人似乎都凭空消失了，像这里与人间压根就是没有关系的，单单独立出来，自成了一个世界。因为太安静了，似乎都能听见菜地里那些青菜的身体里有血液的流动声。她呆呆地立在那儿看了一会儿青菜，又百无聊赖地转过身看着这几间木屋。她走到主人那间屋子跟前才发现他们住的那间屋子没有上锁。这时候，她突然想起来，屋里还睡着一个生病的老头儿。她想，这家人也真是，屋里躺着个连床都下不了的病人，居然终日不见有人端茶倒水地伺候。女人要顾着养家糊口，这儿子也太不孝顺了，一天到晚都想不起要照看父亲，反倒和林子里的动物们打成一片。看来这人要是少了某一样器官，真是会和动物靠得更近。少了一样器官，倒开了另外一扇门？她想着便推开门走了进去。

这种木屋采光几乎都靠着门，窗户很小，还关着，白天又不开灯，乍一进去，只觉得眼前一片黑暗，什么也看不清。带进来的门外的光亮此刻像萤火虫一样围绕着她，都是星星点点的微弱的光，像这一屋子黑暗中戳出的窟窿。她像截树桩戳在那里动弹不得，等眼前的萤火虫渐渐飞散了，她才看清这屋子里竟然有三张床，各自摆在一个方位，其中两张床是空着的，一张床上躺着那个老人。屋子中间摆着一张木桌，桌上有一把粗陶的水壶和一只水杯，却只有两把椅子。角落里有一只木箱估计是放衣服用的，地上还有两口很高的瓮，不知道里面放着什么，站在那里像两口井一样深。她想，这家人真是寒素啊，张楚河竟然还怀疑人家装穷，真是没有人性。她愤愤地想着，向躺着病人的那张床走去。

她看不清他的脸，他也没有扭头和她说话。她想，莫不是睡着了？这老人怪可怜的，一天到晚都喝不上一口热水。她便先走到桌前倒了一杯水，然后轻手轻脚地走到病人床前。她看了病人一眼。是个很瘦弱的老人，全身上下干干的，露在外面的手和脚也是干的，干得简直不像人的皮肤。老人周身散发出来的异香简直让她不能靠近，简直像火浪一样炙烤着她。她奇怪地想，一个病人身上怎么也有这么浓的异香，虽然他们家每个人身上都有这香味，可是这病人身上的香味怎么反倒最重？总不会是家族遗传，传说中的香骨吧？要那样的话，真该被国家保护起来研究了。

老人似乎睡得很死，连她走过来都没感觉到。她想，他总不会一天到晚就这样睡着吧，不吃不喝不动，那还了得？莫非，是植物人？想到这儿，她有些轻微的恐惧，便试着摇了摇老人的胳膊："大伯，大伯，你要喝点水吗？"她和他说话，可是，老人还是睡得很死，一动都没有动。

这时候，借着窗外的一点光线，她突然发现，现在明明是夏天，老人身上穿着极整齐的却是冬天的衣服，是早已过时的很厚的中山装，衣服一直扣到脖领，每一粒扣子都扣得严丝合缝。而且他一直躺在那儿，却是不盖被子的。一个病人怎么可能不盖被子？这时候，她的那只手还放在他的那只胳膊上，没有来得及拿开。她的指尖触着的是他的衣服，可是，她觉得不对。这种感觉像是从很深的地方突然浮出来的，她辨认不清这是什么，也分不清方向，好像有很多只手在抓她，她却不知道这手是从哪个方向伸过来的，像是从背后，如果她一扭头会看到一张什么样的脸。她不敢。

她的手僵住了，僵在了老人的那层衣服外面。身后的那只手好像更紧地拉住了她，拽住她，使她动弹不得。突然，她的那根手指自己神经质地向下弹去，自己弹到了老人衣服下面的那层皮肤，像敲碎了一层玻璃后，直直地不顾一切地向最底下敲去。刹不住，她刹不住。

猝然就见底了。她再也动不了了。

她摸到的不是皮肤，起码，不是人的皮肤。她摸到的是岩石或铁器。是硬的、冷的、钝的，直直地钉进了她那根手指。就在那一瞬间，她突然看到了老人的眼睛，是睁着的一双眼睛，一动不动地睁着，但是，整只眼珠都是黑色的，明亮的、完整的黑，没有一丝白色。这双黑色的眼珠直直地看着她，趁着窗户里一星半点的光亮，那眼珠竟闪着釉质的寒光。

啪的一声，水杯掉到地上摔碎了。一声尖叫响彻木屋。她向门口冲去正好一头扎在一个人怀里，她吓得神经质地乱叫，一边躲着那人，只想冲出去。来人一把拉住她，让她动弹不得，一边大声和她说话。不知过了多久，她的意识才回来了一点，她渐渐分辨出，那是张楚河的声音，便一下跌倒在他怀里。等他把她从木屋里拖出来的时候，门外站着一个人，正看着他们。是哑巴。哑巴狠狠地瞪了他们一眼，进了屋，顺手咣地把门关上了。

张楚河扶着卫瑜跌跌撞撞地往回走，卫瑜却是死也不肯进屋。雨一停，阳光就出来了，卫瑜挣扎着，只愿意蹲在屋外有阳光的地方。她喃喃自语："这地方住不得，住不得，今晚我就走，我现在就下山。"嘴里说着，身体却还是软的、停滞的，像一堆开始腐烂的肉，收拾都收拾不起来。他只好抱着她，哄她。

张楚河根本没看清楚床上究竟躺着一个什么样的病人，单单是从卫瑜的表情里猜测着。这世上最可怕的就是没有凭据的猜测，费事不说，更容易猜得没边没沿的，硬生生地要把一种恐惧一笔一笔地画出来。他光是猜着猜着就有点走不动路了，心想着，这地方确实诡异了一点，可是当晚就下山是完全不现实的，天已经快黑了。住别处吧，这方圆百里又似乎只有这一家。这可怎么办？张楚河不安地看着四周。

这一看正好看到那最后一间一直紧闭屋门的木屋这时候竟开着门。原来，哑巴一下午就在这间屋子里。他一定是感觉到外面有什么动静，忙跑出去看个究竟，忘了关门。张楚河并没有刻意地想去看个究竟，可是，越是想避开就越是避不开。更重要的是，有一种很神秘的东西在把他的目光往里拉。他根本没有力量挣脱。

第一眼看过去，他就看到屋子里有一只猴子，呆呆地坐在那里看着他。接着他又看到一只鹿，也是一动不动地看着他，然后又是一只鸟，也一动不动。他顿时有一种中了蛊的感觉，扔下卫瑜，直直向那扇门走去。

站在那扇门前的一瞬间，他看到满满一屋子的动物，只是所有的动物都不动，所有的动物身上都散发出那种他已经熟悉的凛冽的异香，所有的动物都长着千篇一律的眼睛，那就是一种闪着寒光的黑色眼睛。是玻璃的眼睛。他明白了，这一屋子的动物其实都是死的，它们是不会再活过来也不会再腐烂的标本。

不知道什么时候起，卫瑜已经站到他身后了，她突然指着一只动物的眼睛尖叫起来："就是那样的，就是那样的眼睛——那边——那边。"她语无伦次，恐惧地环顾着四周。张楚河死命抱住她，心里却也恐惧到了极点。一样的眼睛？就是这样的黑眼睛？那个躺在床上的病人？就是这样的眼睛？

　　　　　　　　　　　　　　　　裂

天刚刚黑下来的时候，老女人背着一只竹篓回来了。她一爬上山坡就看到那对年轻人都在屋外，正抱在一起，像是冬天里相互取暖一般，坐在房前的一块石头上。后面，房檐下站着一声不吭的哑巴儿子。

　　老女人说："这山里的事情，就是说给人听，可能都没有人相信，所以我都不和别人讲的。你们可能不相信，我的儿子从生下来到现在都没有下过山。我不让他下去，他不会说话，也听不见人说话，连问路都不会，下去了就回不来了。我丈夫没有死之前，我也没有下过山。一直是他下山挣钱养家，那时候这山还没有被开发，都没有这种石头台阶的，下一次山很费事。他每次下山就要把一两个月的粮食背回来，因为他一走就是一两个月。每次估计他快回来的时候，我就拉着我儿子站在这山坡上等他回来。

　　"我儿子从小就是和山上的动物们在一起长大的，他从来没有见过别的小孩。有时候他把一些受伤的、快死的小动物带回家。那些动物中有些被救活了，好了就回山里去了，隔段时间还会回来看看我们。真的，万物都是有灵的，你不知道那些野兽多么通人性，人千万不能杀它们啊，它们其实什么都知道，也会哭会笑，只是说不出来。有的没有被救过来就死了。那些动物死了，我儿子还是舍不得埋掉，就一直留着，一直到动物的尸体腐烂掉，引来很多苍蝇。后来我丈夫就想出了一个办法，他下山问别人，学会了怎么做标本，然后回家又教会了我儿子。他每次从山外回来都要给他带很多玻璃珠子——黑色的，我今天也给他带回来了。就是这种玻璃珠子，可以做标本的眼睛。因为动物死后，眼睛是留不住的。

"有一次他带回来一只三条腿的狼，被猎人的夹子夹住了后腿，最后它自己咬断后腿逃走了。可是因为失血过多，它就躺在了路上。我儿子发现它时，它已经奄奄一息，把它抱回家的当天晚上它就死了。直到现在，它的标本还摆在那儿，仍然是少一条腿的。我们叫它阿三。那两间屋里全是我儿子的标本。有一次我丈夫从山下回来，带回一只被人丢掉的小狗，被人拴在一棵树上等着饿死，没有人救它。有些淘气的小孩子在它身上涂了一层绿油漆，鼻子和嘴巴上都是。我丈夫把狗抱上来之后，我儿子就开始洗刷狗身上的油漆，可是，洗不掉，怎么也洗不掉。它的皮毛不能出汗，几天后它就在我儿子怀里死了，它死之前用很温柔的目光看着我们三个人，表示对我们感谢，它不会说话，但我知道它一定是在感谢我们。动物对人的感谢只能那么多了，真的，就那一眼就足够了。我看了这么多年的动物，我能看懂它们眼睛里的话。它们说什么我都懂。它死后，我儿子也把它做成了一只标本，你们看到的那只皮毛上有绿油漆的狗就是它，我们叫它小绿。

"还有一只小熊，它妈妈死了三天了，它一直围着它不肯走，一直就守在它妈妈身边，舔它妈妈的伤口，给它衔来食物等着它醒来。那是夏天，母熊开始腐烂了，引来了其他动物要吃它的尸体，小熊就和那些动物厮打，最后也死在了母熊身边。我儿子把小熊的尸体抱回家，把它做成了标本。我们叫它笨笨。这山里的动物有多少故事你们想都想不出来，所以我们一直不想搬走，后来这山被开发了，山里的人家都搬下去了，只有我们不想搬。所以这山里就住着我们一家人。

裂

"直到后来有一天，我和我儿子一直没有等到我丈夫回家。几天后才在山沟里找到我丈夫的尸体，他急着回家赶了夜路，又刚下过雨，路滑，他不小心掉到沟里摔死了。我儿子哭着抱着他父亲，怎么都不肯让他下葬。后来，他就把他的父亲也做成了标本，先在药水里泡，然后开膛，放干血，取出所有的内脏，把这山上长出的一种可以防腐的经过熏制的草药填满他的身体。这种草真香啊，我没有一天不是闻着它的香味睡着的。然后我们把他一针一线地缝起来，然后，把他的眼珠取出，像对待所有的动物一样，换上了玻璃眼珠。然后，再风干日晒，直到他一点一点变硬，再不会腐烂，再不会变质。就这样，我们又在一起了。

"他死了十年了。十年里，我们一家三口都在一起，一起吃饭，一起睡觉。我定期给他换衣服，每顿饭都给他盛满满一碗米饭。我和儿子从来没有觉得他已经不在了，从来没有过。真的，只要你当他还没有死，他就真的不会死。我只是觉得他病了，起不了床了，不能再养家了，那就让他在床上躺着吧。我接过担子来养家，来养我儿子。我每次从山下回来的时候就想起他，想到他就在屋里等着我，我就觉得我活得很有精神。我儿子是个残疾人，已经快四十岁了，我知道这辈子都没有一个姑娘会嫁给他了，那就让我们俩陪着他，能陪多久算多久，能陪几年算几年。如果有一天我也必须要离开他了，我就让他把我也做成标本，让我睡在他父亲身边，就当我们只是老得动不了了，日日夜夜在屋里等着他，守着他，等他晚上和我们一起吃饭，一起睡觉。我们怎样都不会离开他。

"如果有一天，他也死了，那我们一家三口就真的团聚了，就再没有什么怕的了。我们再不用担心谁先丢下谁了。你看到的床上那个就是我丈夫，你真的不用害怕，我们从来就没觉得他是个死人，从来没有。他是我们的一家之主，有他在屋里等着我回去，我就是赶夜路回家也不觉得害怕，有月亮没月亮的晚上我都不害怕，这十年里我几乎天天要赶夜路，我觉得他就在前面带着我走，他不回头我也知道是他。真的，我走得那么快，简直不像我自己在走路。是他在保佑着我，我知道。"

五

卫瑜一直哭到半夜，断断续续地哭，像陷进了一个很深的梦里，怎么也出不来。后来像是终于哭累了，她一点一点地停了下来。

夜已经很深了，哭声渐止的同时，一种巨大的安静劈头盖脸地向两个人砸了下来。窗外的月光筛了进来，斑斑驳驳地从他们身上掠过去，两个人像是沉在了清凉的水底，都是没有重量的，都是空的，水从他们身体里穿过去了。两个人都不知道该说什么。似乎突然之间，所有的源头被掐断了。这个夜晚之前腾空堆起来的架子本来就是空的、脆的，现在，它像雪崩一样默默地从两个人之间坍塌了，似乎无论再做什么，颜色都已经像枯叶一样摇落了，只剩下满枝干瘦的黑白。有一些新的陌生的东西正残酷地想从什么地方长出

裂

来，从皮肤下面、从血液深处往出探，可是，太疼了，两个人似乎都没有那么多力气。

两个人默默地躺在黑暗中，缩在一团清森的夜里，似乎都踩在一只透明的玻璃球上，球心里的图案看得清清楚楚，可是他们却无法爬进去。因为没有入口。第二天早上，他们就要从这里离开了。他们都知道，这一去其实就是永别了。窗外是无边无际的夜色，看不出离天亮还有多远，但他们已经感觉到自己站在这个夜晚的尽头，只需轻轻一跳，就要跳进明天了。他们都听到了时间唰唰的脚步声，都觉得应该从时间的手中抢出一分一秒来，说点什么。可是，他们该说什么？

他们都知道，眼前的这个人对自己来说没有过去也没有未来，深山中的七天便是眼前这个人的全部。他们看到的这个人其实只是从他身体上截下来的一小段，他们现在拥抱着的其实就是这一小截对方，就像从鳝鱼身上斩下来的一段，仍然有温度，仍然活着，却只是那一小段。可是，如果纯粹把这七天当作旅途中一段无根的艳遇，那他们为什么还是觉得有些疼痛？她突然想，如果在天亮之前她对他说"你带我走吧"，那会怎么样？话一说出口是不是就连眼前这一点点离别的伤感都留不下了？如果她对他这样说了，他却惶惑甚至恐惧地看着她，那该是多么滑稽的事情。因为，他不够爱她。其实，她就够吗？她知道，说到底，无论她怎样挣扎，其实也不过是心甘情愿地被哪怕一点点机会诱惑着，诱惑着去走一条看似容易的捷径。

虽然这近似于屈辱的探险本质上不过是一种对生存的渴望，可是，这探险本身是多么令人心酸啊。

她知道，从一开始他就一眼看穿了她那点心思，这种耻辱感逼着她在这几天里不敢有丝毫的懈怠，逼着她一边无耻地留给自己幻想，一边如履薄冰地和他较量，她想让他在这短短几天里爱上她，却不想让他看轻了她。于是，她一边观察着他，一边悄悄自卫，随时准备着先发制人，扔给他一个出乎意料的结尾，就扬长而去。现在，是时候了，她知道，是时候了。可是，他为什么这么紧地抱着她？就像这拥抱是真的。他不说一句话，就这样紧紧地抱着她。他分明在告诉她，他对她也是有一点留恋的，哪怕就一点。

也许是因为在这大山的深夜里睡在这样一对隔着生死的老夫妻旁边，两个人都恍惚有了一种错觉，那就是，他们在这个夜里真的很近很近，从没有过的近。

卫瑜觉得自己刚哭过的脸是涩的、凉的，就像一个秋天踩着过去了。这时候，张楚河忽然在黑暗中探寻着，把她抱在了怀里，仿佛这拥抱是一种仪式。因为这时窗户外面的天色已经开始泛白了。

窗外一道苍青色的天光像人的目光一样射了进来，卫瑜突然明白，天真的亮了，这一夜已经百转千回地过去了，他们就要分别了。他们像两个见不了天光的魂魄，当阳光照下来的时候，他们就要被打回原形了。没有时间了，她必须得对他说点什么，这就算是告别吧。她的声音冷而脆，像是刚刚凝固的，她说："我到现在不知道你是从哪个城市来的，不知道你的真实姓名，我也不想知道，这都不重要。你连我的名字都不问的时候，我就知道你是怎么想的了。现在还有点时间，我告诉你，我叫卫瑜，我是从北京过来的，但我不是北京人。我是个在北京打工的外地人。

"你一定没有住过那种地下室，地下三层的地下室你见过吗？地

裂

下一层是停车场，往下一层，再往下一层，就像要走到地心里去了。很小的房间，不开灯就像真的进了地狱，屋里只有一张床，墙上潮湿得长着苔藓，就差长蘑菇了。枕头和被子一拧就能拧出水来，出去走在阳光下的时候，周身的衣服都散发着霉味，就像刚从地底下钻出来的。八年前，大学刚毕业的我到北京找工作时就住在这样的地下室里，住了三个月。我每天晚上宁可在大街上、公园里乱转，一直转到实在太晚了，实在该睡觉了，才回到那样的洞穴，倒头就睡，第二天一大早就出去。住在那里，你永远不知道天什么时候会亮，永远没有白天。直到后来住得浑身起了一种红色的疙瘩，奇痒无比，我才从那里搬出来。

"市里的房子我根本租不起，只好搬到郊区的一间农民房里。北京的夏天热得让人没法在没空调的地方待，我后来租的那间农民房的屋顶是铁皮做的，没有空调，也没有风扇，天黑了回去还是热得没法待，好像里面有很厚的蒸汽，会把人烤熟。我只好坐在院子里的树下，和房东家老太太坐在一起聊天，等着夜里的温度一点点降下来，屋子里的温度也降下来。有一次突然下起了暴雨，我跑回屋，缩在床上，雨滴打在铁皮屋顶上，发出咚咚的声音，我就像在一面鼓里一样，我觉得自己的心也像那面鼓一样被击打着，我感到全身被敲打着。我一动不动，在床上紧紧抱着双膝，我不敢松劲，我怕自己一松劲就会全身崩溃，然后前功尽弃。后来我听到一种无法压抑的哭声，那是我自己发出的。那一个白天我都没吃一口饭，但是我一点没觉得饿。趁着雨声，我到北京后第一次放纵自己号啕大哭。我想起了父母，我好久没这么想过他们了。平时是强迫自己不去想，他们遥远而尖锐，一想到他们，他们就会像箭一样射到我身上。那个雨夜，我周身裹着的那层薄薄的壳终于裂开了缝隙，他们立刻像水一样涌了进来，把我淹没。

"我在北京已经待了八年，至今仍是在公司里给老板打工，八年里搬了无数次家，相了无数次亲，到三十岁的时候还是一个人。我告诉你这么多不是因为别的，我其实只想让你知道，如果你能感觉到我对你是有一点点企图的话，那是有原因的，我是身不由己的。我告诉你我的过去就是为了让你明白我的现在。我，只是条件反射，明白吗？是对过去的一种本能的反射。

"我承认，我对你是有一点想法的。准确地说，我对有钱的男人都会本能地有点想法吧。我知道，那是因为我这八年里受苦受怕了，我潜意识里可能一直挣扎着……想让自己少受一点苦。你就是因此看不起我，那也是我应得的。可是，就在今晚，我忽然明白过来了，为什么这么多年里我无论受多少苦却一直坚持着没把自己随便嫁掉。真想嫁个人也没那么难吧？原来这么多年里我骨子里向往的其实就是这点东西，就是这对老夫妻之间的这点东西。你看，就是这点东西就够他们生死不离了。你就真的不羡慕他们吗？"

她越说越轻松，越说越酣畅淋漓，她没有时间了，她必须赶在天亮之前把该说的都说完才能不留遗憾。

张楚河终于开口了。在此之前他一直无声无息地听着。他的声音忽远忽近，飘在她的周围："你一定要相信，就算我们没有了任何一点联系，我仍然会时常想起你的。其实你就是什么都不说，我也全知道，可是你还是说了，你敢把自己最深处的那个角落亮给我看，就凭这一点我就会一直记得你的，记得你的勇敢和真诚。其实我们想要的东西一样，就是想避开孤独。你知道你为什么想结婚，那是因为你孤独。我也一样孤独。可是，结婚只是一种习俗，它本身并没有力量，也不能减少孤独。当你和一个人结合成一体的时候，你就要开始为别人失去自己，然后也失去了别人，也失去了以后和其他人的可能性。这不是滥情，我这么多年在旅途中遇到不止一个两个女人，也有自己喜欢的，最后却都要分别。

"就因为我知道，两个人投靠在一起其实什么都不能解决，你要是真的在心里爱着什么，他就是已经死了十年，你仍然觉得他就在你身边，你就不会有一点点的孤单和恐惧。我早已经想明白了，如果你真的在心里爱着什么人，在空虚中伸出双手一直去拥抱他，那他就永远不会离开你。真正的思念就是这样，在假想中去拥抱，它就有了生命。你以后想谁的时候，就这样，伸出双手在假想中去拥抱，他就有了生命。那就不论生死，他一直在你身边。

"这就是不孤独。"

卫瑜果断地把他的话掐灭了："我知道，这些我都知道。天都快亮了，天一亮我们就该下山了。没多少时间了。毕竟是认识了，从此以后，我知道在这个世界上有你，你也知道在这个世界上有我，即使我们这辈子再不见面，这也够了。"

他们不再说话，只是在半透明的晨光里再一次紧紧地、真心实意地拥抱着。

第二天早晨，两个人收拾好行李走出屋子的时候，老女人已经在外面等着他们了。她手上落着一只很小的鸟，白色的羽毛上有一朵一朵黑色的花朵，嘴唇是红色的，头上一撮棕色的翎毛。它站在她的手上，一动不动，它的眼睛是黑色的——玻璃做的黑眼睛。老女人把这只鸟递到卫瑜手里说："送给你们小两口的。这是一只梅花雀。我儿子从树下捡到它时，它已经死了。你们都是善良的人，它会给你们带来好运的。把它带回去吧。"

卫瑜把那只梅花雀捧在手里的刹那间，它身上的异香像血液一样静静地流进了她的身体。

在山脚的那个镇子里有个小小的车站，张楚河要从那里上车离开，卫瑜要接着往镇子前面走。他们就在镇子的车站前分手了。卫瑜挥着手目送着张楚河坐的汽车渐渐走远了，然后背起背包穿过了镇子，向前走去。这天，镇子上的很多人都看见一个奇怪的女人满脸是泪地从镇子里走过。

他们发现，在她走过的地方，空气里留下了一缕诡谲的异香。

裂

掮客

她嘴里还在徒劳地大叫着，事实上却已经听不见自己嘴里发出的任何声音了，她的耳朵里空空荡荡地回响着一些无比遥远的声音，仿佛天外来音。她的嘴还在一张一翕，像条被摆在案板上的鱼。在他们把她抬出去的一瞬间，她再次看到了悬在他们头顶的那轮巨大的月亮，它静静地与她对视着。

一

这个黄昏，灯光比往日都要惨白。

惨白本身也是有重量的，好像地上这五个人的体重全都跑进灯光里去了，轰隆隆地往下砸，地上坐着的五个人倒成了没有分量的魂魄，轻飘飘地悬着。五个人周身披挂着惨白的灯光，一人抱着一台电脑，人不说话，电脑也被扼住了喉咙，只任由灯光像雪花一样从中肆虐。一间不大的办公室在这个黄昏成了萧索的荒原。

下班前，老板的秘书袅娜地晃到人事部通知他们，公司第二天要开会裁员，人事部要裁掉两名员工，大家都做好心理准备。下班时间到了，五个人破例都没有动，一个个无赖似的横在六点钟上，存心不让时间往前走。

其中两个光棍儿没动倒也罢了，因为他们往常都是在办公室里对着电脑，在回家路上接着用手指滑 iPad，等到他们回到窝里第一件事也不过是开电脑，等最后钻进被窝了仍然是赤身裸体地抱着手

裂

机上网。网络兼朋友兼情人兼意淫对象，总之，他们俩一天时间里所做的事都是一脉相承的，换个地方也是对着网络，好像电脑才是他们的大脑，而他们的身体不过是附加在电脑外面的一具躯壳，只是个点缀而已。

那两个一个有老婆的、一个有老婆有孩子的也没有动，似乎他们的老婆孩子在这个黄昏里忽然集体消失了。这五个人还原为五个孤零零的人，都专心致志地盯着各自的电脑屏幕，像是一齐坐在火箭发射中心，屏着气等待着火箭上天。

于小敏作为办公室唯一的女性，有幸坐在办公室最后一排的格子间，稍稍一抬头便能一览无余，看到前面几排的后脑勺。即使她站起来窥视他们的小动作，他们也毫无知觉，这不能不使她有了一览众山小的优越感。现在，前面的四颗后脑勺都很安静地埋在各自的格子间里，像四座肃穆的墓碑。

想来四个男人也必定都各怀心事，如果是自己要跳槽炒了老板的鱿鱼，那就另当别论，就是离开这里也是走得风风光光的。可是，一旦是被人辞退，就算是心里对这工作早已不满意，也必定走得灰头土脸，说穿了那是被人家赶走的。这一赶便把人的成分划分出来了。凭什么被人赶呢？搞得自己像无赖一样赖在这里。更何况，人事部的差事还是让人留恋的，平时的工作也就是招聘员工、培训员工，穿着笔挺的西装装模作样地给员工们上课，只管拿一些人人都消化不动的外国理念把人砸晕就是了。这差事好混，可是现在，五个人里面有两个人要吃不上这碗饭了。

这年头，气节不气节的是小事，能不能吃上饭才是大事。饭碗的问题把五个人都镇住了，也许大家眼睛盯着电脑，心里却都纷纷盘算着，如果自己被裁了，该如何面对那个新生的自己和被拦腰截断的生活。于小敏用一只手的五个指头有节奏地敲打着办公桌，一边敲打一边迅速瞥一眼男人们的后脑勺。男人们的后脑勺上没有刻字，何况她看他们看得早已能背下来了，无非是一颗微秃，一颗因为不洗而永远在灯光下油光闪闪，刮一刮都能刮下二两油，还有两颗毛发浓密——一颗文艺青年的长分头，一颗怒发冲冠的板寸。就是这样四颗头，到第二天她可能就看不到其中的两颗或者一颗了。为什么不可能是她呢？她敲桌子的频率更快了。是啊，为什么不可能是她呢？尽管老板摸过她，可那也就是摸一摸，又不是签了什么合同，她能保证她不被辞退？

　　来这家公司之前她在任何一家公司待的时间都没有超过半年，她自己先厌倦了这种频繁的跳槽和互炒鱿鱼，屁股下面的椅子还没有坐热呢就得走人了，感觉自己在这座城市里都不是用走的，双脚根本就没有触着大地。她更像是在空中飞，凌波虚渡一般飞过来飞过去，连点地气都接不上。为了能在这个公司里安稳地待下去，她决定把该忍的都忍了。刚来公司没几天，老板就单独把她叫到办公室和她谈工作，末了她信誓旦旦要把工作做好。这时老板就把手伸过来了，热烈地要握她的手，嘴里说："欢迎你的加入。"她也天真无邪地和人家握手，但人家和她握完手了并没有把手收回去，而是直接拐到了她的腰上。她被两只胳膊缠住还没来得及喘口气，那手已经老到地游到她的大腿上了。她刚开始惊慌失措，那手又驾轻就熟地游到她的乳房上了，搁在那儿左摸右捏的，简直像在鉴别什么文物。

　　　　　　　　　　　　　　　　　　　　　　　　　裂

她闭着眼咬着牙。怎么办？不让他摸打掉他的手？先不说他是她的老板，就年龄论，他都可以做她叔叔了，她得尊重长辈吧，她把长辈的手打掉的话让长辈的脸往哪儿搁？更何况，她就是在这男人面前装成贞女又有什么用，除了她和他知道她是贞女，还有谁会景仰她？当下她就是做了贞女也是白做，那就让他摸吧，反正，也就是摸一摸，横竖就是身上这些器物被摸一摸。女人身上的器物生来也不是自己的，就把它们干脆当身外之物吧。至于爱情？她心里一声冷笑，现在她也没有什么可对不起的人，她倒是想对不起别人呢，都没有人让她对不起。老板的手在她周身游走一遭之后，又动用了新的器械——嘴。他的嘴向她的嘴凑了过来，她躲避不及，惊恐地感觉到一条潮湿肥大的舌头正试图钻进她的嘴里。她一阵恶心，紧紧咬住了牙关，像关死了城门一样把那条舌头拒之门外。那条舌头看进不去也没有再用别的武器，自己黏糊糊地退回去了。于小敏空出嘴巴，赶紧说还有事，然后急急地向门外逃去。老板倒也没有追出来，把她放了。

　　于小敏在自己的椅子上坐了半天还能感觉到那条肥大的舌头伴着黏黏的唾液正在她的嘴里游动，她便不时地向纸篓吐唾沫，想一次吐一次，直吐得自己口干舌燥。搞得坐在她前面的王树回头问她：“你今天是吃错东西了还是怀孕了？”她擦擦嘴角。连男人都没有怎么怀孕？她让自己像个无赖一样四脚朝天地摊在椅子上，看着天花板恶狠狠地想：他妈的，老子是让你摸呢还是不让你摸呢？让你摸不对，不让你摸也不对。

　　既在这公司里待着，此后类似的事件又不可避免地陆续发生过几次。但是看起来老板也只对摸一摸有兴趣，至于别的，他似乎也忙得顾不上，干什么都是要时间的，而一个商人骨子里一定是想把每一分钟都拿去换钱，换不来钱的先搁置。这样，虽然被摸了几次，但她在这公司里倒是待下来了，两年过去了都没有要走的迹象。做老员工的感觉毕竟要比像草上飞一样跳槽舒服，这座无亲无故的城市竟也让她有了几分归属感，这点归属感多少给了她一些安慰，让她觉得被摸那几把也算是有价值了，就算它们牺牲了也死得其所。每次在街上在车站看到那些无家可归的流浪汉时她便更加坚信，没有人是心甘情愿流浪的，谁都需要有根线把自己牵住绊住，即使那根线细若游丝。

可是，现在，难道说她好不容易像个萝卜一样为自己找到了一个坑，现在又要被连根拔起了？公司裁员当然是先从女员工身上下手，女人事多嘛，一个男人可以当三个女人使，养女人终究是件不划算的事情。就算他摸了她几次……也不过是蹭了皮毛，离实质性的上床还远得很。更何况，老板会不会觉得她在身边终究是颗炸弹，怕她有一天拿这点事要挟他？倘若这次被裁的是她，她找谁说理去？总不能祥林嫂一样见人就说，他摸了我又裁了我。她要是早装得节烈一点，也许早从这里滚了，可是就算她装得不正经一点，结果也不过是从这里滚出去。妈的，怎么装都不过是殊途同归。

发呆过后，于小敏下意识地开始收拾桌上的东西，好为第二天猝不及防的离职热身，到时走也走得洒脱一点。桌上那盆仙人头像个婴儿脑袋一样又肥了一圈，长满了金黄的毛茸茸的刺，让她心中顿生母爱，决定走前把它托付给其他同事，让他们好好养着它。养了两年没死，它都能算她的亲人了。她正准备关机，坐在前面的王树忽然说话了。王树是这间办公室里最年长的，所谓年长也不过三十出头，可是

　　　　　　　　　　　　　　　　裂

一个秃顶凭空往他头上扣了十岁，他从一个青年直接过渡为大叔，而且无处讲理。王树的脑门在灯光下亮得像面镜子，一闪一闪，只听他像个领导一样说："咱们好久没在一起吃饭了，要不今晚一起出去吃个晚饭？"

其他四个人都明白这是什么意思——最后的晚餐。过了第二天，这几个人就聚不到一起了。四个人坐在各自的椅子上，这时候才像四块冻猪肉一样融化，怪不得今天下班后没人走呢，总觉得还有什么事情没有做，还不该走，但是不知道该做什么，现在，大家都明白了。于是，满办公室是乒乒乓乓的关电脑声，电脑被暂时摘除，这些人暂时获得了独立性人格，这点独立真是见缝插针。

五个人簇拥着出了写字楼，直奔附近的一家菜馆。已是深秋时节，当晚居然还是满月，一轮硕大的满月浸在嶙峋的秋风里，越显寒凉。金黄的银杏叶铺满了半条马路，踩上去嘎吱作响，发出一种破碎的声音。五个人在月光下扛首缩肩地踩到这些扇形的落叶上，顿时都感觉到了一种诗意的悲壮，城市的上空竟也是有月亮的。

于小敏抬头看到那轮月亮的瞬间想到的是，那个男人现在在做什么。她曾以为，这世界上最古老的思念方法便是看月亮吧，两个人无论身在何方，就是远隔千山万水也是可以看到同一轮月亮吧。你看到了，我也看到了，这便是思念吧。她的眼睛陡然潮湿起来了，她连忙低下头跟在四个男人后面。四个男人穿的都是深色外套，她穿的也是黑色风衣，五个人一起行走在秋风中的时候散发出了一种巨大而阴森的气场，黑客帝国似的。

五个人围着一张桌子坐下，点好菜热好酒，一个个摩拳擦掌，像是当晚有一场战争即将打响。酒过三巡，酒和肉的荤腥像羊水似的包裹着每个人，每个人忽然都柔软得像新生的婴儿，简直要东倒西歪了。之后，有人开始说话了。又是王树。他可能是自恃年龄最大，当晚有责任做个临时性的领袖。他亮着脑门，像在头上点着一盏灯。他说："我轮流敬一下兄弟们，我们兄弟一场也不容易，过了明天大家要是散了都不知道什么时候能再见。"

立马有人接口说话。是李立民："那也轮不到你的，你来公司时间最长、最有资历，倒是我资历最浅，明天被辞退的一定是我，大家不用担心。"

又有人说话。是郭东瑞："不是咱多稀罕他这破工作，要是早在几年前那我早跳槽走了，还用等着被人辞退？实在是年龄大了几岁，想求点安稳了。"

张凡也说话了："可不是？大学同学纷纷升职了，我还像个刚毕业的大学生一样跳来跳去换工作，实在是被人笑话了。"

李立民说："考不上公务员、进不了外企、没钱开公司，像我们这样的人只能在这种私企里受气，老子只要有三分奈何早就自己开公司去了，还用一天到晚看人的眉高眼低？"

王树又说："像我这样有了老婆孩子的尤其不想换工作，真是老了，就想着能安稳一点过。一旦失业，别的不说，房贷就不认人，每个月照样从你工资卡里扣钱。孩子不能不上学吧？现在的幼儿园一个月最少要两千块钱。你不能不交水费、电费、煤气费、手机费、宽带费吧？每天睁开眼就在那儿算账，算了工资算水费，算了水费算电费，卖菜的多找我五毛钱都把我高兴得像什么一样。妈的，每天都活

裂

得蝇营狗苟的。横竖明天是有人要失业了，今晚一定要喝个尽兴，一年到头也就这么烂醉一次，我们一定要喝到烂醉，不然就对不起这蝇营狗苟的生活。"

于小敏心想，原来每个人都觉得那个要失业的人铁定是自己，每个人都有一大堆理由说服自己那个人一定是自己。于是当晚被独立辟了出来，成了五个人的悬崖，每个人都觉得那个要纵身跳下去的人是自己。

又喝了一轮酒，忽然有人提议："这样喝也没多大意思，待会儿全烂醉在这里了让谁收拾咱们？不如去做点别的吧。兄弟们想想吧，今晚想做什么尽管去做，什么也别怕，过了这村可就没这店了。"

"要不去唱歌？"

"俗不俗？唱歌有什么意思，要唱什么时候不能唱？在你家厨房都能唱。"

"那去洗脚？"

"洗脚太单调了，我们今晚一定要过得独特一点才对得起这个晚上。"

终于有人小心地提议了一句："要不，我们去嫖娼？"

另外三个男人没有说话，一起把目光对准了于小敏。于小敏先是一愣，继而干笑着说："看我干吗，你们要去嫖就去嘛，总不能让我跟着你们去嫖娼吧？"

王树嗫嚅着说了一句："开玩笑开玩笑，你还当真啊，我们再想想，今晚一定要做点有意义的事情，要去大家一起去，今晚谁也不能破坏了我们的集体行动。"

话说到这里虽带着些玩笑的意思，却没人再喝酒了，生怕喝醉了赶不上后面的好戏。五个人手里握着酒杯，眼睛里却都心不在焉起来。王树见状便提议："饭店也要打烊了，我们别站着茅坑不拉屎，先出去吧。"

　　五个人出了饭店又站在了马路上。马路上已经没几个人了，几辆汽车席卷着落叶从他们身边呼啸而过，枯叶像雨一样落在他们身上，又纷纷扬扬地落在地上，月亮悬在头上越发清冷，到处是触手可及的空旷，好像整个夜晚都特地为他们腾出场子来了。

　　五个人漫无目的地朝前走了几步，走在前面的四个男人忽然停住了。跟在后面的于小敏这时候突然有些奇怪地紧张，就好像她不小心触到了黑暗中一张隐秘的紧绷的蛛网，她一声不响地紧盯着四个男人的脸。他们都没有看她，却无声地、迅速地交流了一眼。在黑暗中，于小敏还是准确无误地捉住了那一眼，她在心里轻轻笑了一声，继续无声地像匕首一样插在他们身边。又一阵秋风吹过，她下意识地打了个寒战，两只手交叉抱在怀里。

　　王树忽然回头看了她一眼，他用近于慈祥的声音平平地对她说了一句："于小敏，你先回吧，天这么冷，小心把你冻感冒了。"于小敏心里又笑了一声，他们终于要赶她走了。她一开口，秋风就灌进了她的声音里，把她的声音撕成了一缕一缕的，每一缕都尖尖细细地爬了出来。在那一瞬间，她几乎都能看到她的声音，是的，她看到了它们的形状，它们蜿蜒的形状类似于蛇，带着蛇的寒凉和邪恶。她听见自己说："就不，你们去哪儿我去哪儿，不是说今晚要集体行动吗？"

她意识到她在向四个男人撒娇，与此同时她胃里一阵抽搐，是不是对面只要是个活物，她就能向它撒娇？难怪老板要左一次右一次地摸她，她一定是自己都没有意识到，就不自觉地从眼风里给过他什么暗示了，真是下贱得有惯性了。她心里陡然又一阵悲伤，为了压住这种悲伤，她用更陌生的声音大声说："今晚我就跟着你们走，你们甭想把我甩掉，你们就是嫖娼我也跟着你们去。"

　　黑暗中，李立民笑着说："那你去了是嫖还是被嫖？"

　　于小敏缩着两只肩膀，看着月亮，竭力压住身体深处的荒凉，说："那你就管不着了。"

　　李立民推了推站在他身边的张凡说："张凡，你不也没女朋友吗？这样吧，你和于小敏今晚找个地方互相嫖算了，谁也不占谁的便宜，连钱都省了。"

　　众人站在风中争先恐后地哈哈大笑，唯恐比别人笑少了。这时一辆空出租车过来了，王树看见了，急忙招手拦了车。车刚停稳，四个男人就一言不发、七手八脚地抓住于小敏把她塞进了出租车，咣的一声，孔武有力地替她关上了车门。于小敏刚要喊"你们绑架啊"，出租车就已经开出去了，那一瞬间，于小敏听见王树的声音在风中追了过来："回去早点睡觉。"

二

出租车司机问："去哪儿？"于小敏不说话，回头看着站在风中的四个男人。这时候又过来一辆空车，四个男人一起上了车，出租车掉头而去。这时候于小敏猛地扭过头，对着出租车司机的半张侧脸说："师傅，掉头跟着那辆出租车。"她的声音急促低沉，牙齿微微抖着，像有什么东西正被她噙在嘴里，以至两片嘴唇都合不拢，就那么空茫地、紧张地开着。司机一言不发地掉了头，前面的车灯灯光摇曳着落在他脸上，使他的脸看起来像片马来西亚的森林。这时候，这片森林才无声地扭过头，看了她一眼。她能感觉到那些藤蔓爬到她脸上了，有些燥热。司机随手打开了交通广播，车厢里立刻多了一个男人的声音，像在他们之外又坐进了一个喋喋不休的人。这个男人的加入使得车厢里越发像热带雨林了，闷热，还有些微微地令人窒息。

于小敏坐在座位上不安地扭动着，过于机敏又茫然地四处张望，她一次次提气、吐气、提气、吐气，像站在高台上的跳水选手，只差这最后一跳了。前面的红色出租车拐了一个弯又拐了一个弯，像条鳗鱼一样在狭窄的巷子里游来游去。最后，它在一条偏僻的巷子口停住了。四个男人下了出租车，进了旁边一家什么店。于小敏在十米开外的地方看着他们，心想，多么像侦探片啊。然后她付了车钱，也下了车。两辆出租车都绝尘而去。夜很深了，街上几乎没有人，除了月亮，就是满地的落叶，于小敏拖着自己那巨大松散的影子，就像一个古代的武士拖着一件硕大的冷兵器，踩着嘎吱作响的落叶阴森森地走到了那扇门前。

是一家按摩中心。两扇玻璃门包着一团滞暖的灯光，灯光里游动着两个露着大腿的女孩子，俨然一瓶荤腥的罐头正搁在这黑暗幽僻的巷子深处。这是一间不大的前厅，有张吧台，吧台后面还伏着一个胖女孩，正趴在那里费力地算着什么。吧台前的沙发上坐着那两个光腿女孩，光着腿蹬着十厘米高的恨天高，都慵懒地把两条腿极力往灯光处伸。灯光打在她们腿上，四条腿在灯光下竟活过来，像植物用阳光进行了光合作用一样自给自足，堪比霓虹灯广告灯箱了。不过她们上身都裹着羽绒服，一红一白，大约是觉得不过在这儿做个广告，不需要赔上血本把什么都露出去。她们好像正在说话，两张嘴一张一合的。于小敏趴在玻璃上往里看，越发觉得她们像鱼缸里的两条鱼。

于小敏又看到灯光的尽头是通向楼上的楼梯，楼梯越往上越暗，再往上爬去简直是一处深不见底的潭水。这时候她才在心里默默地对自己说了一句，这么偏的按摩中心都能找到，看来也不是第一次来了，简直就是熟门熟路了嘛。难怪急着要把她甩掉。想到这里，她在黑暗中无声地一笑，竟推门进去了。

门一响，屋里一胖两瘦三个女孩子同时抬起头看着门外来的人。看见进来的居然是一个女人，三个女孩子都一愣，没有一个说话。于小敏进来才发现右边的整面墙壁都是镜子，屋里的人和家具又被一丝不漏地搬到了镜子里，使这屋子里看起来满满当当的全是人和家具。于小敏在镜子里看到自己的那一瞬间，微微有些吃惊。刚才在黑暗中的独自一笑现在居然还没有褪干净，还残留在她嘴角，像初冬的残荷一般，立在她脸上，倔强、坚硬、残忍，最下面还有些明灭可见的邪恶。这缕邪恶很轻很淡，却像一盏雪地里的红灯笼一样，瞬间便把她的整张脸照亮了。

于小敏不敢再看自己了，似乎再看下去都能把自己看生了。她扭过头时，那三个女孩子还在像看天外来物一样打量着她。于小敏又看到了贴在墙上的一张价目表，越往下的服务项目越昂贵。她在心里粗粗算了一下，心中暗想，那四个男人平时哪个都不像个大方的，原来也是有大方时候的。她又朝着那楼梯张望着，这才发现楼梯的尽头依稀散发着一簇粉色的灯光，就像那里长出了一个世外桃源一样。她这一张望，吧台后面的胖女孩开口了："姐，你要做什么？"

居然有人叫她"姐"，是看她老了吗？她有些愠怒地盯着这三个女孩子看，却突然发现，她们真的还是没有发育完全的女孩子，充其量十七八岁吧，细细的胳膊尽头挑着十片妖冶的红指甲，小小的胸脯被胸罩武装起又兜在低领毛衣里。因为年轻，皮肤还是舒展的，眼神也是无畏的，看她的时候横着就看过来了。她年近三十，比她们要大出十来岁吧，简直快能做她们的阿姨了。她居然已经这么老了，一阵更浓烈的怒火从腔子里喷出来，她顿时觉得自己口舌生烟，借着这怒气的烟幕，她大摇大摆地往楼梯上走。一红一白两个羽绒服同时站起来，踩着恨天高噔噔地过来拦住了她。"姐，你有什么事就和我们说，现在是工作时间不能上去。"

这一拦，于小敏就彻底证实了这四个男人一定是来此地嫖娼的。他们居然在她眼皮子底下集体来嫖娼？是啊，他们压力大，他们可能第二天就要失业了，必得在今晚及时行乐一番才对得起人生，那她

裂

呢？她就不会失业吗？怎么就没人管她的感受管她的死活？没有人知道她今晚是多么恐惧，多么害怕一个人回去睡觉，今天晚上，就是今天晚上，她是多么需要有人陪着她啊，哪怕什么都不做，就仅仅是陪着她，她也会感激的。她心里比他们好受吗？起码老板不可能左一次右一次地摸他们，不可能摸过他们又辞掉他们，这分明是一种双重的侮辱。他们怎么可能知道？最后，他们居然设计甩下她，把她当一块抹布一样丢在大街上扔进出租车里，然后只顾着他们自己的消遣？本来她以为，今晚这五个人围成的小集体多少会给她些温暖，就算第二天分道扬镳了，起码今晚大家还是兄弟一场。

可是，今晚他们抛弃了她。

于小敏向红羽绒的细胳膊小胸脯扫了一眼，突然凛然一笑，张口就说："刚才不是刚上去四个人吗，其中一个是我男朋友，我要叫他出来和我回家，这有问题吗？"说着又要上楼梯。这回是一红一白两个羽绒服分别架住她的一条胳膊把她按在了沙发上，她们细细的胳膊居然有这么大力气。胖女孩殷勤地用纸杯给她端来了一杯茶安抚她，说："姐，现在不能上去，你在这儿等着，他们马上就下来了。"

马上？于小敏一声冷笑。她的半个屁股搁在沙发上，另外半个悬空，以表示自己随时可以拔地而起。她把两只手反撑在大腿上，嘴角向下撇着，不小心扭了下脸却从镜子里看到了自己。她吓了一跳，这是自己吗？怎么活脱脱就是一副妒妇的嘴脸，搞得她真的跑到妓院里来捉奸了？事实上这四个男人和她有多少关系？她和其中两个虽说在一间办公室里，终年说的话加起来也没超过五句。可是，现在，她竟然这样纵容自己入戏，不仅入戏，简直是贪恋，进去就出不来了。这是为什么？她死死盯着镜子里那张惟妙惟肖的脸，近于恐怖地想。

　　来找男朋友？她其实不过一条光棍儿。以前她倒不是没有过男朋友。大学谈了三年也算好得死去活来了，什么山盟海誓也说了，可是大学毕业后男朋友出国了，两个人天各一方苦苦又挣扎了一年，终究还是分手了。男朋友越洋电话里对她说，分了吧，他在那边喜欢上别人了。此后整整一年她都虚弱得不成样子，觉得没有一点点力量，不想好好工作，不想好好恋爱，不想好好生活。每到满月的晚上她就躲起来绝不看月亮，因为在那一年两地书信中，她写到的最多的一句话说就是："今晚你在看月亮吗？我也在看它，如果你也看到它了就告诉我，便是对我最深的思念。"偶尔，极偶尔地，她还是会站在窗前看着那轮硕大宁静的月亮，那轮幽冷的光辉把深夜中的一切都压下去了。她久久地看着它，静静地泪流满面。再到后来，眼看年龄大了，她不得不相了几次亲，却每次都像被蛇咬了一样，彼此都觉得对方面目可憎。于是，一个人瞎晃了几年，转眼也就三十了。三十岁的时候她还得担心失业，还得不断跳槽，深夜回去的时候没有一个人在窗前等她，没有人会担心她一个人走在深秋的马路上会不会害怕。就是她今晚想豁出去烂醉街头，都没有一个人会陪她喝酒。

　　她看着镜子里的自己，那两个撇下去的嘴角越来越深，眼看就要折断了，她使劲撑着不让它折掉，可是这时候她忽然看见自己眼睛里挣扎出的两团潮气。她在这个地方哭算什么？让这三个女孩子以为她真是个争风吃醋的女人，来到这里就是准备着一哭二闹三上吊了？她硬生生地把眼睛里的两团泪影咽下去了。然后她把目光移开，不再看那面恐怖的镜子。她开始盯着头顶上那盏灯看，那是一盏红玻璃壳的吊灯，圆圆的，像一只挂起来的喜气洋洋的苹果。就是这盏苹果灯忽然让她对眼前这三个女孩子心生怜悯，她们还是些孩子啊。

于小敏看着那个白羽绒。白羽绒脸上化着浓妆，像戴着面具，看不清她此时的表情。她看她的时候，她只是闪闪烁烁地回看她几眼。于小敏忽然就像个生过几个孩子的中年妇女一样，半是体恤半是沧桑地问了一句："姑娘，你多大？"白羽绒考虑了几秒钟才回答了一句："十九。"于小敏觉得自己的声音更像个慈祥的大妈了，她又问："你们都住哪儿？"白羽绒回答："许西。"她说得可能是真的，许西是附近的城中村，收容各种外来人口，一间狭小潮湿的出租屋里住好几个打工者。于小敏慈悲地叹了口气，表示自己知道了。她不再说话，接着盯住苹果灯一下一下结结实实地看。

这时候楼梯上一阵嗒嗒的脚步声。于小敏一阵紧张，莫非是他们中有人完事了，要下来了？他们见到她的一瞬间会是什么表情？是恐惧还是惊愕，还是比恐惧和惊愕更可怕的表情？光是想想，已经够让她激动和不安了。脚步声越来越近，对她来说简直像恐怖片里不见人形的脚步声，咚咚落在她脊背上令她毛骨悚然。她不敢抬头看这走下来的人是谁，她突然不敢直视这个人，好像她来这里不过就是做贼来了，终究见不得人。脚步声终于款款拖出了一个人形，这脚步声在最后一个台阶上愣了一下才跨下来。另一双恨天高进入了于小敏低垂的眼帘。又是一双恨天高。看来，在这里工作的小姐是人手一双了，制服似的。

下来的不是男人？于小敏一抬头，刚走下来的恨天高也正好奇地看着她，她也在奇怪这里怎么赖着一个女人。这女孩也不过二十来岁，显然是刚工作完，穿得极少，胸脯在裹胸后面蹦来蹦去，随时准备再跳出来。于小敏忽然注意到了她的眼神，那眼神里带着一种扫荡一切男人之后的余威，还带着一缕惯性的淫荡，正刚柔并济地向她压下来。于小敏只顾盯着小姐看，没注意到楼梯口已经又站了一个人。这回是男人。

呆若木鸡地站在楼梯口的是王树。男人不穿高跟鞋，所以他下楼的时候于小敏都没有听见，而王树也绝没有想到她居然坐在下面，他看着她就像兔子看着一个守着洞口的猎人，又是错愕，又是惊恐，又是无辜。他彻底地被钉了那里，连目光都动弹不了。于小敏猛一转头，正好与王树四目相对，在那一瞬间，她清晰地感到了自己的尴尬与无措，她突然之间想找个洞把自己藏起来。是啊，她怎么能守在这种地方……等他们？而且第一个下来的居然还是素日里与她交情最好的王树。他为什么要第一个下来，谁让他第一个下来的？四个男人中，他第一个下来，这不是此地无银三百两吗……这岂不是在明着告诉别人他的性能力……和做爱时间？

于小敏顿时觉得自己头昏脑涨，不知道该把眼睛和手往哪里放才算服帖。因为尴尬，她手忙脚乱地做了个掩饰的动作，抬起手腕看了看手腕上的表，看完了立马后悔不迭，这是干吗呢，让王树还以为这是在给他计时呢……她有口难辩，手腕一藏，再不敢看那块不祥的手表了。三个小姐看看她又看看王树然后又看看她，简直像在心安理得地看戏。王树毕竟是男人，而且是有老婆有孩子的男人，他迅速收拾起自己脸上的错愕、尴尬以及隐隐的愠怒，像不小心在路上碰到熟人一样和于小敏打了个招呼："你也在这儿啊？"于小敏还能说什么，连忙说："我回去睡不着就也来了。"说完才发现自己这话简直就是漏洞百出，又不是三缺一凑过来打麻将，谁叫她来了？

王树已经把脸上的表情基本稳住了，没有发作的迹象，他平心静气地说："那你坐着，我出去抽支烟。"于小敏居然点点头。然后，她接着呆呆地坐在那张沙发上，王树推门出去了。白羽绒问了一句："姐，这个不是你男朋友？"于小敏不搭腔，木木地坐了几秒钟，忽然像想起了什么，从包里掏出手机开始假装专心致志地玩手机。这年头，手机在任何场合都是绝好的道具。

没过两分钟，又下来一个。这回下来的是李立民，李立民站在楼梯口的最后一个台阶上把刚才王树的表情重演了一遍。于小敏冲着他咧嘴一笑，连忙再次把脸转到手机上，不敢看他了，像只鸵鸟把头埋进沙子里就以为别人都看不到它。她用余光隐隐看到李立民下了楼梯，站在吧台一侧，他惊魂未定地站在那儿，似乎急需喘口气，似乎还需要说几句废话来给人听，当然，主要是给她听。她低着头听见他站在那儿像是自言自语又像是和胖女孩说话："每天这工作压力啊把人都压破头了，这偶尔放松一下对人的身心都是有益的，放松一下好啊。"他夸张地感叹着，使用了几个巨大的叹词，恨不得都能用这叹词把在场所有的人砸晕了，好灭口。

于小敏竭力忍住笑和恐惧，使劲低头在那里玩手机，专心得像个做功课的小学生。她生怕一不小心就看到李立民此刻的表情，这时候她听见李立民问了一句胖女孩："其他人还没下来？"

胖女孩指了指外面："下来一个，在外面抽烟。"

李立民便对胖女孩说："我也出去抽支烟去。"他没和于小敏说话，也出去了。于小敏想，李立民平时不是不抽烟的嘛，今晚怎么也跟着凑热闹？这时候她听见白羽绒又问她："姐，这个也不是？"

于小敏抬起头看着她笑："你们上面是什么格局？鸽笼一样一个又一个的小房间？"白羽绒又把脸藏回到脂粉下面去了，再次面无表情。于小敏也低头继续玩手机。

三

五分钟之后，第三个男人下来了。这是办公室里除了她之外的另一个光棍儿张凡。张凡一米八几的个子，体重接近两百斤，往哪儿一站都是庞然大物，就是这样一个庞然大物却十分腼腆，平日里极少言语，没房子没女朋友也不着急，每天就一个人晃来晃去，眼睛里总是纠结着很多空虚而文艺的东西。他是个摄影爱好者，不惜血本给自己买了一架昂贵的相机，每天相机不离身，走在上下班的路上见什么拍什么，一片落叶也能拍上几个小时。他一个月的工资倒有一半捐给了那些精美的摄影杂志，他也不知道心疼，但凡与摄影沾边的他都不以钱计。就是这样一个文艺青年今晚居然也来嫖娼？

张凡的脚步声越来越近，在看到于小敏的一瞬间，他也在楼梯口愣住了。于小敏不敢抬头看他，她本能地不敢看他那双文艺青年的眼睛，觉得有些残忍。但张凡并没有在楼梯口久留，他向她走了过来，

裂

在她身边站住了。他巨大的阴影像鹰隼一样把她罩进去了，她突然有些奇怪地不寒而栗，猛地抬起了头，正好接上了张凡的目光。他巨大的身高遮住了那盏苹果灯，这使他的脸看上去有几分山峦背阴处的阴郁和荒凉，这阴郁和荒凉像山中的大雾一样在他们中间渐渐弥漫开来。然而，在那一瞬间，她还是感觉到了比这大雾更坚硬的东西，就那么一点点，但她还是准确地感觉到了。这点坚硬的东西就在张凡的眼睛里。

她有些害怕，慌忙就站了起来。现在，她离他的脸更近了些，她更清楚地看到了他的目光。她欲转身往出走，就在转身的刹那间，她就着头顶的灯光忽然在张凡的眼睛里又看到了一片脆弱像云影一样飞过。那片脆弱使这魁梧的男人看起来顿时像个小孩子。她突然没有理由地感到虚弱还有伤感，她开始后悔了，今晚她不该来这个地方。她一言不发地推门走了出去。黑暗中站着两个男人的影子，看不清他们的脸，只能看到黑暗中两只烟头一明一灭。

她向他们走了过去，走过去了才发现她后面还跟着张凡，四个人围成了一个圈。张凡说："给我一支烟。"一支烟递了过去。于小敏口气平平地说了一句："也给我一支。"男人们犹豫了一下，还是给她递过去一支烟。一只打火机噌地亮了，凑了过来，打火机照着后面王树的那张脸，使他那张脸在黑暗中看上去分外可怖。于小敏点烟的手抖了一下，打火机灭了，那张狰狞的脸也随之消失了。四个人围成一个圈都默默地吸烟吐烟。王树忽然说了一句话："于小敏，你会抽烟吗？"于小敏吐了一个烟圈，说："没吃过猪肉还没见过猪跑啊。"王树说："你怎么突然也想抽烟了？"于小敏抱着肩斜睨了他一眼，说：

"因为我明天可能要失业了。"四个人一时无话。王树又说："郭东瑞那小子怎么还不下来，不是出什么事了吧？我给他打个电话。"说着，他掏出了手机，打了半天没人接，又打还是没人接，再打还是不接。王树歪着头说："睡着了？"李立民迟疑着说："要不我上去看看吧，可别是真出什么事了。"

就在这时，张凡忽然说了一句："看，郭东瑞终于下来了。"四个人齐刷刷地扭过头看着那扇玻璃门里面。果然里面站着郭东瑞，他看起来兴致很高，简直是红光满面，正咧着嘴一边笑一边和旁边的羽绒服姑娘说着什么话。四个人都不说话了，一边抽烟一边看着灯火深处的郭东瑞。郭东瑞站在灯光里自然是看不到暗处的他们的，他此时看起来就像一只装在瓶子里的萤火虫供人欣赏。

郭东瑞和里面说了句什么也推门出来了，他站在门口适应了一下黑暗才看到他们，于是向他们走过来。三个男人暂时忘记了于小敏的存在，围住郭东瑞打趣："你这时间可真够长的……还是体力好啊。"郭东瑞又是尴尬又是兴奋，尖着嗓子说："刚才谁打我电话了？吓死我了，我还以为是我老婆。"

"所以接都不敢接？"

"哪敢啊，我连电话都不敢看。"

"感觉怎么样？"

"别提了，我他妈的都想骂人，那女的从头到尾皱着个眉头，看着我就像看着一坨大便一样，妈的。"

"人家是做生意又不是和你谈恋爱，难道还要对你含情脉脉？"

"技术也就一般，还那么——"

裂

郭东瑞突然看到了站在后面的于小敏，他像看到了鬼一样忽然怔住了，剩下的半句话也堵了回去，嘴还张着，完好地保持着刚才的形状。于小敏忽然想起，大家聚会时，她和郭东瑞的老婆见过几次，虽不能算熟，但毕竟也算认识，甚至有一次还挺聊得来，他老婆还曾约她一起去逛街。郭东瑞一定是比她先想到这一步了。于小敏暗暗叫苦，她今晚发什么神经，何苦来凑这个热闹，现在倒好，她就是浑身长满嘴也不能替自己洗脱干系了。

　　另外三个男人冷眼旁观郭东瑞和于小敏的对手戏，但郭东瑞没再说什么，连表情也收回去了，单单就是蔫蔫地耷拉着脑袋，他的脑袋本来就比别人大一寸，这一耷拉使他看起来分外潦倒，简直都惨不忍睹了。

　　五个人终于再一次凑齐了，彼此一时无话。夜更深了，街头巷尾几乎已经没有人迹了，只有一堆一堆的落叶被秋风推着哗啦啦地往前走，就像留在地上的一个又一个脚印，只能看到脚印往前移动，却不见人形，让人不由得一阵恐惧。月亮更大更凄厉了，像个伤口一样明晃晃地挂在他们头顶正上方，似乎他们走不了几步就能径直走进那巨大的月亮里去了。

　　五个人各自拖着自己长长的影子，看起来影影绰绰的一堆。人和影子走得都有些踉跄，都有些茫然，走了半天不知道自己这是要去哪里。回家？不对，没有人有回家的意思，好像有老婆的把老婆忘了，甚而至于有孩子的把孩子也忘了。去做别的？也没有人提议。五个人就这样一言不发地在黑暗中缓缓移动着。他们的影子交叠在一起，像一种诡异的藤蔓把他们都缠绕在一起了，这使得他们看起来像一大株杀气腾腾的热带植物。

于小敏夹在四个男人中间，几乎是被他们夹带着走，她脑子里空空地跟着他们移出了一段距离。走到巷子口时，一阵猛烈的秋风扑面吹来，五个人不由得都倒退了几步。于小敏突然开始苏醒过来一点了。这是几点了，有十二点了吧？已经是午夜时分了，他们却没有回家的意思。他们都不想回家，包括她。她突然明白了，今晚她走不了了。他们，不会让她走的。

她突然回了一下头，那家按摩中心的玻璃窗已经缩成小小的一团了，这样看上去就像深夜的一盏蜡烛，微小，却真的不失暖意。她突然就后悔了，后悔自己今晚为什么要跟过来，为什么要残忍地看着这些男人一个一个地从里面出来，这不够残忍吗？还有那些住在许西的女孩子，她们容易吗？她简直像一个计时员，守株待兔地在门口等着他们，等着他们嫖娼结束。更可怕的是，他们不愿意信任她，因为嘴长在她身上，他们不能锁住她的嘴。

她张了张嘴，只觉得口舌干燥，发不出一点声音。她只好使出更多力气，在寒风中她突然扯着嗓子对他们喊了一句："你们不相信我吗？"四个男人全站住了，他们回过头来无声地看着她，只是没有一个人说话。于小敏有些绝望了，她又喃喃地重复了一遍："你们不相信我吗？"还是没有人说话，四个男人站在那里沉默得像四块铁。她的泪忽然下来了，冰凉地在她脸上滑过。她抬起头看了看月亮，又低下头，像是自言自语一般，她说："我们怎么着也在一起两年了，大家都不容易……你们不相信我吗？"

仍然没有人吭声，四个男人好像集体变成了哑巴，他们只是看着

　　　　　　　　　　　　　　　　　　　　裂

她，没有一点声音地看着她。她成了舞台上形影相吊的唯一一个演员，更恐怖的是，她无法从这舞台上下来。因为，他们不允许她下来。她的脑子里变得凌乱而疯狂，她忽然想，如果这个时候她不再理他们，不再和他们说话，更不会求他们原谅，她就这样一走了之，他们会怎样？他们会不会拦住她？在他们的内心里，会不会连杀人灭口的心都有？她成了今晚一个可怕的证据，是她自己送上门来要做这个证据的。

是她错了。她开始努力救赎自己，她站在那里接着自言自语："我今天晚上不是有意要跟着你们来的，我其实不知道你们会去做什么……不过，在我内心里，我也不觉得嫖娼是一件可耻的事情，我也不觉得那些小姐不好，她们只是在工作赚钱养家，像我们一样辛苦。我真的不觉得……我之所以跟了来，是因为我今晚心里很空很虚弱，我不想一个人待着，我想和别人在一起，哪怕什么都不做，只要有人在我身边就够了。我只是想今晚和你们在一起，在这两年时间里，在这城市里，你们是我唯一认识的人，是离我最近的人，除了你们，我在这里几乎没有朋友。明天，不管谁失业……大家都还是朋友吧。"

还是没有人说话。于小敏开始瑟瑟发抖了。她继续说："其实每个人都做过很多自以为见不得人的事情，真的，每个人都有自以为很龌龊的一面，只不过这些东西不会轻易示人罢了。你们觉得我就不龌龊吗？不，我也有很龌龊的时候，比如，老板对我动手动脚的时候我竟然不拒绝……他摸我的时候我就让他摸，因为我不想再换工作，不想再跳来跳去，因为我心里有很阴暗的想法，我想在公司里谋得发展，谋得一官半职，所以我忍受着他对我做的那些动作，我心里就是再恶心，我都要忍着，你们觉得我不恶心不龌龊吗？如果说你们今晚来这里嫖娼是嫖客，那你们觉得我在本质上像不像婊子？所以，你们……真的不相信我吗？"

然而，周围还是静悄悄的，没有人说话。只有王树又点着了一支烟，烟头在黑暗中一明一灭，像一只红色的眼睛。于小敏静静地、绝望地看着他们，他们安静地对峙了五分钟之久。于小敏忽然一声冷笑："你们现在觉得很过瘾，是吧？惩罚别人的感觉向来是过瘾的，对吗？其实你们什么时候信任过我？不，你们什么时候信任过别人？你们知道你们为什么这么害怕这么恐慌，因为你们知道你们和别人之间根本就没有起码的信任。你们不是想惩罚我吗？我现在就让你们心满意足，一定让你们今晚回家能睡得着觉。"

说完，她回过头，一个人甩开脚步噌噌地向那家烛光似的按摩店走去。背后似乎有人追过来了，她走得更快了，都接近于跑了。她又抬头看了一眼天上的月亮，曾经和她一起看过月亮的那个人现在在干什么？他看到月亮的时候还会想起她，想起曾经的那些岁月吗？她一边疾走一边哗哗地流泪，她也不擦，任由它流了一脸。

走到玻璃门前，她想都没想就进去了，把玻璃门推得咣咣响。前厅里只坐着那个吧台后面的胖女孩和那个穿白羽绒的女孩。她几步走到吧台前，从钱包里甩出两百块钱扔到吧台上，她一脸泪水却目光凶狠，她指着墙上的价目表说："这个，一次两百是吧？给我找个男人。"胖女孩像是没有听懂她在说什么，有些嘲弄地看着她说："姐，你又找错地方了，我们这里只提供按摩服务。"

于小敏啪地把钞票又甩了一遍，她像刚喝过酒一样野蛮凶狠地对她说："放屁，我不知道你们这是什么地方吗，跟我装什么装？这年头，别的不一定会，装倒是人人会。我他妈刚才在这儿站了一个小时你没看到吗？我不付你钱还是怎么的？还是嫌钱少？"白羽绒也过来了，拉住她一条胳膊，笑着说："姐，我们这儿没有男人，你真找错地方了。"于小敏冷冷一笑，索性就真正像个醉汉一样无所畏惧了："没有男人？刚才进来的那四个不是男人吗？他们不是来找女人的吗？我不就是女人吗？男人可以花钱嫖女人，我也可以花钱嫖男人，对不对？给我找个男人，今晚我也要做回嫖客。"

她听见身后的玻璃门在响，更多的人拥进来了，接着四个男人的脚步声急促地跟了过来。两个男人过来架起她的胳膊要把她架出去，有一个男人对吧台后面的胖女孩说："对不起，她今晚喝多了。"于小敏听不出是谁的声音，像是王树的，又像是李立民的，甚至又像张凡的、郭东瑞的，或者说，他们几个本来就是一个人，她也必须把自己消化掉，消化进他们的行动里和他们变成一个人，他们才会原谅她，才会不再恐惧吧。

她再一次从内心深处深深地厌恶这些男人，然而她又发现，她更深地厌恶的还是她自己。她真的像喝醉了一样力大无穷地甩开两个男人，又冲着吧台后面的胖女孩喊道："听见没有，你给我找个男人，我付钱，我不是白做。你记住，今晚不是男人嫖我，是我嫖男人，男人怎样，女人又怎样，还不是一样？给男人穿一件女人的衣服，他就能让自己比女人更像女人。给我找一个中年男人，有大肚子的那种，给我找一个像我老板那样的男人，让他知道，今晚，是我嫖他……他妈的。"

掮客

四个男人一起围上来了，像制服一条八爪鱼一样把她死死按住了，他们纷纷抱住她的胳膊她的腿，抬着她往外走。一边走，其中的一个还对着里面又说了一句："实在是对不起啊，她喝多了。"

　　她嘴里还在徒劳地大叫着，事实上却已经听不见自己嘴里发出的任何声音了，她的耳朵里空空荡荡地回响着一些无比遥远的声音，仿佛天外来音。她的嘴还在一张一翕，像条被摆在案板上的鱼。在他们把她抬出去的一瞬间，她再次看到了悬在他们头顶的那轮巨大的月亮，它静静地与她对视着。

　　她对着它颤颤地伸出了一只手臂，她努力地往上伸，往上伸。

　　它离她那么近，像小时候见过的结在窗户上的一片霜花，似乎只要轻轻一够便可以把它摘下来了。

裂

— 后记 —

万物皆有裂痕，
那是光得以进来的地方

2018年是我写作的第十个年头，在这一年出版这本《裂》是有几层含义的。在《裂》之前，我已经在同一家出版社出版了《疼》和《盐》：《疼》的旨意是在清醒中疼痛，在无望中救赎；《盐》的旨意是在卑微中坚持，在破碎中重生。如果说《疼》代表的是人世间的万千苦难与疼痛，代表人心百转千回的磨难与救赎，那么《盐》代表的是，我们每一个卑微渺小的个体，虽然转瞬即逝，但我们来过这世间，我们就都是这世间的一粒盐。盐是渺小的，却是生灵生长中不可缺少的，它只是一粒调味品，但若是没有了盐，整个世间就没有了味道。那么《裂》呢，它又代表着什么？如游吟诗人莱昂纳德·科恩所说，万物皆有裂痕，因为那是光得以进来的地方。这句话说得多么好，有裂痕之处便有光可以进来。当我们在暗夜中艰难前行，当我们在生活的琐碎与磨难中不堪其扰，当我们面对种种关系的破碎、爱的遗弃、尊严的丧失，当我们面对这种种裂痕的时候，我们应该想到的是，那也是光进来的地方。

我想，从《疼》到《盐》到《裂》，一方面是十年来的写作历程，另一方面也是我十年来的心理历程吧。那就是，我逐渐意识到，在这个世间，我们终将从那些伤痕处、断裂处，找到更多微光，找到更多精神上的力量。这可以说是悲悯之一种，也可以说是成长之一种。是的，十年来，我伴随着我的小说成长，或者说是我的小说伴随着我在成长，这都不再重要，重要的是我从二十多岁写到三十多岁，心理上经历的种种幽回曲折与豁然开悟，种种磨难、感伤与那些可贵的平静、安宁。

这十年时间里我从生活到写作上都发生了一些变动，我感谢我生活过的每一个地方。我的家乡，一个地处山西中部的小县城，它给予了我记忆中永远明亮的四季。春天柳絮满城，杨花飞雪。夏天杨树成荫，知了嘶鸣，遍地是西瓜和葡萄，我常在葡萄架下写作业。秋天的落叶会铺满街道，踩上去咯吱咯吱作响。冬天，大雪来了，蔬菜匮乏，却从大白菜里杀出白菜花，像个小婴儿，摆在窗台上有阳光的地方养着。小时候觉得每一日都是永生，不知道自己何时才能长大，不知道什么时候才能离开这个小县城，很多年过后，我已经三十多岁了，却发现那些最美、最不可割舍的记忆都在小时候的那个小县城里。它们让我明白人的一生就是一个不断遗憾又不断了悟的过程，其实最初写作就是为那些遗憾和那些回不去而写的，正是因为回不去才对其怀有最诚挚的感情，文字里才会有体温。

后来读大学去了甘肃，网上传说兰州大学的学生们都是骑着骆驼去上课的，其实除了不骑骆驼，别的方面也不算夸张。我们学校周围全是连树都不长的光秃秃的荒山，一出校门就是荒山。当时上大学的时候很羡慕那些在大城市上学的同学，直到毕业多年后，回头想想却发现那是一段独特的美好时光，而且不可复制。那些寸草不生的荒山，那些戈壁滩上的广袤苍凉，那些远远的、让人敬畏的雪山，那种浮游于天地间的自在与孤寂，尤其是它们对写作的意义，是多年之后我才体会到的。而人生就是这样，所有的东西都是回头去看才能知道它是什么。

再后来我来到南京——六朝金粉地、金陵帝王州，我站在秋天南京城落叶纷飞的梧桐树下时再次感谢命运对我的馈赠，让一个耿直的北方人被温润优雅的江南文化所浸润，内心为新的文明所碰撞，催发出新的启示和活力，而这样的碰撞与活力大约也是文学的生命力之一种。

每个地方都在我身上留下了很深的烙印，它们将共同交会成我内在气质的一部分。而对于一个作家来说，所有的经历，无论是好的还是不好的，无论是欢乐还是伤痛，都不会是白白经历的，都会变成供养一个作家的养料。有时候想想，人生不过百年，谁都不能例外，而一个作家能以有限的时间去书写尽可能多的人生，并在内心里比常人多出几分对世界的宽容与慈悲，便觉得这也算是作为作家的一种职业尊严吧。

除了地域的变化，这十年时间里，我的内心也一直在经历变化。十年看起来不长，但对于一个写作者来说已经经历了多少的摸索与调整，只是这跌跌撞撞的艰难摸索全在暗处，只有自己明白。我曾经要把每一篇小说都写到极致，到后来，我忽然发现自己的写作渐渐温和了，减缓了激越的怨愤，多了宽宥、慈悲和豁达。我想，这一方面是因为所见之事之人渐渐增多，自己开始更透彻地理解生活，理解这个世界；另一方面是我渐渐开始从坚硬的现实中寻找到一些精神的微光，并且意识到，正是这些微光真正支撑着一种有尊严的活着。尊严到底是什么，我借用自己小说中的一句话，那就是，人生不管怎样虚空，相信某些东西一定会到来，一定会发生。

我在这十年的写作时间里还渐渐明白，所有的人都是时代里的人，每一个人都有他的时代性，而追究时代性，就不能没有历史感，因为正是历史才造就了时代，而所有在岁月长河中能被我们薪火相传、能滋养作家心性与才华的一定是历史中那些最厚重、最深沉、不会被岁月湮灭的星光，它们将如苍穹中的北斗七星一样高悬于人世之上，永远指引着我们的精神归属。

在这十年的写作中，我还明白了一点，那就是，文学是一种艺术，所有的艺术都必须有属于它的独特质地和独特精神，有它的优雅从容，还有它的肃穆威严，像神殿一样自有着它内在的光明与启示。而对待艺术的态度无非是艺术家和匠人之心，每一个作家都希望能留下一部真正的文学作品，所以文学需要一个作家付出的绝不仅仅是不可胜数的时间与贴地行走的题材，更需要的也许是一种在暗处燃烧的深情、一种以血饲剑的勇气、一种可以摒弃自恋的反思能力，还有一个作家最终的文学精神。这种文学精神也许终将区分开我们写作的品格与意义。而最重要的一点是我明白了对待文学写作一定要诚恳：诚恳对待自己的内心，诚恳对待世界，诚恳地写下每一个字。

我们也不需要去追究在写作过程中的得失，不需要为文学之外的那些事物时时感到焦虑，因为万物之间自有一种能量守恒。有时候细细琢磨会觉得宇宙间真的很有意思，宇宙其实自有着一种宇宙性的兴

裂

奋，它安排好一切有生命或无生命事物的统一性，还时时传达出一种危险感，就是所有这些事物和形状背后的进程是多么不牢靠、多么容易变化，这也许便是人世间的沧海桑田。而各种力量之间的平衡又使得万物能安然运行在自己的轨道上。

所以，作家与生活之间的那点不平衡终究会被囊括于这个世界的大平衡之中，他能带给这个世界的一点点眼泪或欢笑都不过是一滴水，转瞬即逝。而写作对于作家本人本身具有救赎的功能，这或许便是最好的，也是最幸运的。

孙频